동아
COMMUNICATION
GROUP

빙의로
최강요원

빙의로 최강 요원 8권

초판 1쇄 인쇄일 | 2022년 10월 14일
초판 1쇄 발행일 | 2022년 10월 20일

지은이 | 박현수
펴낸이 | 박성면
펴낸곳 | (주)동아

출판등록 | 제406-2007-000071호
주소 | 경기도 파주시 문발동 223-1 2층
전화 | (031)8071-5201
팩스 | (031)8071-5204
E-mail | lion6370@hanmail.net

정가 | 8,000원

ISBN 979-11-6302-615-0 (04810)
ISBN 979-11-6302-578-8 (Set)

빙의로 최강요원

박현수 현대판타지 장편 소설
DONG-A MODERN FANTASY STORY

동아
COMMUNICATION
GROUP

빙의로
최강요원

목차

빙의로
최강요원

1. 난 진짜 마법사거든

빙의로
최강요원

쿠오오오오오-!

귀청이 찢어질 만큼의 강렬한 소리가 끝없이 들려왔다.

온몸의 살이 밀릴 만큼 강한 쏠림도 있었다.

"끄아아아아아악-!"

-최강아, 정신 차려라! 정신을 잃어선 안 된다!

케라의 음성에 겨우 눈이 떠졌다.

내 몸이 거대한 돌풍 속에서 마구 휘돌고 있었다.

그 사이사이마다 뼛조각도 보였다.

하지만 그 뼛조각조차 서서히 가루로 변하며 사라졌다.

그만큼 이 공간에 주는 압력과 힘이 대단하다는 거다.

"반지……."

반지의 힘이 본능적으로 일어나 나의 몸을 감싸고 있었다.

거기에 카우라도 온몸 가득 퍼져 있는 상태다.

그럼에도 이 버틸 수 없는 압력은 뭘까?

"아우, 씨! 그 수정구를 만지지 말라는 경고를 들을걸!"

그래, 남이 하지 말라는 것에는 다 이유가 있는 거다.

조금 더 그 말의 뜻을 의심했어야 했는데, 그걸 개인의 욕심으로 치부한 결과가 바로 이것이었다.

"여긴 대체 어디야……."

휘우우우우우웅-!

보이는 건 아무것도 없었다.

강한 어둠과 그 사이를 돌고 있는 반짝이는 물체가 전부였다.

-버텨야 한다! 네가 정신을 잃으면 반지의 힘이 상실되고 말아! 그럼 끝이다!

끝이란 말에 절로 눈이 부릅떠졌다.

그런가?

내가 정신을 잃으면 케라나 제라로바가 반지의 힘을 쓰질 못하나?

해 본 적이 없다.

그렇지만 반지의 보호가 잠시 사라질 건 분명해 보인다.

그랬다가는 내 몸이 이 압력을 견뎌 내질 못하겠지.

"쌍, 이대로 죽을 순 없어!"

그때, 압력이 더욱 강렬해졌다.

저만치로 무언가 빛이 보였는데, 그곳과 가까워지며 일어나는 현상 같았다.

"끄으으으윽!"

정말 이를 악물고 버텼다.

그리고 그 모든 압력에서 벗어난 순간, 정신을 잃고 말았다.

* * *

깨어나 보니 내가 웬 숲에서 바위 위에 앉아 있었다.

"음?"

-이제야 깨어난 것이냐?

"내가 왜 이러고 있어요?"

-네가 정신을 잃고서 참 많은 일이 있었지.

이상한 공간에서 벗어난 순간 정말 높은 허공 위였다고 한다.

케라는 어찌해야 할지 몰라 당황했고, 제라로바는 바람의 원소 마법으로 추락하는 걸 막았다고 했다.

하지만 몸을 제어하는 게 쉽지 않았고, 그때 떠오른 것이 총에 든 총알이었다고 한다.

제어 마법이 걸린 터라 허공에서 멈춰, 거기에 매달린 채로 밑으로 내려왔다는 게 둘의 설명이었다.

"그렇군요. 하긴, 바람의 조절만으로는 사람의 몸을 제대로 날게 하는 게 어려울 테니까……."

내가 정신을 잃을 일이 많지는 않을 테지만, 같은 일이 또 벌어지지 말란 법은 없었다.

"좀 불편하기야 하겠지만, 팔찌나 발찌를 차서 거기에 제어 마법을 걸어 두기라도 해야겠습니다. 그럼 적어도 그런 상황을 다시 겪지는 않아도 될 테니까요."

-지면과 추락 직전에 바람으로 말아 올리는 방법이 있기는 하다만……

나는 적극적으로 막고 싶다.

"아뇨! 그냥 살짝 불편한 게 낫습니다. 떨어지다 말고 허둥지둥 바람에 말려 올라가는 게…… 남들 보기에도 그렇게 괜찮은 모습은 아닐 거잖아요?"

케라도 내 의견에 동참했다.

-그래, 그래서야 멋이 없지.

"그렇죠! 뭔가 근엄한 존재인 것처럼 천천히 내려오는 게 훨씬 멋스러울 겁니다."

제라로바도 생각해 보니 그게 낫다고 여긴 모양이다.

-그래, 뭔가 모양새가 안 좋을 것 같기는 하구나.

아무튼 상황은 알았고.

근데 여긴 어디지?

"혹시 두 분, 제가 정신을 잃고 있는 사이 여기가 어딘지 탐색 좀 해 보셨나요?"

케라가 답해 왔다.

-그게 사실 의견의 충돌이 많았다. 보면 알겠지만, 너의 주변을 보아라.

그제야 알았다.

뭔가 반짝이는 것들이 많다는 걸.

"뭘까요, 이건……. 음? 잠깐만. 지금 느껴지는 이것들 설마……. 마력? 이것들 다 귀물인 건가요?"

-그래, 맞다. 우리와 함께 떨어지던 것들을 이곳에 모아 둔 거지.

"이런 것들이 왜……."

-아무래도 다크 웨이브가 그동안 자신들이 없앤 헌터들의 귀물들을 보관해 두고 있었던 게 아닌가 싶다. 그곳 일대가 공간으로 빨려들며 완전히 소멸이 되었으니 부서지지 않을 것들만 이렇게 같은 공간으로 쏟아진 거지.

"아……. 엇! 잠깐만."

나는 널브러진 귀물 중에 팔찌를 찾기 시작했다.

공간이동 능력자의 팔찌를 말이다.

"찾았다!"

기이한 붉은 빛이 들어간 팔찌여서 알아보는 게 어렵진 않았다.

"다행히 상처는 없어 보이는구나. 다행이야."

-그게 너와 적합성이 맞겠느냐?

여전히 부정적인 제라로바다.

나는 그의 말에 반항하듯 얼른 팔찌를 차 보았다.

"그거야 차 보면 알겠죠."

팔찌는 가운데로 나누어져 결합되는 형식이었다.

주인을 잃은 팔찌.

나도 그랬지만, 그 갑작스러운 상황에서 공간이동 능력자도 도망칠 겨를도 없이 휘말렸던 모양이다.

잠깐 떠오르는 기억이지만, 그곳에 있던 모두가 이상한 공간으로 빠져들며 순식간에 가루로 화했던 것 같다.

"죽은 사람의 것을 바로 차는 게 좀 찝찝하지만 그래도……."

처걱.

팔찌가 채워졌다.

그런데 뭔가 기이한 느낌이 전해지고 있었다.

심지어 팔찌에서 빛까지 흘러나왔다.

"된다! 봤죠, 방금!"

거기다가 뭔가 사용 방법을 알려 주듯 머릿속으로 파고드는 게 느껴지기도 했다.

제이슨으로부터 처음 반지를 빼앗을 때 느꼈던 그것과 같은 느낌이었다.

"이런 느낌이라 이거지……. 좋아, 그럼 어디."

머리로 파고드는 느낌에 따라 거스르지 않고 받아들여 보았다.

화락!

그 순간, 눈앞의 환경이 바뀌었다.

내가 바라보고 있던 곳이 확 하고 눈앞에 와 있었다.

"크그그극! 미치겠네……. 너무 좋아서……. 후후후후."

-음음, 잘되었구나. 때가 되면 잠시 내게도…….

"아! 저기 미리 말씀드리는 건데요. 저 이거 진짜 마음에 들거든요? 제가 얼마나 가지고 싶었는지도 알고 계시잖아요? 다른 건 몰라도, 귀물이 손상되는 실험은 안 된다는 거, 명심해 주세요. 아셨죠?"

-끙, 그리하마.

미리 쇠못을 박아 놔야지, 안 그러면 손상시키고는 미안하다고 입을 싹 닦을 사람이다.

아무튼간에 새로운 능력 추가!

나와의 적합성 등급이 얼마나 되는지는 알아볼 방법이 없지만, 능력이 어디까지 되는지는 차차 알아가 보도록 하자.

-근데 저 귀물들은 어찌할 것이냐?

"역시 이대로 두는 건 안 되겠죠?"

한곳에 모아 두기도 할 겸, 혹시나 싶어 귀물들을 하나하나 만져 보았다.

하지만 다른 느껴지는 건 없었다.

그래서 더 날아갈 것같이 기분이 좋았다.

하필이면 내가 욕심내던 귀물과 적합성이 맞는다니.

이게 말이 돼?

그게 아니면 내가 그만큼 간절히 원한다는 걸 귀물이 알아

준 거려나?

어쨌거나 나는 귀물들을 내가 앉아 있던 바위 옆으로 잘 파묻었다.

"당장 들고 다니기는 어렵고 하니, 이렇게 묻어 둔 후에 나중에 다시 찾으러 와야겠습니다."

나는 곧 주변을 둘러봤다.

"그럼 이제 여기가 어디인지 좀 알아볼까요?"

나는 자연스럽게 핸드폰부터 꺼냈다.

함께 카우라로 둘렀기 때문인지 손상은 없었다.

"보자, 위치 맵으로 보면⋯⋯. 어라?"

-왜 그러느냐?

"위치가 안 잡히네요⋯⋯. 신호도 안 뜨고. 내가 기지국 필요 없이 분명 위성 신호가 닿는 곳이면 어디든 신호가 잡히게 개조해 놨었는데."

구름이 가득 낀 하늘을 보았다.

그 순간, 살짝 스치는 불안감이 있기는 했다.

"설마 그런 말도 안 되는 일이 내게 일어나진 않았겠지⋯⋯."

-어쩌면 이곳은 네가 살던 세계가 아닐지도 모르겠구나.

"커윽!"

나는 진통을 느끼며 가슴을 매만졌다.

-왜 그러느냐?!

-최강아, 어디 아픈 것이냐?

나는 앓듯이 말했다.

"끙, 지금 제가 가장 불안해하는 말을, 어쩜 그렇게 필터 하나 없이 툭 뱉어 내시는지…….'

-아…….

-노인네가 눈치도 없이 말이야.

"솔직히 그렇잖아요. 정말로 그런 거면, 저 진짜 곤란해진 거거든요. 안 그래요?"

그런데 갑자기 하늘로 날아가는 무리들이 보였다.

"음?"

하얗기도 했고, 날개를 펄럭거리고 있어서 처음엔 새인 줄 알았다.

근데 작아 보였던 건 거리가 멀어서였다.

"저건……. 아, 말이네…….'

말?

나는 허탈한 표정으로 웃고 말았다.

말이 하늘을 난다고?

무슨 페가수스도 아니고, 그럼 완전 미친 상황이잖아.

근데 그 미친 상황이 눈앞에 버젓이 일어나고 있다.

나는 고개를 땅으로 떨어뜨렸다.

이제 더는 아니길 바라는 그런 기대조차 할 수가 없어진 때문이다.

"아우, 씨팔…….'

* * *

두두두두두두.

수많은 헬기들이 한 지역을 두고 날고 있었다.

주변으로는 철책이 설치되었고, 일정 공간 안으로 들어가는 곳으로는 삼엄한 경비가 이루어지고 있었다.

그리고 그 중앙으로는 조립식으로 된 시설들이 갖추어져 있었다.

"이렇게나 순식간에 저런 걸 설치하다니. 대단하군."

케리나의 말이었다.

제이슨은 그녀의 옆에서 심각한 표정을 머금었다.

"근데 정말 여기서 무슨 일이 있었던 걸까요? 이곳에 사원이 있었다고 하는데, 사원이 있던 산이 통째로 사라지고 말았습니다."

"잔해가 없다는 건, 어딘가로 빨려들었다는 것일 테고."

"같은 생각입니다."

케리나가 주변으로 움직이는 군인들을 보았다.

"이들을 움직이고 있는 게 발라스라는 조직이라고 했던가?"

"네."

"그 조직은 최강이란 자의 밑에 있고."

"그렇습니다."

"세력을 가진 사람이라 다행이군."

"안 그랬으면 처음 여기로 왔을 때, 문제가 컸을 테죠."

사실 이들이 처음 이곳에 도착했을 때, 이곳에는 때마침 조율자의 장로파는 물론, 골드 킹의 조직까지 함께 도착한 상황이었다.

하지만 원하는 바가 사라진 마당에 서로 싸울 필요가 없어진 상황이었다.

"이럴 수가……! 최강 님께서 저곳에 있었을 터인데……!"

당시 윌리엄이 그 말을 듣고 이런 제안을 하기는 했었다.

"흐하하! 그거 듣던 중 반가운 소리로군! 아무래도 최강 그놈도 여기서 일어난 일에 휘말린 모양인데, 그놈도 사라진 마당에 다시 조율자를 하나로 합치는 게 어떻겠나, 로드?"

제이스는 당시를 떠올리며 한숨을 내쉬었다.

"그때 윌리엄 장로께 케리나 당신이 한 쓴소리가 얼마나 통쾌했는지 모릅니다."

"그런 것들과 함께해 봐야 이 조직에 해악밖에 안 된다는 걸 깨달았거든."

케리나는 몸을 돌렸다.

"어쨌거나 차원의 문도 찾았겠다, 이제 저걸 닫도록 하자고."

"어딜 가십니까?"

"어디긴, 조직의 본단이지. 거기에 저 문을 닫을 도구가 있거든."

"본단에 그런 게 있었습니까?"

"그러고 보니 당신은 모르겠군. 벌써 수십 대 위의 로드에게 말했던 거니까 그럴 만도 해. 호아스 신의 눈물이라고, 아마 귀물들과 함께 보관되어 있을 거야. 우리 세계에서도 단 두 개뿐인 물건으로, 저 차원의 문을 닫을 수 있는 유일한 물건이지. 내가 큰 사명을 띠고 이곳으로 넘어왔을 때 가지고 온 물건이기도 하고. 하지만 따로 보관하기도 어렵고 해서 귀물들과 함께 놓아 두었어. 알다시피 내가 한곳에 머무는 사람이 아니잖아."

제이슨이 곤란한 듯 볼을 긁적였다.

"혹시 그 물건이…… 이만한 크기의 붉은 보석은 아니겠지요? 역대 그 어떤 자와도 적합성을 띠지 않아 와서 그 능력조차 모르던……."

"맞아. 그거야."

제이슨의 표정에 난감함이 스쳤다.

"이런……."

"왜 그러지? 무슨 문제라도 있나?"

"사실 그 물건, 최강 님께서 가져갔다고 전해 들었습니다."

"뭐……! 아니, 왜?"

"최강 님과의 적합성이 발현되었다는 이유로……."

"미친……!"

케리나가 즉시 몸을 돌려 시설이 있는 방향을 쳐다봤다.

"설마……! 그자가 그걸 가지고서 저기에 휘말렸다고? 안 돼, 그럼 안 된다고!"

다른 차원에 가 있는 최강의 손목에서 붉은빛이 번뜩였지만, 허탈함에 빠져 있는 최강이 그런 상황을 알 리 없었다.

* * *

숲을 걷던 나는 최대한 냉철해지고자 했다.

"대체 내가 왜 이런 곳으로 튕겨진 것일까요? 분명 저는 악마의 차원 옆에 있었는데 말이죠."

－그것은 열려 있던 차원의 문을 통해 접한 공간이 아니었다. 일종의 차원의 균열이라고 해야겠구나.

"차원의 균열이요?"

－찢겨진 틈으로 빨려 들어간 게지. 그리고 옆에 있던 악마의 차원과 인접한 차원으로 튕겨진 게 아닌가 싶다.

"돌아갈 방법은 있을까요?"

－아마도 그 원인이자, 네가 지니고 있는 그 수정구에 방법이 있지 않겠느냐?

나도 모르게 기절할 때까지도 꼭 쥐고 있던 수정구.

여전히 내가 가지고 있기는 했다.

물론, 처음처럼 빛이 흘러나오거나 하지는 않았지만.

잠시 수정구를 꺼내어 살펴본 나는 한숨을 푹 내쉬었다.

"뭐가 되었건, 여기서 뭐라도 정보를 얻어야겠네요. 페가수스도 날아다니는데, 여기라고 마법이 없겠습니까."

－그래, 곳곳에서 마력이 느껴지기는 한다. 이곳에도 필시 마법이 존재하는 것이 틀림없어.

솔직히 하늘에 날개 달린 말이 날아다니는 걸 봤을 땐 정말 큰 충격이었다.

혹시 내가 신계 같은 곳에 휘말린 건 아닐까.

걱정도 이만저만이 아니었다.

아무리 내가 특출난 능력을 지녔다지만, 괜히 디디지 말아야 할 곳을 침범하여 큰 벌을 받을까 싶어서다.

"근데 뭐가 이렇게 주변으로 모여드는 것 같은지······. 꼭 감시를 받는 기분이죠?"

-최강아, 곳곳에서 적의가 느껴진다. 아무래도 저놈들이 곧 너를 공격하지 싶다.

"그래도 첫 만남에 칼부림은 자제하고 싶은데······."

기척으로 느꼈을 때, 숲의 움직임에서 직립보행을 하는 소리가 전달되었다.

그래서 사람일 가능성이 크지 않을까 짐작했다.

그런데 바로 그때, 숲에서 거대한 무언가가 빠르게 날아들었다.

크아아아앙-!

"허억! 뭐야······?!"

사람 몸집의 털 달린 짐승이 달려들자 나는 정말 크게 놀랐다.

일단은 피하기 위해 몇 바퀴 휘돌며 물러났지만, 눈앞에 보이는 광경에 심장이 마구 두근거렸다.

나타난 괴물들이 일반적으로 상상하던 괴물과는 너무 달라서다.

머리에는 커다란 눈만 달려 있고, 양손에는 날카로운 이빨을 가지고 있었다.

몸집이 세 배나 큰 건 그렇다 쳐도, 대체 소화 구조가 어떻게 되어 있나 궁금하다.

"아우, 깜짝이야. 아무리 대비를 했다지만, 이렇게 흉측한 것들이 나타나서야……. 근데 니들은 대체 뭐라고 불리는 것들이냐? 왜 입이 손에 있어?"

크르르르르.

하지만 짐승의 목울음 소리뿐이다.

입가로 침을 질질 흘리는 거로 보아 나는 그저 이놈들에게 먹이일 뿐이지 싶다.

"대화가 가능한 짐승들은 아닌 것 같고, 일단 거슬리니까 치워야겠다."

크아아아앙-!

괴물들은 서로 나를 잡아먹기 위해 쟁탈전을 벌이듯 달려들었다.

그 순간, 나는 손아귀로 화염을 만들었다.

화라라라락-!

그 화염은 거대한 불길로 일어나 주변으로 벽을 만들었고, 파도처럼 괴물들을 휩쓸었다.

꾸에에에엑!

소리 좋고.

털조차 모조리 타버린 괴물들은 마치 통구이가 된 것처럼 바짝 타버려서 쓰러져 있었다.

"별것도 아닌 것들이 말이야. 모습만 흉측해서는."

근데 거기서 묘하게 구수한 고기 냄새가 흘러나온다.

꼬르르르륵.

"아, 씨. 이 냄새 은근히 삼겹살 냄새랑 비슷하네……."

그렇지만 괴물들의 흉측한 모습에 입맛이 싹 달아났다.

"아니지. 내가 아무리 배가 고프다고 해도, 저런 건 생각도 말자. 어우, 차라리 굶어 죽는 게 나아."

인위적으로 만들어진 듯한 산길을 걷고 있음에도 나는 이질적인 느낌을 지울 수가 없었다.

"잠시나마 만화 속 판타지 같은 세상을 떠올렸는데. 그건 무리지 싶네……. 후우."

생전 보지도 못한 괴물과 만나고 났더니, 앞으로 또 무엇과 조우할지 걱정부터 앞섰다.

* * *

퍼엉-!

숲에서 울리는 거대한 폭음에 새들이 놀라 날아올랐다.

그리고 바람의 골렘에 의해 피범벅이 된 괴물이 길에 널브러졌다.

"너는 또 왜 입이 배에 있냐고. 손발은 꼭 곰 같이 생겼고……. 하아, 적응이 안 되네. 여기 괴물들은 진짜."

평범한 짐승은 없는 거냐, 진짜?

보통의 동물조차 이렇게 생겼을까 싶어 걱정이 크다.

그럼 대체 나는 뭘 먹고 살아야 하지?

고기를 정말 좋아하는 나로서는 엄청난 난국이 아닐 수 없다.

"아우, 더는 안 되겠네요. 역시 걷는 건 시간 낭비 같습니다."

-뭘 어쩌려고?

"정말 평범하게 걸으면서 사람을 만나고, 서로 말동무나 하면서 이것저것 물어볼 생각이었거든요. 근데 제가 잠시 엉뚱한 로망에 빠져 있었네요. 온통 괴물들투성이니 이렇게 해서는 끝도 없겠어요."

-그래, 차라리 신속한 게 낫지.

"그렇죠? 아무래도 하늘로 날아서 마을을 찾던가 해야겠네요."

그렇게 해서 나는 반지의 빛으로 글라이더를 만들어 하늘로 날았다.

높은 곳에서 보니 정말 주변으로는 숲만 가득했다.

여기를 지금 걸어서 뚫으려고 했다니, 정말 멍청한 생각이었지 싶다.

그런데 바로 그때였다. 더 높이 떠오르자 흐린 날씨의 옅은 구름과 높이가 비슷해졌다. 그리고 머리 위로 무언가 묵직하고 이상한 게 보였다.

"음?"

가만히 고개를 들어서 하늘을 본 나는 그만 날다가 휘청거리고 말았다.

"허억!"

머리 위로 거대한 행성이 무척 가깝게 떠 있었기 때문이었다.

"뭐야, 이거……!"

흐린 날씨에 구름이 많은 날이어서 지금까진 몰랐다.

그런데 구름 위로 오르고 나니 그제야 보이는 것이다.

지금 내가 날고 있는 곳과 비슷한 크기로 보이는 거대한 행성이 달보다도 더 가까이 접근해 있는 것이.

마치 당장이라도 떨어져 내린 것만 같은 느낌에 나는 다시 땅으로 내려왔다.

터덕.

"방금 보셨어요?"

-그래, 보았다.

-저렇게나 큰 다른 세상이 하늘 위로 존재해 있다니. 무척 놀랍구나.

나는 이해가 안 되었다.

"이건 과학적으로는 설명이 안 되는 건데……. 이렇게나 큰 행성이 서로 가까이에 있으면 서로 중력이 끌어당길 거거든요. 그럼 벌써 충돌이 있었어야 했을 텐데……."

-마법이 있는 세상에 그런 섭리가 통하리라 보느냐?

그래.

그 말이 맞다.

마법을 어떻게 과학으로 설명하려 할까.

애초에 무리인 것이다.

"듣고 보니 그러네요. 근데 저긴 뭐가 저렇게 검고 칙칙할까요? 그러고 보면 내가 하늘 위에서 봤던 지형과 비슷한 지형이 보이는 것도 같고……."

-마치 하나의 세상을 빛과 어둠으로 나누어 놓은 것 같은 형태구나.

"그러니까요."

나는 바람을 일으켜 바로 머리 위의 구름을 걷어보았다.

그러자 둥글게 퍼지는 하늘 너머로 거대한 행성이 또렷하게 보였다.

"안 그래도 놀라운 것투성인데. 이런 것까지 나온다고? 와……. 돌아 버리겠네."

나는 손으로 얼굴을 쓸었다.

빨리 돌아가고 싶은 생각이 굴뚝같았다.

뭔가 계속 이런 세상에 있다가는 큰일을 당할 것만 같은 기분이었다.

"어떻게든 빨리 돌아갈 방법을 찾아야겠습니다."

그렇게 나는 다시 하늘을 날았고, 최대한 빨리 사람이 있을

곳을 찾기로 했다.

* * *

세에에에에엑-!

날아가던 새를 추월하며 날던 나의 시야에 무언가가 보이기 시작했다.

그것은 둥글게 말린 산 안으로 있는 거대한 성이었다.

형태로 보아 중세의 성처럼 보였다.

"찾았다!"

하지만 날아서 접근하면 저들의 경계를 살지도 몰랐다.

하여 조금 떨어진 곳으로 내려서서 성벽 앞쪽으로 있는 마을로 접근했다.

그런데 숲길을 지나 앞으로 나아가는데, 다리 위로 갑옷을 입고 선 사내들이 보였다.

사람!

"휴우, 다행이다. 적어도 사람은 같은 모습이라."

진심으로 미치도록 반가웠다.

정말이지 이곳 세상에 와서 보는 가장 멀쩡한 존재들이다.

만나는 괴물마다 괴이하게 생기고, 하늘에는 똑같은 크기의 어둡고 칙칙한 행성이 떠 있었다.

그래서 만나는 사람조차 그 형태가 다르면 어쩌나 불안하기만 했다.

한데 다행히도 이곳에 사는 사람들은 나와 생김새가 똑같았다.

"어째 길을 지키는 것 같은데. 이대로 들어가도 제지를 하거나 하진 않을까요?"

-말하는 언어는 분명히 다를 거다. 미리부터 언어소통 마법을 쓰는 게 어떻겠느냐?

"안 그래도 저도 그 생각을 하고 있었네요."

그런데 막 뒤쪽으로 마차 한 대가 들어서고 있었다.

나는 숲으로 숨어 상황을 지켜봤다.

마부는 뭔가 나무로 새긴 패를 보이더니 안으로 들어가는 것 같았다.

"뭔가 신분증이 있어야 하는 모양입니다. 이래서야 그냥 들어가 다가는 수상한 사람 취급이겠네요."

-수문장들과 대화를 나누는 건, 아무래도 실이 크지 싶구나.

케라나 제라로바도 처음 접하는 세상이다 보니 모르는 것 가득, 궁금한 것 가득이다.

하여 우리는 정말 탐구하는 마음으로 이곳 세상을 대하고 있었다.

그리고 마찰은 될 수 있으면 피하는 게 상책이기에 투명 마법을 사용하여 마을로 들어섰다.

"휴, 드디어 안으로 들어왔네요."

내부는 벽돌로 지어진 건물이 가득이었다.

지어진 형태로 봐서는 그렇게 낙후된 세상은 아닌 것 같았다.

심지어 주변에 수로도 잘 만들어 둔 모습이었다.

나는 길거리를 거니는 수많은 사람들을 보았다.

"들어오긴 했는데, 어디서 뭘 물어봐야 할지 난감하네요. 그렇지만 역시 이럴 땐 술집만 한 곳이 없죠."

일단 이곳 세상에 관해 알려면 사람이 많이 모이는 곳으로 가야 했다.

그래서 나는 낮임에도 술집부터 찾았다.

낮부터 술을 마시는 게 이상한 세상은 아닌 건지, 술집에는 은근히 사람이 있었다.

해서 나도 자리를 잡아 주변으로 들려오는 대화를 듣기 시작했다.

"이번 왕자들의 왕위 쟁탈전으로 각 영지들도 곳곳에서 전쟁을 벌이고 있어 정말 큰일이야. 도대체 언제가 되어야 조용해질지."

"쿠에벤 영지의 영주는 첫째 왕자의 편에 섰다는 게 드러나자마자 공격당하여 그 목이 성문에 걸렸다고 하더군."

"쿠에벤 영지면, 그리 쉽게 당할 곳은 아니었을 텐데."

"둘째 왕자인 카르만 왕자를 미는 귀족들이 더 막강하다는 것일 테지."

"하지만 국왕은 첫째 왕자인 헤르메인 왕자를 왕위계승자로 본다던데."

"힘없는 왕 따위, 누가 그 의견을 받아들이겠나? 결국 귀족들이

미는 사람이 왕이 되는 것이지."

이것저것 술도 시키고 음식도 시키며 몇 시간은 주변의 대화를 들은 것 같다.

돌아갈 방법을 찾은 건 아니지만, 그로서 이곳 세상에서 일어나는 정치적 이슈 정도는 알 수 있었다.

"오늘내일하는 국왕에, 앞으로 그 자리를 이어받을 왕자들의 왕위의 쟁탈전이라. 딱 중세 시대의 모습이긴 하네요. 근데 좀 다른 게 있다면, 온 세상이 하나로 통일되어 있다는 건데……."

-하나의 왕조 속에, 여러 영지들이 나라의 형태를 띠고 있는 것 같더구나.

"그리고 황당하게도 귀물을 사용하는 사람들이 범죄자처럼 낙인 찍혀 있네요. 마병대라는 기사들이 귀물 사용자들을 사냥하는 것 같고요."

알고 보니 이곳에도 귀물이 존재했다.

하지만 귀물의 사용은 금기시되어 있었다.

사악한 힘이라고 낙인찍어, 귀물을 빼앗고 그 사용자를 처형하는 모양이었다.

"아무래도 이곳은 조율자 조직이 관리하는 차원의 문 너머인 것 같은데……. 뭔가 이상합니다. 나는 분명 악마의 차원 근처에 있었는데, 어떻게 이곳으로 튕겨진 걸까요?"

-그나마 다행인 게 아니겠느냐?

"훗, 그 말은 맞네요. 악마 세상보다야 백 번 낫죠."

너무 오래 앉아 있었던 것일까, 주인이 나를 보는 눈치가 이상했다.

적당히 사라져 줘야 할 때임을 알아차린 나는 자리에서 일어나려고 했다.

그런데 그 순간, 아차 싶었다.

"아…… 잠깐만……. 근데, 계산을 어떻게 해야 하나……."

생각해 보니, 그게 문제였다.

워낙에 뭔가를 계산하는 것에 풍족함이 넘쳐나다 보니 그런 문제를 전혀 생각지 못했다.

나한테 이곳의 화폐가 없다는 걸 왜 생각 못했지?

"끙, 초장부터 무전취식으로 쫓겨 다녀야 할 판이네. 이걸 어떻게 하지?"

내 신세가 참 비루하기 짝이 없다.

다신 하지 않아도 될 것 같았던 돈 걱정을 이런 곳에 와서 하게 될 줄이야.

아무튼 주인과 시선을 마주치진 말자.

알아차리면 곤란한 상황이 이어질 테니.

"이거 어쩌죠. 먹은 걸 계산할 돈이 없는데."

몇몇 사람들이 계산을 하고 가는 걸 보았다.

뭔가 문양이 그려진 은색 동전 몇 개를 두고 가는 것 같았다.

그로 보아 술이나 음식이 그리 비싸지는 않지만, 그 은색 동전이 몇 개는 필요할 것 같았다.

어떻게든 조용하게 정보나 얻다가 돌아갈 방법을 찾고 싶었는데.

이 상황을 어떻게 모면해야 하나.

그런데 바로 그때였다.

콰당!

갑자기 술집 문이 격하게 열리더니 갑옷을 입은 자들 몇이 쳐들어왔다.

"이곳에 수상한 자가 있다고 하여 왔다! 그자는 어디에 있느냐?!"

근데 하나같이 모두의 시선들이 나를 향한다.

"에에?"

경비병들이 나를 감싸고, 손에 수갑을 채웠다.

처걱.

"아니, 왜……."

그리고 잠시 후, 나는 깔끔하기는 하지만 정말 아무것도 없는 철창 감옥에 갇히고 말았다.

철컹!

"정말 이런다고? 이렇게 갑자기? 아니, 내가 뭘 어쨌다고?"

* * *

라프 영지의 패트릭 영주는 보고를 접하며 표정을 바꾸었다.

"수상한 사내가 영지 내로 들어왔다. 그것도 버젓이?"

"옷차림, 머리 색, 거기에 피부색까지 이 주변에서는 볼 수 없는 모습이었습니다."

"카르만의 첩자일까?"

"잡아 두기만 했을 뿐, 아직 심문 전입니다. 하명하시면 즉시 심문을 시작하겠습니다."

패트릭 영주가 자리에서 일어났다.

"아니. 내가 직접 물어보도록 하지."

"영주님께서 말입니까? 하지만 위험한 자일 수도 있습니다."

"기사단장인 가오스 자네가 함께 있는데, 뭐가 문제인가? 그리고 나도 그리 약한 사내는 아니지 않나?"

"그렇기는 합니다만."

"단순한 첩자는 아닐 것 같아서 한번 보고 싶은 거야. 첩자라면 그렇게 수상한 모습으로 여길 나타나진 않았을 테니까. 그렇지만 궁금증은 생긴단 말이지. 이 시기에 그런 모습으로 내 영지에 나타난 그의 정체가."

* * *

끼이이익.

쇠문이 열리는 소리와 함께 또렷한 발소리가 들려왔다.

또각. 또각. 또각.

느낌 상 사람은 셋.

그리고 곧 백색 바탕에 곳곳으로 붉은 줄무늬가 있는 말끔한 옷차림의 사내가 철창 반대편으로 섰다.

그 뒤로는 검은 갑주를 입은 사내가 있었는데, 한눈에 보기에도 그 기세가 보통이 아니었다.

그리고 나머지는 이곳을 지키는 간수 같았다.

"그대인가? 내 영지로 숨어든 자가."

신분이 높은 자.

내 영지라고 하는 거로 보아 이 땅의 주인인 게 틀림없다.

"당신이 영주인가?"

뒤에서 검은 갑주의 사내가 즉시 검을 빼 들었다.

"이 건방진 놈이, 감히 이분이 누구인 줄 알고!"

하얀 복장의 사내가 그를 말렸다.

"가오스 단장, 진정하게. 대화 중이지 않나?"

"끄음, 아무래도 제가 실수를 한 것 같습니다. 저런 발칙한 놈은 형장에서 고문으로 심문해야 옳은데 말입니다."

가만히 듣는데 심기가 무척 뒤틀린다.

"후훗, 그랬으면 그 자리에 있던 사람들 전부 죽었을걸?"

"뭐라? 붙잡혀 있는 놈이 황당한 소리를 지껄이는구나!"

나는 두 손을 들어 손목에 찬 수갑을 보았다.

"아, 이거?"

내 엄지손가락이 손목을 스친 순간, 수갑은 뚝 하고 떨어져 내렸다.

처럭!

당연한 반응일 테지만, 그들 모두의 눈이 휘둥그레졌다.

"아니!"

"그 수갑을 풀었다고?"

나는 그들을 보며 말했다.

"잠깐 상황이 어떻게 돌아가는 건지 알아보려고 잠자코 있던 건데. 다짜고짜 사람을 잡아놓고는 너무 무례하네. 그렇게 생각 안 하나, 영주?"

"자네, 대체 정체가 뭔가?"

"일단은 방랑자라고 해 두지."

"방랑자라고?"

나는 내가 갇힌 감옥을 둘러보며 말을 이었다.

"나도 여기서 곰곰이 생각해 봤는데. 상황은 이해가 가. 지금 한참 왕위 쟁탈전 중이라지? 그런 상황에 당신들 문화와는 맞지 않은 옷차림으로 돌아다니고 있었으니 수상하게 보였을 수밖에. 그러니 뭐, 첩자라던가 그 비슷한 사람이라고 생각했을 거야. 그렇지?"

"자신이 처한 상황을 잘 이해하고 있군."

"응, 솔직히 처음엔 왜 이러나 했지만, 지금은 내 상황을 이해했어. 근데 말이야. 이젠 당신들 상황을 고민해 봐야 하지 않을까?"

"무슨 뜻이지?"

나는 뒤에 있는 가오스라고 불렸던 사내를 쳐다봤다.

"방금 저 아저씨가 형장이 어쩌고 했을 때 말했잖아. 그런 짓을 했으면 다 죽었을 거라고. 그리고 방금 본 것처럼 나는 묶어 두고 가둬 둔다고 해서 어떻게 할 수 있는 사람이 아니야. 그러니까, 나에 대한 대우를 다시 검토해 봐야 하지 않나, 그걸 묻고 있는 거야."

영주는 잠시 시선을 내려 내 팔에서 떨어진 수갑을 보는 듯했다.

하지만 곧 다시 나와 눈을 마주쳐 왔다.

"자네가 아는지 모르겠는데. 지금 자네 앞에는 이곳 영지에서 가장 강한 두 사람이 서 있다네. 그런 우리를 상대로 정말로 뭔가를 할 수 있다고 생각하는 겐가?"

나는 무척 편안한 미소로 답했다.

"사실 순순히 끌려온 것에는 여러 사정과 생각이 있어서인데. 들어 볼래?"

-사실은 무전취식을 넘어갈 방법을 찾고 있던 게 아니었더냐?

쿨럭!

끙, 하필이면 꼭 이 중요한 순간에 끼어들어서 가슴을 후벼 파야 합니까?

이 할아버지 갈수록 눈치가 없네.

나는 잠깐 받은 정신적 대미지에서 벗어나 다시 말했다.

"이렇게 갇히고 나면 조금 높은 사람을 만날 것도 예상은 했어. 심문을 하더라도 병사대장 정도는 나오지 않겠나 싶었거든. 그게 아니면 문제라도 일으켜서 시선을 좀 모아 볼까도 했지. 그럼 뭔가 이곳 성에서 좀 더 비중 있는 사람과 얘기해 볼 수 있지 않을까 해서."

"그런데 갑자기 내가 찾아온 것이군."

"어. 그래서 솔직히 좀 반갑기도 해. 근데 여기서 중요한 한 가지! 이쯤에서 우리 사이를 잘 정해야 할 것 같단 말이지. 적이냐, 아군이냐 하는 걸."

"마치 그 선택이 내게 달린 것처럼 말하는군."

"훗, 맞아."

그는 잠시 생각에 잠기더니 말했다.

"이 모든 게 마치 자네 의도처럼 흘러간다고 말하고 있으니 묻겠네. 내 입장에서 봤을 때, 자네의 그런 말투와 행동이 무척 불쾌할 거라고는 생각지 않는가?"

"한 나라의 주인조차 발아래로 두었던 나야. 직급이나 자존심이나 명예를 따지는 거라면, 내가 당신보다 낮지는 않을걸?"

"재밌는 소리를 하는군."

"나에 관해 궁금하지 않나? 들으면 아마 깜짝 놀랄 텐데."

"거짓과 헛소리가 아니란 걸 어떻게 장담하지?"

나는 잠깐 옆으로 걷다가 철창을 숙 하고 넘어 같은 복도에서 그들을 마주 보았다.

"이렇게 할 수 있음에도 당신들에게 위협을 가하지 않고 있잖아."

"그것은…… 마법이로군. 혹시 귀물 소유자인가?"

검은 갑주의 사내가 검을 빼 들며 앞으로 나섰다.

"영주님, 뒤로 물러나십시오! 이놈, 위험한 놈입니다!"

그러더니 그가 내게 말해왔다.

"이놈, 귀물 사용자여서 그리도 자신만만했구나! 하지만 곧 알게 될 것이다. 그 자만이 소용없는 거라는 걸!"

마법을 보여 줬더니 바로 적개심을 보인다.

그래, 여기선 귀물 사용자를 죄인 취급했었지.

물론…… 굳이 이런 상황으로 전개되지 않을 다른 방법도 많았을 것이다.

근데 그게 싫다.

이런저런 회유와 변명으로 상대를 이해시키고 사정하는 건 내 성격과 맞지가 않았다.

그것이 힘을 가진 이후로 생긴 나쁜 습관인지는 몰라도 아무튼 이제는 싫었다.

"싸움을 걸어온다면, 상대해 주지."

* * *

가오스는 커다란 검을 휘두르며 매섭게 달려들었다.

빛을 두른 그의 검이 휘둘러짐에 따라 벽이고 쇠창살이고 무시할 수가 없었다.

전부 베이고 끊어졌기 때문이다.

좁은 공간에서 그처럼 커다란 검을 쓴다는 것이 불리할 것도 같았지만, 그에겐 상관없는 얘기였다.

까강!

나는 일단 간부터 보고자 했다.

귀찮다는 듯 가볍게 휘두른 검에 그가 주룩 밀려나는 게 보였다.

뭐야, 보기보다 강하진 않은데?

동시에 영주의 눈빛도 달라지는 걸 볼 수 있었다.

"나의 검을 막았다고?"

"막은 것만 봤어? 당신 방금 나한테 엄청 밀렸거든?"

"이놈이⋯⋯!"

그는 분한 듯, 얼굴이 붉으락푸르락해서는 달려들었다.

나는 그의 검을 막고 피하며 검에 깃든 빛을 유심히 살폈다.

필시 저 빛이 검의 날카로움을 더해 주는 것 같았다.

단순한 검으로는 그 날이 베이는 건 당연한 이치일 것이다.

그렇지만 나의 검에는 마력도 있었고, 카우라도 넘쳐흘렀다.

결코 그의 힘에 뒤질 능력이 아니었다.

까강! 청!

"실력은 좀 되는 것 같은데. 내가 배운 것에 비하면 수준이 낮아."

-옳다!

나는 그를 몰아붙였다.

번개같이 날아드는 나의 검에 그의 손도 같이 바빠졌다.

처컹!

먼저 건틀렛 하나를 박살을 내어 놨다.

나는 베는 것보단, 찌르는 위주로 공격을 했다.

결국 그의 갑주는 곳곳이 구멍이 나 볼품없게 변해 버리고 말았다.

스르르륵……

나는 몸을 뒤로 빼 고개를 갸웃했다.

"이걸 계속해야 해? 봐주는 것도 귀찮아지려고 하는데."

가오스는 자신의 갑주를 보며 식은땀을 흘렸다.

"끄음……."

영주도 가만히 그의 갑주를 보더니 내게 말해 왔다.

"실력이 대단하군."

"노는 건 여기까지 했으면 하는데. 자, 선택해. 대화야, 싸움이야?"

나는 그의 얼굴에 그려지는 미소를 보며 곧 나올 답이 내게 이로운 것임을 알 수 있었다.

"좋아. 나도 당신이 누구인지 궁금해졌으니 그 대화를 승낙하도록 하지."

* * *

좀 더 화려하고 깨끗한 공간.

거기다가 차와 입이 즐거운 과자까지.

음~ 내가 원했던 바로 이런 거였어~

과정이야 조금 거칠기는 했지만, 이렇게 좋은 대화의 공간을 만든 건 정말 좋은 결과지 싶었다.

단, 단둘이 아닌, 주변으로 십 수 명의 기사들과 아까 싸웠던 가오스라는 사람이 두 눈을 시퍼렇게 뜨고서 지켜보고 있다는 게 단점이긴 했지만.

"그러니까 자네가 다른 세상에서 온 사람이다. 이 말인가?"

"맞아. 그리고 난 다시 그곳으로 돌아갈 방법을 찾고 있어. 내가 이곳 세상을 설치고 다니는 게 여기 사람들로서도 좋을 건 없다고 보는데. 어떻게 정보 같은 도움이라도 좀 주면 안 될까?"

자신을 페트릭 영주라고 밝힌 그가 신중해졌다.

"믿기지가 않는군. 다른 차원에서 온 사람이라니. 가는 사람은 있었어도, 돌아온 자는 없다고 들었는데⋯⋯."

"잠깐만. 방금 그 말, 무슨 뜻이지?"

"황당하긴 하지만, 자네 말을 아주 안 믿는 건 아니야. 이곳 세상에 다른 세상으로 통하는 문이 열려 있는 것도 사실이고."

"정말? 그 문이 어디에 있는데?"

"그곳은 자네 혼자서는 갈 수 없는 곳에 있다네."

"어디든 갈 수 있으니까 알려 주기만 해. 난 그거면 돼."

"그건⋯⋯."

나는 강한 기대로 그를 쳐다봤다.

이렇게나 빨리 돌아갈 수 있는 방법을 찾다니.

흥분이 마구마구 전신으로 번져 왔다.

"말해줄 수 없다네."

"으잉? 뭐……?"

뭘까, 이 음침한 눈빛은.

어이, 이봐.

그거 당신하고 안 어울리는 눈빛이야.

"하지만 그대가 우리에게 도움을 준다면, 다시 생각해 볼 수도 있을 것 같은데……."

"지금 조건을 달겠다는 거야?"

내가 매서운 눈빛으로 그를 쳐다보자 주변에서 동시에 쇳소리가 들려왔다.

스륵. 스륵.

주변 기사들은 내가 조금만 허튼짓을 하려고 해도 당장에 벨 기세였다.

곧 페트릭 영주가 내게 말해 왔다.

"서로 도움을 주고받는다면 이보다 유익한 관계가 어디에 있겠 나?"

"하아……. 혹시 왕위 계승 때문에 이래?"

"능력도 출중한데, 이해도 이처럼 빠르니 앞으로 정말 큰 도움이 될 것 같군."

"진짜 이곳 세상의 일에는 관여하고 싶지가 않은데. 진짜 꼭 이래야겠어? 내가 억지로라도 알아내려고 하면 어쩌려고?"

"아무것도 모르니 그런 말을 하는 거겠지만, 자네가 가려는

난 진짜 마법사거든 43

곳은 매우 강력한 마법으로 봉인된 곳이라네. 어떠한 마법적 능력을 지녔어도 그곳을 접근하기란 어렵지. 모든 마법이 해제되는 공간이거든."

"모든 마법이 해제되는 공간……."

진짜일까?

만약 진짜라면 숨어드는 건 불가능할지도 몰랐다.

아우, 짜증 나.

그냥 여기서 확 다 뒤집고 심문 마법으로 알아낼까?

그런데 갑자기 페드릭 영주가 내 생각을 꿰뚫은 듯 보태어 말했다.

"혹시라도 우리에게 마법을 이용해 뭔가를 알아낼 거라면 포기하게. 귀물 능력자를 잡는 기사에겐 모두 마법 저항력 도구가 있거든. 그래서 아마 안 통할 거야. 자, 생각할 시간은 주도록 하지. 하니, 며칠 여기서 머물며 판단하도록 하게."

방을 배정받은 나는 고민에 빠졌다.

"뭔가 제대로 걸려든 기분이죠?"

-아무래도 이들에게 도움을 줘야만 네가 얻고 싶은 것도 얻을 수 있지 싶구나.

"후우……. 상부상조. 원래는 참 좋은 말인데, 지금은 참 불편하네요."

어쨌거나 내가 원하는 걸 얻으려면 저들의 요구를 들어줘야 한다.

그러나 오로지 저들만 믿을 나도 아니었다.

"그 저항력이라는 거, 여기에 있는 동안 그것에 대해서 좀 더 알아봐야겠습니다. 하나만 믿고 있다가 뒤통수 맞고 싶지는 않거든요."

-옳은 판단이다.

-그래, 그 저항력을 없애어 정보를 알아낼 방법도 찾도록 하자.

* * *

저들이 지니고 있다는 저항력에 대한 궁금증은 날로 커져만 갔다.

정말로 마법이 안 통할까? 원소 마법은? 물리적 충격은 어디까지 막아 줄까? 의문이 겹겹이 쌓였다.

"하나 훔쳐다가 실험해 볼까요?"

-순순히 내어주진 않을 텐데.

"그러니까 훔치자는 거죠. 저들도 훈련 이후에는 몸을 씻을 테니까."

나는 투명 마법으로 몰래 방을 빠져나갔다.

기사 하나가 문 앞을 지키고 있지만, 나를 보지는 못하는 것 같았다.

그것으로 하나는 알 것 같았다.

"아무래도 저들이 말하는 저항력이라는 건 자신에게 걸리는

마법이나 공격은 막을 수 있어도, 이렇게 모습을 감추는 건 볼
수 없는 모양입니다."

-숨어다니는 데에는 문제가 없겠구나.

그래서 여기저기 참 많은 곳을 훑고 다녔다.

그런데 성 내부가 어찌나 넓은지 온 길을 확인하지 않았다가는
길을 잃을 정도다.

하얀색의 벽으로 지어진 성은 매끈하게 잘도 지어져 있었다.

이런 걸 보면 건축 기술은 참 대단한 것 같은데.

그렇지만 감탄도 여기까지.

나는 기사들이 훈련하는 곳을 찾아갔고, 몇몇 훈련을 마친 자들
이 씻으러 가는 걸 보고 뒤따랐다.

"오~ 몸들 좋고."

탈의하는 그들의 몸은 웬만한 보디빌더 저리가라였다.

그들은 옷을 벗고는 길게 흐르는 물 가까이 가서 바가지로
몸을 씻었다.

그런데 저마다 매고 있는 목걸이가 눈에 띈다.

혹시 저게 그 저항력을 만들어 주는 도구?

문제는 누구 하나 풀어놓고 간 자가 없다는 거다.

"저렇게 다 착용하고 다녀서야, 구할 방법이 없겠습니다."

-한 놈 기절시키는 건 어떠하냐?

"그랬다간 편안한 침대가 있는 방이 아니라, 다시 감옥에 갇힐
것 같은데요. 저들도 내 짓이라는 걸 모르지 않을 겁니다."

실망하여 밖으로 나오는 나에게 케라가 물어왔다.

-그래서 이제 어쩔 생각이냐?

"몰래 하는 게 어렵다면, 정공법으로 가야겠죠."

그러한 이유로 나는 다시 페트릭 영주를 만났다.

그는 나의 요구에 고개를 갸웃하고 있었다.

"그러니까, 이곳 사람과 마법으로만 다시 붙고 싶다고?"

"맞아. 솔직히 그쪽도 내 능력이 어느 정도인지 알고 싶지 않나?"

내 말이 설득력이 있었는지 그도 살짝 고개를 끄덕여간다.

검술과 마법으로 충분히 쓸모가 있다고 여기기는 했을 테지만, 아직 이들은 나의 능력을 정확히 모른다.

나 역시 내 능력이 어디까지 통할지 알 수 없다.

그러니 서로의 공격력과 방어력을 알아보는 시간을 갖는 것도 유익할 것이다.

"꽤나 볼만한 광경이 되겠군. 자네 입장에서야 우리가 가진 저항력이 어느 정도나 되는지 그걸 알고 싶은 걸 테지만, 나 역시 자네 능력을 알고 싶은 건 사실이니까."

어우씨.

눈치 빠른 놈.

하긴, 정치질 하는 놈에, 이만한 세력을 거느린 자라면 그 정도 수는 짐작할 수 있을 것이다.

어차피 나도 숨길 생각은 없었다.

"그럼 이해관계는 맞는 것 같고. 상대를 골라 줬으면 하는데."

"자네 정도의 사람을 상대할 사람이라고는 이 영지에서 한 사람밖에 없지."

그 결과, 나는 다시 검은 갑주의 가오스 기사단장과 마주 서게 되었다.

넓은 연무장으로 수많은 기사들이 둘러서서 지켜보는데 어찌나 부담스러운지.

귀물 능력자를 1급 범죄자처럼 취급하며 잡는 기사들이니 좋은 수업이 되긴 할 거다.

그렇지만 나를 저들의 교육 과세로 만드는 건 너무 한 거 아닌가?

"또 마주하게 되는군."

"검이 아닌, 마법으로 나를 상대하고 싶다 했다고?"

"아아? 그게 그런 뜻은 아니었을 텐데……."

"어제의 설욕을 오늘 제대로 갚아 주지."

"어이, 이봐. 대련이야, 대련. 서로 시험차 하는 대련이니까 살벌하게 가진 말자고."

이놈, 말을 들을 생각이 없다.

다짜고짜 검을 빼어 들더니 황소처럼 달려든다.

근데 갑옷은 왜 이렇게 멀쩡해?

벌써 수리가 될 리는 없고.

몇 개나 똑같은 걸 만들어 두기라도 한 건가?

잠깐 생각하는 사이 그가 코앞까지 다가왔다.

"그래, 나도 처음부터 네가 말이 통할 상대는 아닌 것 같았다."

나는 뒤로 빠지며 반지의 능력부터 시험해 보고자 했다.

휘잇-!

쭉 빠져서 흘러나온 반지의 빛이 채찍처럼 가오스를 향해 뻗어 나갔다.

스핫!

그런데 가오스가 검을 휘두른 순간, 빛이 싹뚝 잘려버렸다.

"음!"

"후훗! 소용없다!"

몇 번이나 휘두르고 방패처럼 앞으로 막을 씌웠다.

그렇지만 그때마다 잘리고, 찢겼다.

가오스의 빛나는 칼 앞에, 반지의 빛은 조금도 무기나 방패의 역할을 하지 못했다.

"기사들이 귀물 능력자의 사형집행인이란 말이 왜 도는 건지 이제야 알겠군."

그러고 보니 저 검.

다른 기사들도 똑같은 걸 사용하는 것 같았다.

아마도 귀물의 능력을 무효화시키는 능력이 있는 게 아닐까?

거기다가 놀랍도록 예리한 날카로움까지.

"좋아, 귀물이 안 통하는 건 알겠고, 그럼 다른 마법은 어떨까?"

나는 곧 원소 마법을 펼쳐 보았다.

처음은 불이었다.

혹시라도 화상을 입으면 금방 치료해 줄 생각으로 조금 강하게 일으켜 보았다.

화라라락-!

강한 불길이 5미터까지 솟구치며 지면을 타고 가오스를 향해 날아들었다.

"겨우 이것뿐이냐?!"

파앗!

불길을 뚫고서 달려드는 그의 모습에 나는 살짝 당황하며 옆으로 피했다.

그 순간, 나는 볼 수 있었다.

그의 몸으로 둘러지는 기이한 힘을.

저게 그 말로만 듣던 저항력인가?

"그럼 이런 건 어떨까?"

땅을 끌어올려 벽을 세웠다.

구구구구국-!

벽은 올라오는 즉시 파괴되며 산산조각이 났다.

쿠광-!

그리고 그 뿌연 연기 속을 가오스가 짐승처럼 뚫고 나왔다.

휘익-!

"마력이 깃든 것들은 우리에겐 소용없어!"

허공에서 얼음을 만들어 던져 봤지만, 그의 몸에 닿자마자 산산조각이 났다.

마치 그의 몸 주변으로 마법의 힘이 닿으면 모든 걸 무효화시키는 것 같았다.

"마력이 깃든 것은 소용없다고……. 좋아. 그럼 이것도 안 되나 보자."

나는 혹시나 싶어 그와 나 사이로 얼음판을 만들어보았다.

어떠한 것도 하지 않고, 얼음판을 만든 후에 마력을 거두어보았다.

물을 끌어와 온도를 낮춰 얼음을 만드는 그저 간단한 과학의 원리로 만든 얼음판이었다.

그 순간, 가오스가 당황하며 핑그르 돌았다.

콰당-!

"커윽!"

그리고는 내 앞까지 쭉 미끄러져 왔다.

"어우, 많이 아프겠네. 심하게 넘어진 것 같은데."

그는 이해할 수 없다는 표정을 지었다.

"대체 뭘 어떻게 한 거지? 마법은 통할 리가 없을 텐데?"

"훗, 내가 너희들의 공략법을 깨달은 거지. 자, 계속해 볼까?"

부끄럽게 넘어진 가오스의 표정은 수치심으로 가득했다.

"네 이놈……!"

가오스가 다시 달려들었다.

휘두르는 검에서는 어떻게든 나를 한 번만 베자는 강한 의지가 느껴졌다.

이놈, 아무래도 실수로라도 나를 죽였으면 하는 것 같다.

나의 쓸모없음을 영주에게 증명해 보이고 싶은 걸까?

처음부터 나를 싫어했던 것 같으니 그것도 이해는 간다.

"자, 이제는 어떻게 되는지 보자고."

일순간, 거대한 불길이 일어나 가오스를 휘감았다.

그 주변으로 정말 강렬한 열기가 전달될 정도로 큰 불길이었다.

그때까지만 해도 가오스 주변으로 생긴 막이 그를 보호해 주는 것 같았다.

그래서 난 찰나의 순간에 마력을 거두어 보았다.

귀물 능력자라면 그를 태워 버릴 생각으로 더욱 강한 힘을 쏟아부었을 테지만, 난 그저 자연스러운 불길로 타도록 내버려 두었다.

그 결과.

"끄아아아악! 뭐야……! 흐아아악! 아아아아악!"

가오스가 불길 속에서 얼굴을 가리고 팔짝팔짝 뛰고 있었다.

불길은 오래 유지되지 않고 잠깐 타오르다가 사라졌지만, 가오스는 약간의 화상을 피할 수 없었다.

패트릭 영주도 놀란 것일까?

앉아서 관전하던 그가 벌떡 일어나 심각한 표정을 머금는 게 보였다.

왜, 놀랐어?

곧 가오스가 몸을 부들부들 떨며 일어났다.

"어떻게…… 마법은 우리에게 통하지 않을 텐데……."

"그래서 마력을 빼고 오로지 자연적 현상만 남겨 둬 본 거야. 근데 보니까 너희가 가진 저항력이란 건, 불에 대한 저항력이 아니라, 그냥 마법에 대한 저항력일 뿐이군. 그럼 이런 것도 통할 것 같은데."

나는 가오스의 머리 위로 거대한 얼음송곳을 만들었다.

그 크기를 키우느라 만들어지는 데에는 살짝 시간이 걸렸지만, 아무튼 서서히 그 크기를 키웠다.

그리고 일부러 떨어뜨리려는 마력을 거두고, 그냥 놔두었다.

후우우우우웅-!

그저 중력의 법칙에 의해 떨어지도록 만든 거다.

"허억!"

가오스는 검을 휘두르며 옆으로 몸을 날렸다.

얼음송곳의 끝이 살짝 베이긴 했지만, 그대로 연무장 바닥을 부수며 박혀 들었다.

쿠구구- 우우웅-!

"이럴 수가……!"

"파괴되지가 않았어……!"

"어떻게 된 거지?"

기사들도 상당히 당황하는 눈치다.

그래, 너희들의 저항력을 무용지물로 만드는 걸 봤으니 놀랄 수밖에.

그래도 걱정은 마라.

귀물 능력자들 중에 나처럼 할 수 있는 사람은 많지 않을 것 같으니까.

가오스는 꽤나 형편없는 꼴이 되어서는 와르르 깨진 커다란 얼음들을 밀어내며 일어났다.

"이놈, 대체 몇 가지나 되는 귀물을 가지고 있는 것이냐? 이렇게나 많은 귀물을 쓰는 놈은 본 적이 없거늘!"

"아, 내가 말 안 했나? 나한테 귀물 능력은 작은 옵션일 뿐인데. 난 진짜 마법사거든."

"뭣이……!"

나는 바람의 원소를 모았다.

그리고 불의 원소도 모았다.

그 결과, 주변으로 하나둘, 바람의 골렘이 만들어졌다.

"이번 건 조심해야 할 거야."

바람의 골렘의 강점은 강하게 모은 산소를 불에 노출시키며 폭발력을 만드는 거였다.

물론, 그대로 달려들어 가오스에게 덮쳐들면 즉시 소멸될 것이다.

근데 그 전에 자폭하여 폭발력만 전달한다면?

곧 볼만한 진풍경이 벌어졌다.

"어림없다……! 이런 것들 따위……!"

가오스는 달려드는 바람의 골렘을 향해 검을 휘둘렀지만, 골렘은 그 직전에 폭발을 일으켰다.

콰광! 콰광!

"크억! 꺼억!"

가오스가 폭발이 일어나는 곳곳마다 여기저기로 튕겨졌다.

그나마 저 갑옷이나 있어서 다행이지, 아니었으면 몸이 폭발력을 이기지 못하고 갈기갈기 찢겼을 것이다.

"그, 그만! 그만하라!"

참다못한 영주가 대련을 중지시켰다.

아무래도 저대로 됐다간 가오스가 죽지 싶었던 모양이다.

바람의 골렘이 사라지자 기사들이 앞다퉈 몰려왔다.

"어서 치료실로 모셔!"

"급해! 너무 많이 다치셨어!"

나는 천천히 걸어가 그들에게 말했다.

"좀 비켜 줄래?"

"대련은 끝났소! 이제 그만하시오!"

"그게 아니라, 그 사람 치료를 해 주려고 하는 걸 너희가 막고 있잖아."

"뭐……?"

패트릭 영주도 다가오다가 말고 그 말을 듣더니 나를 빤히 쳐다봤다.

나는 고개를 끄덕여 보았다.

그러자 잠시 생각하던 그가 기사들을 물렸다.

"모두 물러나라!"

나는 그에게 씩 웃어주고는 가오스에게 다가갔다.

그리고는 그의 목 안쪽으로 손을 넣어 목걸이를 뜯어내 한쪽으로 던졌다.

마력에 저항이 있는 목걸이가 치료 마법도 거부하게 만들 걸 우려해서다.

"라울 스미라가 가이라스 코나디아……."

주문과 함께 밝은 빛이 가오스를 감싸고.

화상을 입었던 가오스의 얼굴이 본래대로 돌아오자 모두가 화들 짝 놀랐다.

아니, 그들은 놀람을 넘어 경악하고 있었다.

"이럴 수가……! 회복 마법은 사라진 줄만 알았는데!"

"정말로 회복 마법이야! 완전히 치료가 되었어!"

내가 자리에서 일어나 그곳을 벗어나려고 할 때, 패트릭 영주가 복잡한 시선으로 나를 보고 있었다.

아무래도 내 존재에 대한 약간의 위협을 느낀 것 같았다.

"좀 과했을까요?"

-그래도 수확은 있었다.

"네, 있었죠. 저들이 얼마나 달려들던, 없앨 수 있는 방법이 떠올랐거든요."

마력에만 저항이 있을 뿐, 원소나 충격파에는 무방비라는 것.

그것을 알아낸 건 내게 무척 큰 이득이었다.

                                    * * *

　복잡한 심경의 패트릭 영주에게 나이든 노인 하나가 다가왔다.

　패트릭 영주는 말끔한 노신사가 다가오자 쓴웃음을 머금었다.

　"로웬 집사, 내게 무슨 할 말이라도 있는가?"

　"심경이 어지러우신 듯하여 말동무가 되어 드리고자 온 것입니다."

　"안 그래도 필요하던 차에 잘 와 주었군."

　"이제 그자를 어찌하실 생각이십니까?"

　"쓰기에 따라 굉장히 유용할 것 같기는 해. 특히 그 치료 마법은 어떻게든 곁에 두고 싶을 만큼 매력적이었어."

　"하지만 그의 다른 마법들은 무척 위험했습니다."

　"훗, 자네도 보았군."

　로웬 집사는 성 내부의 시종 시녀 할 것 없이 모두 달려가 몰래 지켜봤던 걸 떠올렸다.

　"모두가 보았지요. 그런 구경거리는 다시는 없는 것일 테니까요. 그렇지만, 저는 그 대련에서 두려움을 느꼈습니다."

　패트릭 영주가 한숨을 길게 내쉬었다.

　"하아……. 뭔가 아주 위험한 게 손에 들어온 기분이야. 게다가 저자는 내게 자신의 능력을 보여 줌에 있어 거리낌조차 없어."

　"자신의 유용함을 알아주길 바라는 게 아닐까요?"

　"이미 가오스를 뛰어넘는 검술로 충분히 증명이 되었을 텐데도?"

로웬 집사는 표정이 굳어졌다.

"만약 그것이 자신의 행동과 말에 힘을 싣기 위한 수단이었다면, 정말 위험한 자라고 판단됩니다. 듣기로는 그에게 협력을 요구하셨다고요?"

"어. 그랬어."

"만약 그가 이용만 당하고 버려질 수도 있다고 여기고 있다면 어떨까요?"

"그렇다는 건…… 자신에게 그런 짓을 했다간, 보복을 두려워해라. 그런 뜻이란 건가?"

"거기까지 감안했다면, 정말 쉽게 볼 사내가 아니라고 봅니다."

"이런 쪽으로 수가 밝아 보였어. 충분히 그러고도 남아."

로웬 집사가 걱정스러운 표정을 머금었다.

"정말로 그를 품으실 수 있겠습니까?"

"후우……. 나도 너무 내 입장에서의 편의와 이용만 생각한 것 같군. 진정한 도움을 바란다면, 그만큼 신뢰를 쌓고 믿음을 보여 줘야 하는 것인데…… 아무래도 그자에 대한 대우를 다시 판단해야 할 듯해."

* * *

초대된 식사 자리.

그것도 영주와의 독대였다.

정오 무렵만 해도 감옥이었는데, 여기까지 왔으면 꽤나 성공한 거라고 본다.

무전취식의 난감함도 해결하고, 높은 사람을 만나 최상급의 정보도 취득하고.

다른 차원으로 튕겨져 온 최악의 상황 속에서도, 일은 꽤나 잘 풀리고 있었다.

거기다가 차려진 음식이 매우 성대했다.

진짜 이걸 둘이서 먹으라고 차린 걸까?

하나씩 맛만 봐도 배가 터지지 않을까 싶은데.

아무튼, 쓸데없는 생각은 그만.

'가족은 있는 거로 아는데. 왜 둘만 식사를 하자고 했을까?'

나는 둘 중 하나로 봤다.

'정치적으로 중요한 대화가 오가거나, 그게 아니면 부담에 의한 독살이거나.'

내가 음식을 살펴보는 걸 알아차렸는지 패트릭 영주가 웃으며 말했다.

"독을 타진 않았으니 안심하고 먹어도 되네."

"훗, 초대해 준 마음은 고맙지만, 미안하게도 내 입장이 누군가를 함부로 믿을 상황이 못 되어서."

상대가 독 안 탔다고 말한다고 '어, 그래. 맛있게 먹을게.' 하는 놈은 없을 거다.

분명 이 식사 자리에는 내가 아까 했던 행동들의 결과가 있을 것이다.

그래서 돌다리도 두드려 보자는 생각으로 마법을 펼쳤다.

"위플라이뷔아."

퍼져가는 파동 속에 별다른 흔적은 없었다.

오~ 독은 아니다, 이거지?

일단은 믿음으로 시작하자는 거로군.

그건 좋아.

내가 안심하고 포크를 들자 그가 고개를 갸웃했다.

"독을 판별하는 마법인가?"

"맞아."

"편리한 마법을 많이 아는군."

"마법사라니까."

"후훗, 이 세계에선 그런 다양한 마법을 펼치는 마법사는 멸종한 지 오래되어서."

나는 고기 한 점을 입에 넣으며 물었다.

"그 이유가 궁금하군. 분명 마법이 존재하는 세상인데."

"이유라, 혹시 하늘 위의 광활한 대지를 보았는가?"

"보았지. 눈이 뒤집어지는 줄 알았고. 나한테는 그 넓은 행성이 막 떨어지려는 것처럼 보였거든."

"하하! 그랬는가? 다른 세상에서 온 사람이 할 법한 말이군. 이곳에선 애들도 익숙한 광경인데."

패트릭 영주가 피식 웃더니 말을 이었다.

"마법사가 사라진 이유가 궁금하다고 하니 내가 옛날얘기를 하나 들려주지."

"경청하지."

"오래전, 이곳에선 빛의 종족과 어둠의 종족 간의 싸움이 있었다네. 그 싸움은 수천 년을 이어 왔고, 그 긴 싸움 끝에 빛의 종족은 수세에 몰리게 되었어. 빛의 마법사들은 이대로는 빛의 종족이 전멸한다고 판단했지. 그래서 모든 마법사들을 한데 모아 목숨을 건 마법을 펼친 거야. 그 마법은 세상을 둘로 나누고, 모든 어둠을 저 하늘의 대지로 빨려들게 만드는 거였어. 그리고는 그 사이로 그 누구도 드나들 수 없는 결계를 쳐 버렸지."

"목숨을 건 마법이라 했는데, 혹시 그 희생으로 마법사들이 전부 사라졌다는 건가?"

"맞아."

"제자들도 있었을 거 아냐? 그리고 그들이 남긴 기록물들도 많았을 테고? 그렇게 다 사라지는 게 말이 되나?"

"몇몇은 남아 있었지. 하지만 모두 죽었다네. 마법사들의 명맥을 이으려던 마법사들 중 하나가 저 어둠의 땅과 결탁을 했거든. 그래서 빛의 기사들에 의해 전부 도륙당했지. 죄는 하나가 지었으나, 모두가 같은 죄명을 받고 말았어."

"흠, 왠지 거기엔 정치적인 숙청도 포함되었을 것 같은데. 근데 그보다, 마법사들이 어둠과 결탁하여 무슨 일이 벌어졌는데 그렇게까지 한 거야?"

"악마의 출입을 허해 버렸다네."

"음……."

"신은 화합하지 못하고 갈려 버린 두 대지를 보며 두 방울의 눈물을 흘렸다고 하네. 그 눈물 중 하나는 빛의 대지로, 또 하나는 어둠의 대지로 떨어졌지. 하지만 그 눈물에는 신의 힘이 잠들어 있었고, 곧 다른 차원의 문을 여는 일로 이어지고 말았어. 그리고 악마가 그 열린 차원을 통해 이곳을 침범하는 일로 이어지고 만 것이야."

"잠깐만 그거 설마……."

"하지만 그 차원의 문이 바로 통하는 건 아니었던 모양이야. 다른 차원으로 두 개의 문이 열려 이곳과 이어 주는 역할을 한다더 군."

나는 포크를 내려놓았다.

조율자가 지키는 차원의 문.

그리고 다크 웨이브가 지키는 차원의 문.

그 비밀이 이곳에서 밝혀졌기 때문이다.

설마 그런 이유로 두 개의 차원의 문이 그곳에 열린 거였다니.

내심 충격이 컸다.

"그 문을 닫을 수 있는 건 오로지 호아스 신의 눈물뿐이라고 하더군. 그것도 이쪽에서가 아니라, 징검다리 역할을 하는 저쪽 차원에서 닫아야 한다고 하나 봐. 그래서 빛의 대지에선 그 일의

책임을 물어 마법사들의 자녀들인 귀물의 주인들에게 선택권을
주었어. 이곳에서 죄의 대가를 이어받겠느냐…….”

“아니면 저쪽 차원으로 가서 문을 닫겠느냐…….”

“맞아. 수천 년 전, 그러한 사명감으로 귀물 능력자들이 저
너머의 차원으로 떠나갔는데……. 아무래도 자네가 온 곳이 그곳이
지 싶군.”

“재미있군. 그런 사명감으로 넘어온 자들이, 대체 왜 그렇게
변질되어 특별한 능력을 지닌 이들만 없애려 했을까.”

“그런 일이 있었나?”

“어. 그 귀물 능력자들이 나를 찾아내어 공격한 적이 있거든.”

“그들은 안다는 것이군. 아, 혹시 말이네. 그들 중에 시간을
다루는 능력자가 있지는 않았는가? 오래된 문언에 따르면, 그의
힘은 매우 강력하여 이곳 세상의 국왕도 무척 두려워했다고 했어.
시간을 다루는 만큼, 자신의 시간도 되돌려 영원을 살 수 있다고도
하던데.”

나는 내 손에 끼워져 있는 반지 하나를 만졌다.

그 반지가 바로 그의 것이기 때문이다.

“혹시 그 이름이 제블런인가?”

“그래! 맞아! 그 이름일 것이네!”

나는 히죽 웃었다.

“아, 그놈. 내가 죽여 버렸는데.”

“뭐……?”

"그놈이 나를 시간의 틈에 가두어서 꽤나 고생을 했거든. 지금 떠올려 봐도 굉장히 아찔한 순간이었어."

"근데 자네가 어찌 여기에 존재할 수 있는 겐가? 그가 가두는 시간의 틈은 영원의 감옥과도 같았을 터인데?"

"깨고 나왔어. 그 안에서 할 수 있는 거라고는 힘을 키우는 것밖에 없었거든. 그래서 힘을 키워 그 틈을 부수었고, 나오자마자 그놈의 목부터 잘라 버렸지."

"끄음……."

나는 낯빛이 어두워지는 그에게 물었다.

"상당히 실망한 표정이군."

"우린 여전히 저 위 악마들의 침범을 두려워하고 있으니까. 거기다가 마법을 다루는 자들까지 죄인으로 취급하며 없애고 있으니, 저들이 침범한다면 그땐 무슨 수로 막겠는가? 그런데 당시 귀물 능력자들을 이끌고 갔던 그가 죽었다고 하니…… 살짝 암담한 생각도 드는군. 더는 악마의 문을 막을 자가 없다는 생각에."

"그런 거라면 걱정할 필요 없어. 내가 돌아가게 된다면 그 문, 내가 닫아 줄게."

"자네가?"

"그들 귀물 능력자는 이제 내 밑에 있거든. 오랜 세월 끝에 악마 차원의 문도 찾았겠다, 내가 돌아가면 그 문, 닫아 줄 수 있어."

"음……. 그런 것인가……. 그쪽 세계에서 자네가 차지하는 힘이 상당한 모양이군."

"말했잖아. 한 나라의 수장도 내 발밑에 있다고."

"그 당당했던 행동이 조금은 이해가 가는군."

의외로 순순히 믿는 모습이다.

뭔가 심경의 변화가 있었던 걸까?

나는 돌려 묻지 않았다.

"이제 내 말을 확실히 믿는 건가 봐?"

"이런 얘기를 들었고, 그만한 능력을 보았는데, 못 믿을 수가 없지. 거기다가 웬만한 사람은 다 알고 있는 사실을 그리도 몰라서 야. 이곳 세상 사람이 아닌 건 틀림이 없지 않겠나?"

"웬만한 사람은 다 알고 있을 사실?"

그가 나를 보더니 편안한 미소로 말했다.

"사실 자네의 존재는 내게 많은 충격이었어. 이 사람을 정말 이용할 수 있을까, 갈등이 되더군. 자네의 능력이 너무 위험해 보여서 말이야."

"그러니 배신은 말아야겠지."

"후훗, 역시 그런 계산이었나……."

"사람의 말과 행동엔 여러 의미가 있는 거니까."

"말로 하는 협박보다도 더 무서운 협박이로군."

"아니지. 경고와 협박은 달라. 조언쯤으로 들었으면 싶군."

"그렇지만 보고 듣는 입장에서는 비슷했다네."

"훗, 그렇다면 그런 거로."

갑자기 패트릭 영주가 나를 지그시 바라봤다.

"자, 그럼 지금부터는 본론. 나는 자네가 궁금해하는 모든 걸 말해 줄 것이네."

"갑자기?"

"진정한 신의를 쌓기 위함이네."

신의.

믿음과 의리를 쌓겠다.

나로선 손해 볼 게 없다.

저쪽에서 약속을 지키겠다는 의지를 보이는 건, 내 입장에선 환영할 일이니까.

"흠, 내가 원하는 것이긴 하지만, 이렇게 갑작스럽게 그렇게 나오니까 좀 이상한 기분이 드는군."

"후훗, 그런가?"

"일단 들어 볼까?"

"자네가 알고 싶어 하는 그 차원의 문. 그것은 왕성의 깊은 자리에 존재한다네. 수많은 봉인으로 둘러싸여 있고, 그 앞을 항시 빛의 기사들이 지키고 있지. 사실 이건, 이 세상에서 모르는 사람이 없는 이야기야."

"그런 거였군."

"하지만 국왕이 아니고서야 절대로 허락되지 않는 장소이기도 해. 하니 내가 모시는 첫째 왕자를 도와주게나. 그리하면 내 그분께 부탁하여 자네가 그곳을 들어갈 수 있도록 해 주겠네."

"당신 말은 믿을게. 하지만 그 첫째 왕자의 약속도 필요해. 그가 확실히 내게 그러한 도움을 준다고 약속한다면, 힘껏 돕도록 하지. 속전속결이 내게도 이롭거든. 언제까지 여기에 있고 싶지 않은 나로서는 더 힘껏 도와야 빨리 원하는 걸 얻을 테니까."

"그런가……. 알겠네. 내 그분의 뜻을 받아내도록 하지."

"이 정도의 결과까진 예상 못 했는데. 내가 운이 좋았군. 당신 같은 사람을 만나서."

"함께하게 된 걸 환영하네."

"음. 일단은."

* * *

방으로 돌아왔지만, 더는 지키는 기사가 존재치 않았다.

성 내부도 금기시되는 장소가 아니라면, 자유롭게 다닐 수 있도록 허락되었다.

-일이 잘 풀렸구나.

"얻은 게 참 많네요. 궁금했던 걸 거의 다 알게 된 것 같습니다."

케라가 말했다.

-저들은 악마 차원의 문을 닫기를 원하고 있다. 그리고 늘 품어 왔던 불안을 네가 해결할 수 있다는 것도 알았어. 이제 저들로선 더는 너의 뒤통수를 칠 수 없다.

"호아스의 눈물이 필요하다고 했는데, 제블런이 가지고서 차원을 넘었다고 한다면 아마도 조율자 조직이 가지고 있을 것 같네요. 돌아가기만 하면 바로 문을 닫아 버릴 수 있을 것 같습니다."

-한데 말이다. 저쪽 세상에서 이제 악마 차원의 문도 찾았겠다, 저쪽에서 네가 돌아가기 전에 문을 닫아 버리면 어찌하지?

"그렇게 되면 정말 곤란한데……."

그래, 저쪽 차원에서는 내가 이곳으로 오게 된 걸 전혀 모른다.

그러니 케라의 말처럼 문을 닫아 버릴 수도 있는 것이다.

오랜 숙원이던 악마 차원의 문을 찾았으니 기다릴 필요가 없었다.

"그 전에 어떻게든 첫째 왕자를 왕으로 만들어야 한다는 건데……. 하아, 좀 초조해지기는 하네요."

2. 협곡 전투의 영웅

빙의로
최강요원

　유난히 큰 크기의 독수리가 허공을 매섭게 날다가 성으로 내려앉
았다.

　그리고 사내 하나가 그 다리에 매달린 서신을 빼어 확인하고는,
곧바로 첫째 왕자인 헤르메인에게 전달하였다.

　"이게 사실이라고? 어떻게 이런 일이……."

　서신을 읽고 충격에 빠진 그는 생각이 많아졌다.

　"다른 세상에서 온 힘 있는 자가 우리를 도우려 한다니. 허,
거기다가 그쪽으로 되돌려보내면 악마 차원의 문도 닫을 수 있다
고……."

　헤르메인은 고개를 살짝 돌렸다.

"그런데 그자는 대체 무슨 방법으로 다른 차원에서 넘어올 수 있었던 거지? 올 수 있는 통로라고는 하나뿐이었을 터인데……."

그는 온전히 믿지는 않고 여러 의심을 해 보았다.

신의 눈물이라는 거대한 힘으로 뚫린 문이 아니고서야, 어떻게 다른 차원의 사람이 이곳으로 넘어올 수 있었는지 그것부터 의심하는 거였다.

"혹시 다른 문이 열린 것인가……."

그렇지만 그러한 복잡한 생각들은 이내 미소로 날아가 버렸다.

"뭐, 패트릭 영주가 하는 말이니까. 그러면 충분한 검증을 마쳤을 것이니 이런 서신을 보냈을 거다. 패트릭 영주라면 믿을 수 있어. 한데, 요구조건이 있군. 내가 왕이 되었을 때 차원의 문을 이용할 수 있게 약속을 해 달라고……."

그는 무척 고급스러운 종이를 빼어 그곳에 글을 쓰기 시작했다.

그리고 잘 봉인한 후에 즉시 수하에게 명령했다.

"이것을 패트릭 영주에게로 보내라."

"네, 저하."

날아왔던 독수리는 다시 빠르게 날아 라프 영지로 향했다.

그리고 패트릭 영주가 아침에 일어났을 때, 그는 수하에게 그 서신을 전달받을 수 있었다.

"저하께서 저를 이리도 믿어 주시니, 소신 몸 둘 바를 모르겠습니다……. 고맙습니다, 저하……."

패트릭 영주는 다시 아침에 최강을 불러 그 서신을 최강에게 보여 주었다.

서신을 본 최강은 해독 마법을 펼쳐 그 내용을 읽었다.

"자신이 왕이 되면, 이방인의 노력을 크게 치하한다. 원하는 모든 것을 들어줄 것이다……."

"어떠한가. 그 정도면 되겠는가?"

최강은 고개를 끄덕였다.

"살짝 모호하긴 하지만, 이 정도로 만족하지."

"그분께서 나를 믿어 주시었기에 받아낼 수 있는 약속인 것이네."

"그런 것 같군. 주군과 신하 사이의 신뢰가 두텁지 않으면 할 수 없었을 거야."

* * *

패트릭 영주와 식사를 마친 나는 현 정세에 관해 설명을 들어야 했다.

"지도를 보면 알겠지만 서부의 이곳이 우리가 있는 곳이네. 붉게 선이 칠해져 있는 게 우리 라프 영지의 영역이지. 그리고 옆으로 마도나스, 바라잔, 오프알란. 이 세 영지가 같은 협력자들이고, 좀 더 서쪽에 있는 카라파시아, 알도마리드, 이파크가 둘째 왕자의 세력이라네."

"그럼 여기 작게 분류되어 있는 땅들은?"

"쿠에벤, 파라프, 오슬리카, 디아논, 마반도리도는 중립이라고 할 수 있네. 그리고 쿠에벤 영지에서 우리와 함께하기로 서약을 하였으나, 어찌 알았는지 마도나스의 지아칼 영주가 그곳을 공격하여 하푼 영주의 목을 쳤다고 하는군. 지금이야 하푼 영주가 우리 편으로 돌아선 걸 세상 모든 사람들이 알게 되었지만."

"서약이 공개적이었나?"

"아니. 중립을 이어 왔기 때문에 당연히 비밀이었어. 좀 더 많은 중립지역을 끌어들인 후에 알리려고 했지. 이런 일에 대비하려는 이유로."

"그걸 아는 협력 영지들은?"

"없었어. 나와 오로지 헤르메인 왕자 저하만 알고 있는 사실이었네. 비밀 서약을 한 지 얼마 되지 않았거든."

"그렇다는 건, 여기나 쿠에벤에 첩자가 있었다는 얘기가 되겠군."

"나도 같은 생각을 해봤네만, 우리 쪽은 아닐 거라는 게 내 생각이네."

"자기 사람들을 그렇게나 믿나?"

"믿고 싶군……."

자신의 사람을 의심하고 싶지 않은 그를 보며 나는 곰곰이 생각해 보았다.

과연 이런 중요한 정보를 아는 이가 이곳 영지에서 몇이나 있을까?

가오스 기사단장을 포함하여 몇 안 되는 주요 가신들.

그리고 근거리에서 모시는 시종들.

귀는 그리 많지 않을 것이다.

"혹시 내 부탁을 하나 들어줄 수 있을까?"

"어려운 게 아니라면 뭐든."

"지금부터 내가 지목하는 사람들과 하나씩 면담을 해 보고 싶은데."

나와 패트릭 영주는 스무 명이 조금 넘는 이들을 불러 면담을 시작했다.

그리고 그들은 면담실로 들어오기 전에 한 가지 요구를 들어야 했다.

"저항 목걸이는 두고 들어가시오. 영주님의 명령이오."

영지 성 내부에 있는 사람이라면 그 시종조차 모두가 저항 목걸이를 해야 했다.

혹시 모를 귀물 능력자의 침입이나 협박을 막기 위함이라고 한다.

그렇게 패트릭 영주는 나의 심문 마법을 지켜보게 되었고, 잠시후 큰 충격에 빠져야 했다.

"미스바나……. 어찌 네가……."

자신을 가장 가까이에서 시중드는 아이가 첩자로 드러났기 때문이다.

나는 심문마법에 걸려있는 미스바나라는 시종에게 물었다.

"적들에게 정보를 전달한 이유가 뭐지?"

"루버인 오빠가 파라프의 친척 집으로 가다가 납치를 당했다고 하여 저들의 요구를 들어줄 수밖에 없었습니다."

나는 패트릭 영주를 보았다.

"성 내부의 사람들은 관리가 되어도, 그 가족들까지는 안 되고 있는 모양이군."

"몰랐군……."

표정을 보니 쓰리긴 한가 보다.

그 마음을 나도 안다.

사실 나도 그와 같은 일을 얼마 전에 겪어 봤으니까.

어떠한 보호나 챙김도 그 대상만이 아닌, 가족이나 주변 인물들까지 꼼꼼히 챙겨야 하는 것이다.

"꽤나 낡은 수인데. 거기까지도 생각은 했어야 했어. 기사나 가신들이야 당신 가문에 대한 충성심이 있어 흔들 수 없다지만, 시종들은 가족이 최우선일 수밖에 없으니까. 충분히 노릴 법한 거였잖아?"

"그 말이 맞군."

"그럼 이 아이의 처분은 어떻게 되지?"

"안타깝지만, 그 아이의 배신으로 하푼 영주가 죽었네. 사정이야 안타까워도 이대로 놔둘 순 없어."

그래. 어쩔 수 없는 사정이라고 하지만, 수습하기에는 그 피해가 너무 엄청나다.

아무리 자기 사정이 목이 조여 올 만큼 힘겨울지라도, 자기 사정을 위해 남의 목숨을 빼앗는 것은 용납할 수 없는 것이다.

하물며 영지의 영주가 죽고, 그 영지의 수많은 이들이 죽었으니 벌을 피해 가는 건 어려운 일이다.

"어차피 처분은 정해져 있다는 거지. 하지만 그 전에 이용을 한 번 해 봄이 어때?"

"이용?"

"홋, 아직 이 아이가 첩자라고 믿고 있는 저들은 이 아이가 전달하는 정보를 믿을 거잖아."

"뭘 어찌하려고?"

"시작부터 일을 크게 벌여 볼까 해서. 저쪽에서 중립 영지 하나를 먹었으면, 이쪽에서도 하나 먹어 줘야지."

* * *

마도나스 영지의 지아칼 영주는 비밀리에 전달된 서신을 보며 씨익 웃었다.

"크그그극! 계집종 하나가 일을 참으로 잘하는구나."

그의 가신들도 함께 모여 웃고 있었다.

"패트릭 영주가 직접 군대를 이끌고 쿠에벤을 탈환하러 온다고 하니, 이번이 그의 목을 칠 기회가 될 것입니다."

지아칼 영주가 지도를 보았다.

"놈들을 치기에 어디가 가장 좋을까?"

"여기 타코 협곡이 어떻겠습니까? 쿠에벤으로 은밀하게 군대를 움직이려면 이곳밖에 없습니다. 어차피 쿠에벤 영지의 영역이고 하니, 우리가 미리 군대를 배치함에도 문제가 없습니다."

"그렇군. 여기서 패트릭의 목을 치면 되겠어."

"패트릭을 치고 라프 영지를 먹게 되면 중립 영지들도 더는 우리를 따르지 않을 수가 없을 겁니다! 그럼 남은 마도나스, 바라잔, 오프알란도 금방 점령할 수 있을 겁니다!"

지아칼 영주가 잔인한 미소를 머금었다.

"내가 서부의 패자가 된다면, 일국의 재상이 되는 것도 무리가 아니겠지. 크흐흐, 패트릭의 죽음은 세력의 균형을 무너뜨리는 시작이 될 것이다. 자, 가라. 가서 놈의 목을 가져오너라!"

"네! 영주님!"

지아칼 영주는 잠시 이방인에 대한 정보를 슬쩍 보았지만, 이내 치워 버렸다.

지금 그에겐 그딴 것이 중요치가 않았다.

패트릭 영주를 죽여, 서부의 패자가 되는 야망이 바로 코앞에 있어서였다.

며칠이 흘러 패트릭 영주는 군대를 이끌고 타코 협곡에 도착하였다.

그가 멀리서 그곳을 바라볼 때, 가오스가 다가왔다.

"정말로 여기까지 오게 되었군요."

"저기부터가 쿠에벤 영지이지."

"정말로 쿠에벤 영지를 탈환할 거라면 신속하게 저곳을 지나고 싶을 것이나, 아마도 그건 독이 될 테지요."

"최강이 말했네. 적들은 필시 저곳에서 우릴 몰살시키려 할 거라고."

"지리적으로도 우리를 몰살시키기에 가장 적합한 곳인 건 사실입니다."

"우리는 이곳에서 잠시 대기한다. 그가 길을 열어준다고 하니, 기다려 보자고."

"한데 정말로 그의 말처럼 일이 잘 풀릴까요?"

"두고 보면 그의 능력이 어디까지인지 알 수 있겠지."

* * *

나는 하늘을 날고 있었다.

"안쪽으로 가죽을 덧대어 준 덕분에 아프지도 않고 딱 좋네요."

내가 하늘을 날 수 있는 건, 라프 영지의 대장장이가 만들어 준 팔찌와 발찌 덕분이었다.

그쪽에서야 나의 의도를 모를 것이나, 나는 이 물건들에 제어 마법을 걸었다.

물론, 빠르게 날아가는 건 불가능하겠지만, 허공에 멈춰 서서 여유롭게 주변을 관찰하는 데에는 무척 편리했다.

스윽.

-저기 놈들이 숨어 있는 게 보이는구나.

"네."

협곡 위로 이파리 많은 가지까지 가득 쌓아 두고 은신하는
이들이 보였다.

투시와 분별 마법을 사용하자 그 뒤로 숨어 있는 어마어마한
수의 사람들이 보이기 시작했다.

"정말 많네요. 적군이 협곡 안으로 들어오면 즉시 공격할 수
있도록 절벽 가까이 포진되어 있는 것 같은데. 후훗, 가장자리
절벽이 무너지면 어쩌려고 저러는 건지."

-허를 찌를 생각을 하니, 벌써부터 통쾌하구나!

"마법을 경멸하는 저들이, 이런 마법에 당하는 걸 알면 얼마나
충격이 클지. 한번 두고 보자고요."

나는 허공 위에서 원소 마법을 펼쳤다.

스륵. 스륵. 스륵.

협곡 밑으로는 일정한 공간을 두고서 바람의 골렘이 나타났다.

하지만 그 수가 오십에 이르자 살짝 제어에 힘겨움이 느껴졌다.

집중이 조금만 흐트러져도 바람의 골렘 속에 넣어 둔 불길이
뒤섞이게 된다.

하나라도 먼저 터지면 적들은 경계를 하며 물러날 것이다.

그럼 일을 망치게 된다.

"제어는 할 수 있는 것까지만. 자, 이제 시작합니다."

말이 끝나기 무섭게 협곡 아래에서 강한 폭발이 연달아 일

어났다.

콰광! 콰광! 콰광!

우르르르르르르……!

양쪽 협곡에 포진되어 있던 적의 군대가 당혹스러워하는 게 다 보였다.

그리고 밑에서 생긴 충격에 양쪽 협곡은 와르르 무너져 그 위에 있던 이들이 전부 밑으로 떨어지기 시작했다.

"으아아아악!"

"무너진다! 모두 피해!"

"비켜! 비키라고!"

무너지기 전에 빠져나가려 하지만, 아군에게 막혀 빠져나가지 못한 기사들과 병사들이 함께 절벽으로 떨어지고 토사에 깔려 갔다.

"마법이야 안 통할지 몰라도, 높은 곳에서 추락하고 엄청난 압력에 깔리는 건 저들도 어쩔 수 없는 거니까."

하지만 이게 끝이 아니다.

분명 본진이 저 앞에서 대기하고 있을 것이다.

나는 협곡 끝으로 날아갔다.

그리고 그곳에서 발견한 본진을, 마찬가지의 방법으로 절벽을 무너뜨려 모조리 매몰시켜 버렸다.

콰광! 콰광!

"이게 뭐야―!"

"끄아아아악-!"

갑자기 생겨나 폭발하는 골렘을 보며 놀라긴 했을 거다.

하지만 이어지는 그 비명이 그들이 지를 수 있는 마지막이었다.

"끝났군."

-너무 쉬웠구나.

"이래서 정보라는 게, 온전히 믿으면 위험한 겁니다. 그 정보가 가짜일 경우, 이렇게 치명적인 독이 될 수도 있는 거거든요."

나는 추락하고 깔려 죽은 수많은 이들을 보았다.

이곳 세상은 마법을 죄악이라 부르며 배척하고 참수해 왔다.

하지만 그렇기 때문에 마법에 무방비로 당할 수밖에 없다는 걸 알기는 하는 것일까.

정작 저항석이라는 마법이 깃든 물건을 쓰고 있으면서 말이다.

"두려움을 알아야, 있는 것의 소중함도 알게 돼. 마법의 두려움을 심어 주는 건 이곳 세상에도 좋은 교훈이 될 거야."

제라로바가 말했다.

-그럼 이제 다음 계획으로 가자꾸나.

"내키지는 않지만, 꼭 한 번은 해 보고 싶었던 거기도 하니까. 좋은 기회가 되겠네요."

* * *

패트릭 영주가 하늘 위에서 번쩍이는 빛을 보았다.

"신호입니다!"

하늘 위에 있던 최강은 빛을 두르더니 협곡을 낮게 날며 사라지고 있었다.

그 즉시 패트릭 영주가 뒤로 있는 군대를 향해 우렁차게 외쳤다.

"전군, 진격하라! 단 한 놈도 살려 두지마라!"

"와아아아아아-!"

협곡으로 들어서던 가오스가 놀라며 말했다.

"영주님! 보십시오! 길이 매끄럽게 변해 있습니다!"

"최강 그자가 우리가 건너기 쉽도록 마법을 부려 놓은 것 같구나."

그의 말은 사실이었다.

최강 군이 협곡을 둘러 낮게 날다가 사라진 건, 땅의 원소를 이용해 그 땅을 매끈하게 다져 놓기 위함이었다.

그래야 군대가 빠르게 진격하여 쿠에벤의 중심지로 이동할 수 있을 것이기 때문이다.

하지만 매끈하게 다져진 땅 위로 튀어나와 허우적대는 적군 기사들도 있었다.

패트릭 영주는 다가가 말의 앞발로 찍어버렸다.

이히히히힝-!

"히익! 끄아악!"

퍼억!

그렇게 살아남은 이들을 군대가 훑고 지나가며 모두 정리하였다.

"우린 쿠에벤 영지로 가, 그 땅을 되찾을 것이다! 가자!"

처억! 처억! 처억!

수만에 달하는 군대가 패트릭 영주를 따라 위풍당당하게 진군을 이어 갔다.

* * *

마도나스 영지.

지아칼 영주가 급한 전갈을 받고 화들짝 놀랐다.

"뭐라……! 쿠에벤 영지를 빼앗겼다고?"

"하루도 버티지 못하고 빼앗기고 말았다고 합니다."

"어찌 그럴 수 있단 것이냐? 협곡에서 죽었을 패트릭이 어찌 쿠에벤을 점령해?!"

소식을 전하는 가신은 쩔쩔매었다.

"협곡으로 간 군대로부터 어떠한 연락도 없던 것으로 보아…… 아무래도 전멸을 당한 것이 아닌지…….”

지아칼 영주의 힘줄이 가득 튀어나온 두 주먹이 책상을 내리쳤다.

"누군가를 보내서라도 알아보라! 그리고 가만히 서서 들려오는 소식만 전달하지 말고!"

"네. 알겠습니다. 영주님."

식은땀을 뻘뻘 흘리며 나가는 가신을 보며 지아칼 영주가 한숨을 푹 내쉬었다.

"저런 것들만 곁에 있으니 일이 제대로 될 리가 있나. 이래서 사람을 잘 두어야 하는 것인데."

그의 시선이 옆으로 용맹하게 서 있는 기사단장에게로 향했다.

"푸칸 단장."

"네, 영주님."

"이번에 협곡으로 군대를 이끌고 간 자가 돌피로였지?"

"네, 그렇습니다. 무장 가문 중에는 가장 뛰어난 가문이지요."

"그러니까. 내 아버지도 그 가문을 끌어들이려고 몇 날 며칠을 가서 회유했다고 했는데……."

"솔직히 저로서는 이해할 수가 없습니다. 아무리 정보가 잘못되었다고 해도, 그처럼 빨리 돌파당할 돌피르 님이 아닙니다. 이번 일에는 뭔가 우리가 모르는 패전의 이유가 있을 것입니다!"

"내 생각도 그러하네. 뭔가 너무 빨라. 아무리 기습을 당했다고 해도 후퇴를 한 후에 쿠에벤 영지에서 공성전을 했다면, 우리가 지원군을 보내 줄 때까지는 충분히 버텼어야 정상이었어. 근데 어찌 쿠에벤을 빼앗긴 후에 소식이 전해진단 말이야."

지아칼 영주가 지도를 보았다. 그는 그래도 혹시 모른다는 생각으로 푸칸에게 물었다.

"혹시 다른 쪽으로 후퇴한 돌피로가 이곳으로 도망치고 있는 건 아닐까? 그리 많은 군대가 하루아침에 당할 수는 없지 않나?"

푸칸은 냉정한 표정으로 답했다.

"목숨으로 막았으면 막았지, 그런 치욕을 견딜 수 있는 분이 아니십니다."

"크윽! 빌어먹을……."

"하명을 내려 주신다면, 신 푸칸! 목숨을 걸고 쿠에벤 영지를 되찾아 오겠습니다!"

"이미 돌피르가 군대의 절반을 데리고 나갔어. 한데 자네까지 나가면 이 영지는 누가 지킨단 말인가?"

"하오나 쿠에벤을 이리 빼앗기게 되면 왕성에서는 물론, 서부에서도 웃음거리가 되고 마십니다. 신을 믿고 맡겨주십시오! 제가 영주님의 명예를 되찾아 오겠습니다!"

왕성의 파티나 귀족들의 모임.

그의 말처럼 그 어디를 가든 모멸감 어린 시선이 뒤따를 것이다.

모두가 뒤에서 수군거리겠지.

한심한 놈이라고.

지아갈 영주는 모두의 웃음거리가 될 생각을 하니 벌써부터 치욕감에 몸서리가 쳐졌다.

"그래, 어차피 패트릭도 자기 땅을 지킬 병력은 남겨 두고 왔을 터. 쿠에벤에 우리 사람이 남아 있을 터이니 그들을 이용한다면 충분히 되찾을 수 있을 것이야. 푸칸 단장, 자네에게 모든 군대의 통제권을 일임하겠네. 가서 쿠에벤을 되찾아 오게!"

푸칸 단장이 한쪽 무릎을 꿇으며 외쳤다.

"신 푸칸! 영주님의 명령을 받들어 뜻을 이루겠나이다!"

* * *

-이거 육즙이 꽤나 살아 있구나! 거기다가 불에 직접 구워 겉은 무척 바삭하다!

-그렇군. 이건 나도 꽤나 취향에 맞아. 게다가 찍어 주는 가루는 대체 무엇인지. 매콤하면서도 시큼한 맛이 느끼한 것을 다 잡아 주는 것 같다.

나는 마도나스 영지 내부로 들어와 있었다.

구수한 냄새를 참지 못하고 노점에서 파는 꼬치 하나를 먹는데, 그 맛이 얼마나 일품인지.

그래서 묻지 않을 수가 없었다.

"이건 대체 무슨 고기죠?"

"하하, 그것도 모르고서 먹는 겐가? 여기 쓰여 있지 않나? 케로돈 이라고."

"제가 그런 쪽으로는 지식이 좀 미비해서요."

"그래? 허 참. 이상하군. 여행자로 보이는데 케로돈을 몰라서야. 케로돈이 뭐냐 하면, 양손에 이렇게 입이 달린 괴물이라네. 서부에 서만 서식하는 괴물인데, 워낙에 민첩하고 위험하여 덫을 이용해서 잡는다고 하는군."

양손에 입?

설마……!

"우욱!"

-우욱……!

-뱉어라! 모두 토해 내는 것이다!

아무리 배가 고파도 저건 안 먹겠다고 다짐했는데.

근데 멋도 모르고 먹은 고기가 그것일 줄이야.

"끄음……."

"왜 그러나?"

"그게……. 저 그 괴물 본 것 같아서요. 너무 징그럽게 생겼던데……."

"하핫! 그렇긴 해도 맛이 좋아서 사람들이 즐겨 먹는 고기이지. 특히 그 눈을 가지고 한 요리는 고급 식당에나 가야 먹을 수 있어. 무척 쫀득하거든."

눈을 먹어?

아…… 속이 이상하다.

내가 이렇게 비위가 약한 편은 아닌데.

"여기, 얼마죠?"

나는 값을 치르고 얼른 그 점포에서 멀어졌다.

자꾸만 그 괴물이 떠올라 냄새조차 맡고 싶지 않은 이유에서다.

"어으, 한참 배고팠는데. 식욕이 다 달아났네요."

-이곳에서 그걸 즐겨 먹는다고 하니 그게 더 문제구나.

"그러게요. 어딜 가나 그 고기를 쓸 가능성이 크다는 건데. 어디 좀 멀쩡한 가축으로 요리하는 곳이 없으려나."

그렇게 대로를 나서는데, 성의 거대한 문이 열리며 엄청난 수의 병사들과 기사들이 나오고 있었다.

뿌우우우우우-!

긴 나팔 소리를 들은 사람들이 길을 비웠고, 수많은 병력이 그곳을 빠져나와 행군을 시작했다.

처럭! 처럭! 처럭!

"또 무슨 일이지?"

"며칠 전에도 저만큼의 군대가 나가지 않았어?"

"저렇게나 나가면 여긴 누가 지키고?"

걱정과 우려 섞인 목소리가 여기저기서 들려왔다.

잦은 병력의 이탈은 영지에 사는 이들의 안전과 연결되니 저처럼 불안해하는 것이다.

"그래도 혹시나 해서 기다린 건데. 역시네요."

-초조함은 사람의 시야를 좁게 만드는 법이지.

"맞습니다. 거기다가 내 것이었던 걸 빼앗기고 나면 더 못 참는 게 사람이죠."

그것은 도박과 같다.

지금 지야칼 영주는 본전을 찾기 위해 올인을 한 것이나 매한가지의 선택을 한 것이다.

"영주, 당신은 방금 올인을 한 거야. 싸움에서 올인은 무방비라는 뜻. 그 선택이 당신 죽음의 결정타인 거지."

그날 저녁, 나는 성으로 침입했다.

성검과 저항석이란 것이 마법을 깨뜨리고 막아 준다고 하지만, 다양한 마법이 없어서야 이렇게 모습을 감추고 숨어들면 그 누구도 알 수 없다.

그래서 난 감쪽같이 성으로 숨어들 수 있었고, 몇 안 되는 경비들을 하나둘 제거해 나갔다.

"음!"

스핫!

털썩.

상대가 느꼈을 땐, 이미 목을 부여잡고 쓰러져야 했다.

나는 시신을 곳곳에 잘 숨기며 나아갔고, 흘린 피는 물의 원소로 씻어내어 지워 버렸다.

그리고 맨 위의 상층부로 왔을 땐, 그조차도 귀찮아서 하지 않았다.

"백 명도 더 죽인 것 같은데. 경고 한 번 없이 조용하게도 올라왔네요. 역시 모습을 감추는 능력에 뛰어난 검술이 섞이면 암살에는 최강인 것 같습니다."

-근데 굳이 이렇게 전부 제거하여 올라올 필요가 있었을까?

"누군가가 알아내었을 땐, 더 큰 소란이 일어나야 하니까요. 그리고 이렇게 해 놔야 다른 영지의 영주들도 두려움에 떨지 않겠어요?"

-호오, 공포를 조성해 보겠다는 거구나.

"같은 편의 누군가가 이렇게 죽은 걸 알게 되었는데, 쉽게 군대를 밖으로 내보낼 순 없는 거죠."

-그렇군. 이번 일이 나중에 일을 도모할 때도 도움이 되겠어.

"가진 게 많을수록 자기 목숨이 더욱 소중해지니까요."

나는 영주의 방을 박차고 들어갔다.

콰당-!

화들짝 놀란 지아칼 영주가 벌떡 일어나더니 소리쳤다.

"누, 누구냐?!"

"꺄아아아악!"

곁에 있던 두 여자는 부인은 아닌지, 기겁하며 한쪽 구석으로 가 벌벌 떨었다.

병사도 뭣도 아닌 상관 없는 사람에게까지 해를 가할 생각은 없다.

나는 그녀들에게 나가라는 수신호를 주었다.

물론, 발가벗었기에 눈요기야 좋았지만, 그래서야 자꾸 눈이 돌아가 집중할 수가 없다.

그녀들은 다급히 방을 나갔고, 이제야 둘만 있을 수 있었다.

"반가워. 당신이 지아칼 영주지?"

"미친놈, 감히 여기가 어디인 줄 알고."

그는 침대 옆으로 세워 둔 칼을 빼었다.

스르렁!

"하아, 뭐 좀 걸치지그래. 팬티만 입고 그러고 싶어? 그리고 그렇게 죽으면 누가 시신을 발견해도 창피하잖아."

"누구 밖에 없느냐?! 어서 들어와 이놈을 끌어내어라! 어서!"

아무런 반응이 없자 그의 표정이 점차 새하얗게 질려 갔다.

"이놈들! 영주를 보호하지 않고 죄다 어딜 간 게야?!"

나는 초조해하는 그가 가엾기까지 했다.

"그만해. 아무 반응이 없다는 게 뭐겠어. 영주를 놔두고 도망을 쳤을 리 없고. 다 죽었으니까 못 오는 거잖아."

"설마, 네놈이……?"

"맞아. 내가 다 죽였어. 어…… 전부는 아니겠지만, 그래도 거의 대부분? 그러게 그렇게까지 병력을 전부 내보내지는 말았어야지. 일부러 그걸 노린 건데."

"크윽! 네놈 대체 뭐야? 정체가 뭐냐고!"

"에이, 왜 모른 척이야. 라프 영지에 심어 둔 첩자한테서 내 정보도 받은 거로 아는데."

떠오르는 게 있는지, 지아칼 영주의 눈이 크게 떠졌다.

"설마……! 갑자기 나타났다는 그 이방인? 마법사라던?"

짝짝짝.

정답을 맞췄으니 축하는 해 주자.

"정답."

"한데 네가 어찌 여길……. 거기서 여기까지 거리도 엄청날 터인데……. 말이 안 되잖아?"

"이해 안 되는 게 많을 건 아는데. 또 그걸 해내는 게 나여서."

"이방인인 네가 대체 왜 내게 이러는 것이냐?"

"저쪽 편에 서기로 했거든. 첫째 왕자를 왕으로 옹립하려고."

표정을 보니 머리를 엄청 굴리는 것 같다.

그리고 흔한 전개가 당연하다 싶을 만큼 자연스럽게 이어졌다.

"얼마를 받기로 했느냐? 내가 두 배……! 아니, 세 배를 주마!"

"내가 받기로 한 건 돈이 아니라서."

"원하는 게 무엇이냐? 뭐든 내가 더 줄 수 있다. 말만 해!"

"나는 정보가 필요해. 이곳 세상에 다른 곳으로 통하는 차원의 문이 있다고 하던데. 그게 왕성 지하 깊숙한 곳에 있고, 사실인가?"

"그건 역사를 배우는 자라면, 어린아이도 알고 있는 사실이지. 정보랄 것도 없어."

"그렇다면 말이야. 둘째 왕자가 왕이 되면, 나를 그곳으로 데려다 줄 수도 있나?"

"그야 당연하지! 왕 이외에는 그런 권한을 줄 수 있는 이가 없으니까. 왕명을 무시하고 그곳을 침범하게 되면 반역죄로 다스려질 거거든! 원하는 게 그것인가? 그럼 우리를 돕게나. 우리를 도와 둘째 왕자를 옹립시키면 자네가 원하는 그곳을 들어갈 수 있게 해 주지!"

내가 사는 세상에선 타지에 가면 바가지를 쓰기 마련이다.

타국에 가면 사기를 당하거나 마찬가지로 또 바가지를 쓴다.

어딜 가든 모르는 자의 웃는 얼굴이 가장 무서운 법이었다.

대가 없는 친절은 없는 거니까.

하물며 다른 세상에 왔는데, 함부로 누군가를 믿을 수 있을까?

물론, 패트릭 영주가 충분한 정보를 제공하며 신의를 보인 건 사실이지만, 나 나름대로 다방면으로 정보를 모을 필요가 있었다.

"훗, 내게 건넨 정보는 틀림이 없었군. 왕이 그런 권한을 줄 수 있는 것도 사실인 것도 같고."

"이보게, 생각을 잘 해 보게. 첫째 왕자의 세력은 이미 침몰해 가는 배야! 자네가 그쪽 편에 선다고 해도 이 흐름은 바꿀 수가 없어! 하니 보다 우세한 우리 쪽에 서게나. 자네가 우리 편이 된다면 공신으로 이름도 올릴 수 있어!"

"물론, 둘째 왕자도 내가 원하는 걸 줄 수 있다고는 봐. 근데 내가 또 한 번 정하고서 배신을 잘 못 해서. 그건 암만 생각해도 쪽팔리거든."

"으으……! 그래서 기어이 나를 죽이겠단 것이냐?!"

"응."

"그럴 거면서 이렇게 말을 시킨 이유는 또 뭐야?"

"음~ 내가 가진 정보의 확인? 그리고 나름의 여흥이라고 해 두자."

"크윽! 결국 나를 모욕하다 죽일 작정이었구나! 그렇지만 나도 쉽게 죽어 줄 생각은 없다! 내게도 저항석이 있거든! 네놈의 마법은 통하지 않을 것이야!"

이놈, 생각 외로 멍청한 걸지도.

"영주쯤이나 되는 놈이 그렇게 관찰력이 없어? 나를 잘 봐. 검을 들고 있잖아. 그리고 여기 피도 보이지? 이게 뭘 뜻하는 것 같아?"

"끄음……."

"그래, 지금 떠올리는 그거. 마법이 아니라, 이 검으로 여기까지 올라왔다는 거야."

"이놈, 그래 봐야 마법의 도움을 받았겠지! 차앗!"

제법 검술은 익혔는지 괜찮은 자세를 잡아 공격해 왔다.

그렇지만 케라의 검술과 카우라로 충만한 나를 이길 수는 없다.

스핫!

나는 흐르는 물처럼 미끄러졌고, 바람처럼 빠르게 그의 목을 갈랐다.

투둑.

목이 떨어져 나갔을 건 굳이 볼 필요도 없다.

창문을 열자 시원한 밤바람이 쑥 하고 들어왔다.

"상쾌하군. 일도 끝내서 기분도 좋고. 오늘 같은 날엔 딱 소주에 삼겹살인데……."

-그런 말 꺼내지도 마라. 우리도 딱 같은 마음이니.

"그러고 보니 낮에 그 일이 있은 뒤로 아무것도 먹지를 못했네요. 어서 쿠에벤 영지로 가 보자고요. 거기라면 뭐라도 먹을 게 있겠죠."

* * *

땡! 땡! 땡!

침입을 알리는 경고 종소리가 울리지만, 때늦은 경고에 대비할 수 있는 건 아무것도 없었다.

하늘로 날아오다가 지면으로 내려서는 나의 모습에 병사들이 놀라 다급히 창검을 들이밀었다.

"누, 누구냐?!"

작은 볼일을 봤는지 막 바지를 추스른 가오스가 나를 확인하자마자 큰소리로 외쳤다.

"우리 편이다! 무기를 거둬라! 협곡전투의 영웅인 걸 못 알아보는 것이냐?"

"협곡전투의 영웅?"

무슨 말이래?

가오스가 다가오더니 털털한 웃음을 흘렸다.

"하하, 우린 자네를 그리 부르고 있다네. 자네 덕분에 큰 피해 없이 쿠에벤을 점령할 수 있었으니까."

"이상한 이름은 안 가져다 붙였으면 하는데."

"뭘 또 그리 부끄러워하고 그러나?"

"부끄러워하는 게 아니라……! 하아, 됐다. 사기를 위해서인 것 같으니까 마음대로 해라."

이미 퍼져나갔을 말들은 내가 싫다고 해서 주워 담을 수도 없는 노릇이다.

　그리고 누군가 하나를 영웅으로 앞세워 사기를 끌어올리는 건, 어떤 전쟁에서든 써먹는 방법이다.

　병사들에겐 그 영웅과 함께하는 전쟁에서는 반드시 승리할 것이라는 믿음이 생기기 때문이다.

　"이럴 게 아니라, 가서 술이나 한잔하세."

　살짝 취한 듯한 가오스를 따라 안으로 들어갔다.

　그곳에선 벌써 승리를 축하하는 파티를 벌이고 있었다.

　패트릭 영주도 나를 보며 벌떡 일어나 다가왔다.

　"왔군. 최강! 모두들 보아라! 우리의 전투를 승리로 이끌어 준 협곡전투의 영웅이다!"

　"와아아아아아아-!"

　"협곡전투의 영웅! 만세!"

　마법을 경멸하던 자들 맞아?

　왜들 이래, 부담스럽게.

　패트릭 영주가 직접 다가와 내게 자리를 권했다.

　"어서 와서 앉게. 승리의 주역이니 당연히 나와 함께해야지."

　"부담이 장난 아니지만, 일단 먹을 게 필요하니까 앉도록 하지."

　그런데 패트릭 영주가 앉아 있던 곳 위를 본 나는 눈이 휘둥그레졌다. 그곳에 작은 돼지 한마리가 통째로 구워져 있는 것이다.

　"앗! 돼지고기다!"

　-이곳 세계에도 돼지는 있었구나!

-저 자태가 무척 아름답구나! 어서 좀 뜯어 보아라! 저 식감을 빨리 느끼고 싶구나!

패트릭 영주가 의아해하며 물어왔다.

"자네도 돼지를 아는가?"

"온 국민이 사랑하는 가축인데, 모를 리가 없지! 하아, 이제야 진짜 고기다운 걸 먹게 되는구나. 이거 먹어도 되지?"

"당연하다마다. 근데 흔히 먹을 수 있는 돼지고기를 보고서 이리 좋아할 줄은 몰랐군."

"말도 마라. 맛있어 보이는 고기여서 먹었다가, 그게 괴물 고기라고 해서 얼마나 속이 매스꺼웠는지. 그 고통, 당신은 모를 거야."

"혹시 그 괴물의 이름이……."

"잠깐! 거기까지. 그 괴물 이름만 들어도 입맛이 떨어질 것 같거든? 그러니까 그 얘기는 꺼내지 말자고."

"하하! 행동과는 안 어울리게 비위가 그리 좋지는 않은 모양이군 그래."

나에겐 대답할 입은 없었다.

먹는 입만 존재할 뿐.

"우걱, 우걱. 여기 이거 혹시 술인가?"

"맞네. 최상품 열매로 만든 술이지."

먹어보니 톡 쏘면서도 달달한 것이 정말 맛이 좋았다.

뭔가 맥주에 음료를 섞은 느낌이랄까.

그러면서도 살짝 독하기도 해서 목과 코가 뻥 뚫리는 것 같았다.

"오오~!"

"마음에 드는가?"

"좋은데?"

"하하! 그럼 승리를 축하하며 거하게 마시자고!"

"좋아! 좋아하는 고기도 있겠다, 오늘은 실컷 마시고 즐기자고!"

그렇게 방금 전까지만 해도 시끄러운 음성들 속에서 웃고 떠들며 술을 마셨던 것 같은데.

눈을 떠 보니 아침이다.

"뭐야, 내가 왜 이러고 있어?"

-어제 술을 진창 마시더니, 기억이 날아간 것이냐?

"아…… 저 어제 취했었나요?"

케라에 이어 제라로바가 혀를 차며 말했다.

-쯧쯧, 혀가 그 정도로 꼬부라졌으면 심하게 취했던 거겠지.

"머리는 그렇게 안 아픈 것 같은데……. 술이 의외로 잘 받았나?"

-밤새 물을 찾고 속이 매스껍다고 하여 내가 회복시켜 버렸다. 그러고 났더니 잘 자더구나.

아무래도 이 둘은 취한 채로 힘겨워하던 나를 가만히 두고 보기가 어려웠던 모양이다.

어쨌거나 숙취가 없으니 땡큐다.

기억나는 부분까지만 떠올려 보더라도 전날엔 정말 많이 마신 것 같다.

아마 그런 상태로 아침에 깼다면 숙취의 괴로움이 보통이 아니었을 거다.

"제가 잠든 사이 챙겨 주셔서 고맙습니다. 헤헷."

아침 인사를 하듯 말하는데, 뜬금없는 답이 돌아왔다.

-고마워해야지. 우리가 아니었으면 밤사이 죽었을 테니까.

"네? 그건 또 무슨 말이에요?"

-저기 문 옆을 봐라.

그곳을 보자 복면을 쓴 둘이 쓰러져 있는 게 보였다.

"어라? 쟤들은 또 뭐고요?"

-뭐긴, 암살자들이지. 이미 심문도 마쳤다. 네가 죽인 지아칼이
란 놈이 심어 놓은 것들이더구나.

나는 다가가 복면을 벗겨 보았다.

근데 둘 다 여자였다.

"여자네⋯⋯."

그리고 전날, 사내들 틈에서 노래를 부르고 춤을 추던 두 여자가
떠올랐다.

그들이 바로 이들이었다.

"점령한 병력 말고도 따로 잠입부대 같은 걸 심어 놓았던가⋯⋯."

나는 그러한 사실을 패트릭 영주에게 알리면서 이런 얘기를
들을 수 있었다.

"그런 일이 있었군. 이거 미안하네. 설마 저들이 자네를 노릴
거라고는 생각지 못했어."

당신이야 영주니까, 기사들에게 아주 안전하게 밤새워 지켜

졌겠지.

결국 아무도 지켜 주지 않고 술에 곯아떨어진 나만 목표가 된 걸 테고.

"근데 이미 점령한 땅에 왜 저런 자들을 심은 걸까?"

"식민지화를 반대하고 방해하는 이들을 색출하기 위함일 것이네. 전쟁에서 일반인을 절대로 건드리지 않는 것이 우리의 율법이긴 하네만, 뒤로는 얼마든지 흉악한 일이 일어나는 법이니까."

"적군 병사는 모두 죽이고 잡아 들였을지 몰라도, 적들이 심어 놓은 자들은 그대로라는 거군."

패트릭 영주는 고민이 깊어졌다.

"이곳에 사는 사람들 모두를 심문할 수도 없고. 무척 난감한 사안이군."

나는 환하게 웃었다.

"그건 걱정 마. 그놈들은 전부를 한 방에 잡아 들일 방법이 있으니까."

"뭔가 묘안이 있는 겐가?"

"아무도 몰래 이렇게 당신을 찾아온 것도 다 그것 때문이지. 그러니까 당신은 주변으로 은밀하게 소문이나 하나만 흘려 줘."

"소문?"

* * *

기사들과 병사들 사이에서 소문 하나가 급속도로 퍼져나갔다.

"이봐, 그 얘기 들었나?"

"무슨 얘기?"

"협곡전투의 영웅 말이야. 밤사이에 습격을 당했다는군."

"뭐? 정말?"

"그래서 지금 무척 위중한 상태라고 하나 봐."

"허…… 엄청난 마법사라고 하더니, 어찌 그리 쉽게 당한단 말인가?"

"전날 코가 비뚤어지도록 술을 마셨다는 얘기가 있어."

"그렇게 대단한 사람을 아무도 안 지켰다는 거야?"

"다들 승리를 만끽하느라 그럴 생각을 못 했던 게지."

병사들 사이에서 하는 이야기는 길을 다니는 마을 사람들에게로 이어졌다.

그리고 그러한 소문은 쿠에벤 영지 내에 숨어 있는 세력에게도 전달되었다.

"훗, 암살에 성공했군. 잘됐어. 이제 놈들의 사기는 금방 꺾일 거야."

그 기쁜 소식을 접한 은둔 세력은 한곳으로 모여들었다.

암살의 성과를 축하하고, 새로운 계획을 모의하기 위해서였다.

각기 다른 곳에서 로브를 쓰고 다니던 이들은 접선 장소에서 안내인의 안내를 받아 다시 다른 곳으로 이동했다.

그리고 막 안내를 받고 온 한 여인을 미리부터 기다리고 있던 이들이 크게 반겼다.

"잘했다, 세딘!"

"맞아! 네가 가장 위험한 놈을 깔끔하게 처리한 거야!"

막 들어온 여인이 로브를 벗었다.

놀랍게도 그녀는 최강에게 붙잡혔던 여인이었다.

그녀가 어떻게 이들이 만나는 자리로 올 수 있었던 것일까?

거기에는 최강의 마법이 있었다.

바로, 최강이 모습을 바꾸는 마법을 이용해 그녀로 위장하고서 이곳에 온 것이었다.

"전부 모인 것입니까?"

"모두가 자네의 성과를 축하하기 위해 모인 것이네."

"그렇군요."

"한데 미네브는 어찌하고 자네 혼자 온 건가?"

모두가 세딘이라고 여겼던 여인은 씨익 웃었다.

"못 오는 게 당연하지. 그 여자는 붙잡혔으니까."

"뭐……?"

모두가 세딘을 이상하다고 여길 때였다.

세딘이 대뜸 손을 하늘 위로 올리더니, 그녀의 손에서 강한 불길이 일어나 허공으로 치솟았다.

콰앙-!

그 불길은 지붕을 뚫고서 허공 위로 치솟아 올랐다.

"아니!"

"무슨……!"

"세, 세딘이 아니다! 이놈은 마법사야……! 우리가 속은 거야!"

"뭐……?!"

세딘의 모습은 온데간데없고, 어느새 변한 최강이 그 자리에 있었다.

"안녕? 이렇게 만나서 반가워."

"이놈……! 우리를 속였구나!"

"이 새끼, 죽여 버리겠어!"

모두가 칼을 뽑아 최강을 감쌌다.

최강은 미소를 지으며 말했다.

"그럴 정신이 없을 텐데."

"뭐?"

그때였다.

그곳 주변으로 수많은 발자국 소리가 들려오기 시작했다.

그것은 밖에서 들려오는 소리로, 소리만 들어 봐도 그 수가 엄청날 것 같았다.

"모두 이곳 일대를 포위하라! 한 놈도 빠져나가게 두어서는 안 된다!"

곳곳에서 들려오는 소리에 안에 있던 이들은 절망에 빠졌다.

"뭐야……! 벌써 포위당했다고?"

"크윽! 아까 그 불길은 적을 불러들이기 위한 신호였구나!"

최강은 히죽 웃었다.

"그럼 내 볼일은 끝났으니까 난 여기서 이만. 바이~!"

스륵.

모두가 분노로 가득하여 최강을 죽이려고 달려들었으나 최강은 땅으로 쑥 꺼지며 사라졌다.

"엇!"

"사, 사라졌어!"

버서석!

모두가 놀라며 당혹스러워할 때, 벽과 문이 부서지더니 곳곳에서 불화살이 날아들었다.

곧 내부는 연기로 가득해지고 불길에 휩싸였다.

몇몇이 참지 못하고 밖으로 나갔지만, 죄다 화살에 의해 고슴도치가 되어야 했다.

그렇게 쿠에벤 영지에 심어져 있던 마도나스의 첩자들은 모조리 목숨을 잃고 말았다.

* * *

활활 타오르는 건물을 보고 있는데, 패트릭 영주가 그곳을 찾았다.

나는 그를 보며 고개를 끄덕였다.

일이 잘 처리되었다는 뜻을 전하는 거였다.

그는 나의 옆으로 서더니 함께 타오르는 건물을 지켜봤다.

"덕분에 일이 아주 쉽게 해결되었군. 고맙네. 모두가 자네 덕분이야."

"쥐들을 한데 모아 죽였으니 더는 귀찮은 일은 생각하지 않아도 될 거야."

"마법으로 모습을 다른 이로 바꿀 수도 있다니, 자네가 적이 아닌 게 정말 다행이야. 그런 건 악마들이나 할 수 있다고 들었거든."

그러고 보니 떠오르는 게 하나 있긴 하다.

미국의 부통령으로 변했던 악마가 있었고, 그 측근으로 변해 있던 악마도 있었다.

그걸 보면 악마는 누구로든 변할 수 있는 것 같았다.

"나도 몇 번 본 적이 있기는 해. 악마를 직접 만난 적이 있거든."

그가 놀라며 물었다.

"그게 정말인가?"

"꽤나 높은 지위의 사람으로 위장을 하고 있어서 무척 놀랐었지."

"해서 그 악마는 어찌 되었나?"

"죽였어."

"허…… 역시 자네는 강하군. 악마는 그리 쉽게 죽일 수 있는 존재가 아니라고 들었는데."

"강하긴 했어도 못 죽일 건 아니었어. 뭔가 영적인 존재이면 골치 아팠을 텐데, 내 눈엔 그것들도 하나의 생명체로 보였거든."

나는 혹시나 싶어 패트릭에게 물었다.

"근데 말이야. 정말 이곳 세상엔 악마가 없는 거야?"

"천 년 전, 어둠의 재해가 일어났을 때 악마가 흘러들었다는 얘기는 전해 들었네만. 모두 없앤 거로 알아. 그 이후로 나타난 적이 한 번도 없으면, 없다고 봐야 하지 않을까 싶은데?"

"그렇군. 그럼 됐어."

이런 질문을 한 건 그래도 혹시나 싶은 마음에서다.

만약 악마가 이곳 세계에서 다른 중요한 누군가로 변하기라도 했다면, 또 다른 골치 아픈 일이 있을까 싶어서.

근데 아니라고 하니, 다행스러운 일이었다.

* * *

막 이틀째 행군을 이어 가던 푸칸에게 충격적인 소식이 전달되었다.

"뭐라……!"

그는 전해진 소식을 믿을 수가 없었다.

두 주먹을 불끈 쥔 그는 자신의 두 귀를 의심했다.

"무슨 헛소리를 지껄이는 것이냐? 내가 그분의 명을 받고 떠난 지 겨우 이틀이 지났다! 내 이 두 눈으로 그분을 뵙고 떠나왔단 말이다!"

"단장님께서 떠난 그날……! 성을 습격한 무리로 인해 영주님께 서도 목숨을 잃고 마셨습니다……."

고개를 숙이고 있지만, 수하의 얼굴 아래로 눈물이 뚝뚝 떨어지고 있었다.

그 눈물에 어찌 거짓이 있을까.

푸칸은 모시던 주군을 잃었다는 사실에 온 마음이 와르르 무너져 내렸다.

정신이 혼미해질 충격과 슬픔이 강하게 밀려와 심장을 마구 쥐어짜지는 것 같았다.

격한 감정 사이로 스스로에 대한 자책도 함께 떠밀려 왔다.

"아아…… 나 때문이다. 내가 자리만 비우지 않았어도 그런 일은 없을 것을! 커흐흐흑!"

다 자신 때문이었다.

쿠에벤을 되찾자는 충언만 하지 않았어도 이런 일은 없었다.

두 손을 탁자로 짚은 그는 뜨거운 눈물을 흘렸다.

"영주님! 어찌 이리 가십니까! 소신은 이제 어찌하라고! 꺼윽꺼 윽!"

하염없이 눈물을 흘리는 그의 모습을 나약하다 할 자는 없었다.

그것은 주군을 진정으로 사랑했던 신하의 모습이기 때문이다.

그러나 슬퍼하던 것도 잠시, 푸칸이 무섭게 눈을 부릅떴다.

"필시 패트릭 그놈의 술수이다! 쿠에벤 영지를 빼앗으면 우리가 즉시 병력을 내보낼 것을 예측한 것이야! 그걸 짐작하고 미리부터 사람을 보내 놨던 거겠지!"

"절대로 이대로 돌아갈 수는 없습니다!"

"부관의 말이 옳다. 나는 주군의 명예를 지킬 것이다! 반드시 쿠에벤을 빼앗아 영주님의 이름을 드높이고 말 것이야!"

푸칸이 소식을 전한 기사에게 물었다.

"영주님의 내외는 어찌 되셨느냐?"

"다행히 도련님과 부인께서는 무사하십니다."

"그럼 됐다. 비록 어리석은 판단으로 불충을 저질렀으나, 내 쿠에벤 영지만큼은 반드시 도련님께 바치고 말 것이야!"

* * *

패트릭 영주가 부른다는 말을 전해 듣고 성으로 들어왔다.

한데 패트릭 영주 옆으로 십 오륙 세의 사내아이와 중년의 부인이 있었다.

"불렀다고 하던데?"

"이분들을 소개시켜 줄까 해서."

"누구지?"

"하푼 영주의 아들인 레이단과 메리아 부인이시네."

쿠에벤 영지의 지배를 위해 그 자녀와 부인을 살려 두었다는 말을 듣기는 했었다.

근데 이들이 그들인 모양이다.

곧 레이단이 내게 인사를 해 왔다.

"공께서 제 아비의 원수인 돌피르를 죽였다고 들었습니다. 정말 고맙습니다. 이 은혜는 절대로 잊지 않겠습니다."

뭔가 굉장히 어색하다.

굳이 누군가의 복수를 하려던 건 아닌데, 결과적으로는 그렇게 된 모양이다.

가만히 있기는 뭐하고.

역시 위로의 말을 건네야겠지?

"아버지의 명예를 되찾는 건, 아들로서 마땅히 해야 할 일이야. 누구보다도 강한 사내로 성장하여 아버지의 뜻을 이어 나간다면, 너의 아버지도 하늘에서 기뻐하실 거다."

뭐야, 얘가 왜 갑자기 울먹여?

내가 말을 잘못했나?

"그 말씀, 죽을 때까지 잊지 않고 마음 깊이 새기겠습니다. 고맙습니다, 최강 공."

잠시 후, 둘이 나가고 패트릭 영주와 둘만 있게 되었다.

나는 의자로 앉으며 투덜댔다.

"불편한 자리를 만들 거면 미리 언질이라도 주든가. 사람 난감하게 왜 이래?"

"후훗, 불편했다면 사과하지. 하지만 저들이 꼭 자네를 만나게 해 달라고 해서 그 부탁을 안 들어줄 수가 없었네. 저들에게 자네는 더없이 고마운 사람이거든."

"저 아이의 아버지를 죽인 게 돌피르라고?"

"맞아. 근데 협곡해서 자네가 무너뜨린 토사에 깔려 죽었지. 굉장히 용맹하고 지략이 뛰어난 전사로 알려진 자인데. 아마 그도 자신의 죽음이 무척 허무했을 거야."

"듣기로는 이곳 영주가 목이 잘려 죽었다던데."

"저 두 사람의 눈앞에서 공개적으로 처형을 했다고 하는군."

"잔인한 놈들. 어째 하는 짓은 중세의 유럽이랑 똑같아."

패트릭 영주는 못 알아듣는 말까지 일일이 묻거나 하진 않았다.

그냥 넘어가거나, 그런가 보다 하고 넘겼다.

그런 걸 캐묻는 걸 싫어한다는 걸 이미 아는 눈치다.

이래서 배려 있는 사람하고는 뭘 해도 신경 거슬릴 게 없다니까.

그러던 중 패트릭 영주가 물어왔다.

"그보다 자네가 보기에 이곳으로 향한다는 군대는 언제쯤이겠나?"

"오늘이 3일째니까, 그 행군 속도라면 앞으로 4일쯤 걸리지 않을까?"

"그 전에 놈들을 사기를 낮춰 뒀으면 싶은데."

저 오글거리는 눈빛.

딱 봐도 뭔가를 강하게 바라는 눈치다.

아, 부담.

"나한테 뭐 원하는 거라도 있어?"

그는 웃는 얼굴로 부탁을 해 왔다.

"그들이 이곳까지 오는 동안 잠을 못 자도록 괴롭혀 주었으면 하는 게지. 물론, 사람은 좀 붙여 줌세. 이왕이면 직책 있는 자를 암살해 주면 더욱 좋고. 아, 할 수 있다면 상당한 피해를 입히는 것도 좋아."

"그만. 거기까지. 무슨 입만 열면 부탁이 자꾸 늘어?"

"하핫, 자네의 그 공로는 내 왕자님께 상세히 전하도록 하지."

배시시 웃으며 하는 말이라 더 재수가 없다.

"하아, 반협박인 거네. 도움을 받고 싶으면 시키는 대로 해라?"

"부탁이라네. 부탁. 곡해하지 말게."

"듣는 사람은 그렇게 안 들리거든?"

"후훗, 언젠가 내가 했던 말인 것 같군."

"알았어. 가면 되잖아. 근데 병력은 얼마나 붙여 줄 건데?"

"얼마나 원하나?"

"소수였으면 해. 대신 정예로."

"너무 적으면 쉽게 포위되어서 금방 전멸할 텐데?"

"어차피 게릴라전인데 수가 많으면 도망치는 것만 더 어렵지. 큰 마차에 들어갈 인원만큼만 선별해 줘."

* * *

얼마 지나지 않아 열다섯 명의 사내들이 선별되었다.

기습이란 말을 들은 건지 모두가 가벼운 경량갑옷을 착용한 상태였다.

하지만 모두 표정이 하나같이 당혹감으로 가득했다.

"정말로 저희보고 이 안으로 들어가란 겁니까?"

"어."

천장까지 둘러싸인 짐마차였다.

그런 마차로 짐짝처럼 들어가라고 하니 이들이 이처럼 머뭇거리는 거다.

"애초에 말로 이동할 생각이 없어. 그래가지고 언제 적군이 있는 곳까지 가겠어. 잔말 말고 얼른 타. 시간 없어."

"그, 그렇지만……!"

"빨리 타라니까?"

최강이 그들을 억지로 밀어 넣은 후에 문을 잠가 버렸다.

처격!

문까지 걸어 잠그니 안에선 더욱 불안감이 커졌다.

"우리 괜찮은 거 맞는 거겠지?"

"후우, 어쩌겠어. 이번 작전에서는 저분이 우리의 대장인 것을."

패트릭 영주도 의문이 많았던지 참았던 궁금증을 물어왔다.

"말도 없이 짐마차만. 대체 뭘 어쩌려고?"

"어쩌긴 이렇게 하려는 거지."

최강이 뒤를 보며 가만히 손을 들어 올렸다.

그 순간, 짐마차가 붕 하고 위로 떠올랐다.

"어어어어!"

보는 사람들도 크게 놀랐지만, 짐마차 안에 탄 이들은 더욱 당황했다.

최강은 팔찌와 발찌에 새겨진 마법을 이용해 높이 떠올랐다.

그리고는 짐마차 위로 올라 패트릭 영주에게 말했다.

"다녀올게! 성과는 장담 못 하니까 너무 기대하진 말고!"

그렇게 최강은 짐마차와 함께 하늘 위로 숭 날아가더니 이내 모습까지 감춰 버렸다.

가오스가 그 광경을 보며 혀를 내둘렀다.

"다른 차원의 마법사는 정말 무서운 능력을 지녔군요. 저자를 처음 만난 것이 우리였던 건, 정말 운이 좋았던 것 같습니다."

"같은 생각일세. 아마 저자를 만난 것이 내가 아닌 지아칼 영주였다면, 지금 죽어 있는 건 나였을 테지……."

* * *

나는 깊은 숲속의 절벽 아래로 공터가 보여 그곳으로 짐마차를 내려놓았다.

그리고 마차에서 내려와 잠긴 문을 열어 주었다.

행여 기울어졌다가 떨어지지 말라고 잠가 둔 거였는데, 나오는 이들이 하나같이 다리를 후들거렸다.

낯빛도 핼쑥하고 창백한 것이 상태도 영 별로였다.

멀미라도 났나?

"드디어 땅을 밟는군."

"휴, 나는 아직도 오금이 저려 죽을 지경이야."

"그렇게나 높은 곳까지 올랐더니 소변이 다 마렵군."

"나는 출발했을 때부터 참은 오줌을 지금까지 견뎠다고."

그런 이유로 기사들이 가장 먼저 한 일은 숲으로 가서 저마다의 영역 표시를 하는 거였다.

"후후훗, 다들 볼일은 다 본 거야?"

기사들이 저마다 민망해하며 고개를 끄덕였다.

"네."

"다 봤습니다."

나는 기사라는 자들이 무슨 겁이 이렇게 많나 싶었다.

"그거 조금 높이 날았다고 그렇게 힘들어해서야. 이번 일이 목숨을 걸어야 할 일인 건 알고 있는 거지?"

"단지 경험이 없어서일 뿐, 저희가 용기가 없는 건 아닙니다! 오해는 말아 주십시오!"

"쉬잇. 목소리 낮춰. 적군이 있는 주변으로 내려온 걸 몰라서 그래?"

"허업! 죄송합니다……."

에효, 이런 사람들을 데리고서 전쟁을 할 걸 생각하니 눈앞이 캄캄하다.

하지만 어쩌겠어.

있는 거라도 잘 써 봐야지.

나는 그들을 보며 바닥으로 지도를 펼쳤다.

"됐으니까 다들 모여."

나는 가까이 다가온 그들에게 설명을 시작했다.

"내려오다 보니까 우리가 있는 곳이 이쯤인 것 같아. 그리고 이쪽으로 있는 길로 적군이 행군을 하고 있는 걸 봤어. 아마도 해가 지면 이쯤에서 야영을 할 거라고 봐. 밤사이 강을 도하하는 건 위험할 테니까."

"그렇군요."

나는 하늘을 보았다.

"날이 흐린 걸 보면 운이 좋으면 좋은 구경을 할 수도 있을 것 같긴 한데……. 아무튼 지금부터 계획을 말해 줄 테니까 다들 실수하지 말고 똑바로 하자고. 성공만 한다면 제법 통쾌한 한 방을 먹일 수 있을 거야."

"네, 저희는 대장이신 최강 님만 믿고 따르겠습니다."

표정들이 왜 이래?

꼭 눈빛 초롱초롱한 강아지들처럼.

이런 시선을 받고 나니 또 한 놈도 안 죽게 하고 싶은 마음이 들기 시작한다.

그래도 정들진 말자.

이곳 세상에 오래 있을 것도 아니니까.

* * *

해가 저물며 식사를 마친 푸칸이 막사로 들어왔다.

그는 부관들이 미리 와 있는 걸 보며 물었다.

"식사들은 했는가?"

"네."

"그럼 회의를 시작하지."

푸칸은 밤마다 행군의 이동 경로를 정하고, 목적지에 도착했을 때 어떤 방법으로 쿠에벤 영지를 탈환할지 부관들과 전략을 짰다.

원수인 패트릭 영주에게 어떻게 복수를 할지 칼을 가는 것이었다.

그런데 부관 하나가 걱정스레 말해왔다.

"한데 말입니다. 단장님. 이곳 강은 평소에는 수위가 낮지만, 비가 오게 되면 물이 상당히 불어나는 곳입니다."

"그래서?"

"들어오실 때 느끼셨을지 모르겠습니다만, 주변이 상당히 습해졌습니다."

"숲인 데다가 근처에 강까지 있으니 습한 거야 당연한 게 아닌가?"

"낮부터 흐렸던 걸 보셨지 않습니까? 게다가 거의 다 어두워졌을 땐 짙은 구름도 몇 보였습니다. 이런 상황에 혹시라도 비가 온다면 강을 도하하는 건 생각을 달리하셔야 할 것 같습니다."

"강을 건너지 못할 거란 말인가?"

"정말로 비가 오게 된다면, 공성 무기를 옮기는 건 무리가 있을 것입니다."

"흠."

푸칸은 지도를 살폈다.

"여길 건너지 않고 돌아갔다가는 족히 열흘은 더 걸릴 것이야. 숲에서 만나게 될 괴물들도 병사들을 지치게 만들 테고. 그리되면 손해가 너무 커."

"저는 단지 혹시라도 있을 비에 대비를 하자는 것입니다."

"그래, 생각은 해 두자고. 자네 말대로 물이 너무 불어나면 도하는 힘들 테니."

그런데 때마침 그때였다.

밖에서 큰 소란이 일어났다.

"적습이다! 적이 나타났다!"

"적습이다!"

"끄아악!"

푸칸을 포함한 모두가 칼을 집어 들고 뛰쳐나왔다.

"무슨 일이냐?!"

"숲에서 화살이 날아와 일부 병사들이 크게 다쳤습니다!"

"적의 규모는?"

"날이 어두워 판단하기 어렵습니다!"

"내가 가겠다!"

푸칸이 달려갔을 때, 아군 병사들이 밖으로 뛰쳐나가려 하고 있었다.

푸칸은 즉시 소리쳤다.

"적군의 병력이 얼마나 되는지 모른다! 다짜고짜 나서지 마라!
도리어 목숨을 잃을 뿐이다!"

바로 그때, 목책 너머로부터 엄청난 수의 화살이 쏟아지고 있었
다.

"아니!"

병사들은 즉시 방패로 막았으나 일부는 화살에 맞아야 했다.

푸칸 역시 방패로 몸을 보호하고는 숲을 노려봤다.

하지만 한 가지, 이상한 게 있었다.

"이건……."

황당하게도 화살이 자신들의 것이었던 것이다.

"어찌 된 일이냐?! 이건 우리 화살이지 않은가!"

부관들도 화살촉을 보며 말했다.

"맞습니다! 이건 우리 쪽 화살이 틀림없습니다!"

"한데 어찌 저놈들이 우리 화살을 써?"

때마침 그때, 병사 하나가 달려와 보고했다.

"단장님! 큰일 났습니다! 화살을 실은 마차 일부에서 화살이
사라져 있습니다!"

"뭣이……!"

부관들은 이해할 수 없었다.

"그럼 적들이 이미 안으로 침입하여 그 많은 화살을 훔쳐가기라

도 했다는 것이냐?"

"하지만……! 사실입니다!"

푸칸은 미간을 가득 찌푸렸다.

"대체 무슨 일이 일어나고 있는 것인가……."

"단장님. 어찌할까요?"

푸칸은 즉시 명령을 내렸다.

"수색대를 꾸려 숲으로 보내라! 그리고 적의 규모를 파악하여 보고토록 하라!"

"네! 단장님!"

* * *

제라로바가 물었다.

-그냥 조용히 숨어들어서 암살하면 될 것이지, 왜 이런 수고를 하는 것이냐? 저러다가 잡히면 애들만 죽을 게 아니냐?

나는 조용히 중얼거렸다.

"보세요. 그 소란이 일어나니까 이렇게 명령을 내리는 사람, 그 명령을 듣는 사람, 딱 구분이 되지 않습니까? 막사만도 천 개가 넘습니다. 언제 그걸 다 뒤져서 높은 지위의 사람을 찾겠어요?"

-호오? 그런 생각이었던 것이었다고?

케라는 나를 칭찬했다.

-나는 너의 능력을 이용한 최적의 전술이라고 본다. 그래, 이렇게 하면 누가 지휘관인지 확실히 알 수 있지. 시간도 줄일뿐더러, 적들도 정신이 번쩍 들었을 게다.

나는 그들의 얼굴을 잘 보아 두었다.

그리고 땅에 박힌 화살 하나에 룬 마법을 새기며 조금 물러났다.

그리고 그 순간, 땅에 박혀 있던 화살이 지휘관들이 모여 있는 곳으로 빠르게 쏘아졌다.

피잇!

푸욱!

"꺼어억!"

화살은 정확히 사람의 목을 꿰뚫었다.

물론, 중간에 마법을 거둔 결과였다.

계속 마력을 불어넣었다간 저항석의 힘에 의해 튕겨 나갈 것이나, 속도를 붙인 후에 마력을 거두면 이런 결과가 나오는 것이다.

"명중."

모여 있던 자들은 뒤늦게 쓰러지는 자를 보며 깜짝 놀랐다.

"누구냐?! 누가 화살을 쏜 것이야-!"

"이이이이……!"

"누구 방금 전에 이쪽으로 화살을 쏜 자를 못 보았느냐? 찾아라! 이곳에 지휘관을 노리는 자가 있다!"

병사들과 기사들이 내가 있던 곳을 샅샅이 뒤지는 사이 나는 지휘관들의 뒤쪽으로 이동했다.

그리고 거기서 또 화살에 룬을 새겨 그들을 향해 쏘아 냈다.

피잇!

청!

"막았어?"

백색에 청색이 들어간 갑옷을 입은 사내.

기세로 보나 덩치로 보나 지휘관들 중에서도 으뜸이었다.

"아무래도 네가 여기 최고 대가리인 모양이구나."

-대가리라니? 천박하다, 이놈아.

"하하, 좀 그랬나요? 그냥 어디 영화에서 그런 대사를 들었던 것 같아서 따라 해 봤는데. 영 아닌 모양이네요. 음음."

혼란스러운 와중에 하나하나 제거할까 했지만, 총지휘관으로 보이는 자의 실력이 무척 출중하다.

경계까지 하고 있어 더는 같은 방법이 통하지 않을 것 같았다.

"푸칸 단장님, 아무래도 여긴 위험할 것 같습니다! 막사 안으로 피하시죠!"

그를 피신시키기보단, 자기들이 말하고서 더 빨리 나아가는 것 같다.

누가 봐도 자기 목숨이 아까워서 숨는 거로 보였다.

"막사 안으로 숨겠다고? 그래 주면 나야 고맙지."

나는 그들을 따라갔다.

그리고 그들이 막사 안으로 들어가기 무섭게 그 내부로 바람의 골렘을 잔뜩 만들어 주었다.

"뭐야, 이것들은!"

그리고 이내, 안에서 엄청난 폭발이 일어나 강력한 돌풍을 사방으로 뿜어냈다.

콰과과과광-!

비명조차 지를 겨를 없이 터져버린 산소 폭탄들.

몇 개나 겹쳐서 터뜨렸더니 그 파괴력이 엄청나다.

"휴~ 대단하네."

나는 허공에서 찢겨진 살점과 갑옷이 날아들어 슬금슬금 피했다.

그런데 앞을 보다가 정말 놀라운 광경을 보게 되었다.

막사 중앙으로 하얀빛에 둘러싸인 한 사람을 보게 된 것이다.

그는 총지휘관이라 추정하던 자였다.

스하하하하하……!

하지만 그 강렬하던 빛은 다시 검으로 스며들며 사라지고 있었다.

"검의 기운을 몸으로 끌어들여서 보호했다고? 뭐야, 저놈? 여기서 봤던 놈들과는 좀 다른데?"

-저 검, 마법을 파괴하고 막는 힘이 깃들어 있다고 했던 것 같은데. 그 외에도 다른 활용법이 있는 모양이구나.

"저들은 인정하지 않겠지만, 결국 저것도 마법 도구란 말이죠. 그리고 체내의 어떤 힘이 저 성검의 힘을 증폭시키는 역할도 있기는 한가 봅니다."

-싸워 보고 싶은데. 어찌할 것이냐?

내가 매우 분노한 그를 보며 웃음 지을 때, 하늘에서 추적추적 비가 내리기 시작했다.

스아아아아.

"비로군. 좋았어……."

나는 매우 흡족해하며 몸을 돌렸다.

"오늘은 여기까지 하죠. 그래야 내일 더 재밌는 걸 볼 수 있을 테니까요."

-재밌는 거?

"그런 게 있습니다. 미리 알면 재미없는 거."

* * *

푸칸은 홀로 막사 안에 앉아 있었다.

그는 어깨에 묻은 살점을 뒤늦게 발견하며 거칠게 털어냈다.

"크윽! 부관들이 전부 죽었다. 대체 뭐란 말인가."

바로 그때!

그가 눈을 부릅떴다.

핏발 선 그의 눈은 며칠 전에 보았던 무언가를 기억하고 있었다.

바로 전달된 서신의 내용이었다.

"마법사! 그래, 분명 그런 내용이었다. 라프 영지에 엄청난 능력을 지닌 마법사가 나타났다고!"

갑자기 날아온 화살들.

그리고 의문의 폭발.

그런 이상한 일들은 갑자기 일어날 수 없는 것이다.

숲의 저주나 그딴 걸로 치부할 게 아니다.

필시 누군가의 의도이며, 마법이라면 충분히 가능할 법한 일이기도 했다.

"마법사…… 그놈이 저쪽에 붙어 이런 일을 꾸민 것인가……. 그럼 혹, 돌피르 님과 그분이 이끌고 간 군대도 그놈에 의해 당한 걸지도……."

말도 안 되는 일들이, 마법사를 가져다 대는 순간 퍼즐처럼 맞아떨어지는 것 같았다.

"만약 이 영문 모를 일들이 놈의 농간이라면, 놈은 이곳에 있는 것이다. 그래, 어디 또 한 번 와 보아라. 내 이번에는 기필코 네놈을 찢어 죽이고 말 것이야……."

* * *

마도나스의 병사들은 무척 피곤한 기색으로 주변을 둘러보고 있었다.

경비를 서긴 하지만, 절로 눈이 감기고 몸에 힘이 없다.

몇몇은 꾸벅꾸벅 졸기까지 했다.

이들도 그럴 수밖에 없는 것이, 밤새 이상한 일들이 연이어 일어났기 때문이었다.

허공에서 검과 화살이 떨어지는 건 물론, 그걸 싣고 있던 마차까지 하늘에서 떨어지며 산산이 부서지질 않나, 공성 무기로 가져온 부품들이 기름과 함께 활활 타오르지를 않나.

밤새 그런 일들이 일어나니 병사들이나 기사들이나 맨정신으로 도저히 잠을 잘 수가 없었던 것이다.

"정말 미치겠군. 잠이 쏟아져서 죽을 것 같아."

"정신 차려. 이제 곧 다시 행군을 시작할 거야."

"역시 가야겠지?"

"안 그럼, 불복종으로 목 날아가려고?"

"가야지. 처벌보다야 좀 힘든 게 나으니까."

푸칸은 지친 기색의 병사들과 기사들을 보며 침음을 흘렸다.

"음……. 우리 병력을 지치게 할 목적이구나. 이놈, 어디까지 하나 보자."

그는 기세를 가득 담아 크게 소리쳤다.

"모두 정신 차리고, 행군 준비를 하라! 행군을 시작할 것이다―!"

"네! 단장님!"

한편, 강 너머의 숲에서는 두 명의 사내가 강을 지켜보고 있었다. 조용히 비가 내리는 가운데, 집중해서 강만을 보는 두 사람.

그 정적이 불편했던지, 그들은 이내 서로를 보았다.

"우리 정말…… 이렇게 있어도 되는 걸까?"

"그럼 뭐. 어쩌려고?"

"아니. 좀 싱겁다 싶어서. 통쾌한 한 방이 어쩌구 하더니만,

이게 뭐야. 그냥 적들이 강을 도하하는 것만 구경하고 있고."

"구경이 아니라, 잘 보고 있다가 상류 쪽으로 와서 보고를 하라잖아."

"그거나 이거나. 근데 대장은 대체 상류에서 뭘 하고 있는 거야?"

"뭘 준비하는 것 같았어. 그러니까 우린 잘 지켜보고 있다가 적들이 도하를 시작하면 그때 가서 알리면 돼."

"하아…… 내가 이러려고 여길 온 게 아닌데……."

"그럼 뭐, 저 많은 적들을 상대로 멋지게 칼춤이라도 출 줄 알았어?"

"그런 건 아니어도 비슷한 건 할 줄 알았지. 솔직히 우리가 와서 한 게 뭐가 있어? 전날도 화살만 쏘다가 도망친 게 다였잖아. 안 그래?"

"쯧쯧, 몸이 편하다고 불만을 가지는 놈은 아마 네놈밖에 없을 거다."

그런데 바로 그때였다.

적군이 나타나 강 쪽으로 다가오는 게 보였다.

"왔다!"

한 명이 막 움직이려고 했으나 다른 하나가 그를 붙잡았다.

"잠깐만! 아직 도하를 시작한 게 아니잖아. 건너기 시작하면 그때 말하라고 했다고!"

"그래도 온 건 알려야지?"

"나대지 말고 좀 앉아! 그사이 다른 일이 생기고 나까지 빠져

버리면, 여기서 무슨 일이 벌어지는지 어떻게 아냐고?"

"끙, 이거 괜히 초조하기만 하고, 죽을 맛이구먼."

푸칸은 강물을 확인하고 돌아오는 병사로부터 흡족한 말을 전해 받았다.

"비가 오긴 하지만, 강물이 불어날 정도는 아니었던 모양입니다. 깊은 곳이라고 해 봐야 무릎 높이밖에 안 되어 건너는 것은 문제가 없어 보입니다."

"죽은 부관에 의하면 이곳은 비가 오면 물이 크게 불어난다고 했는데……."

"더 시간을 지체하면 그렇게 될지도 모르겠지요. 산이든 어디든 쌓인 물은 결국 모여서 내려올 테니까요."

기다릴수록 물만 더 불어나 결국엔 건너지 못하는 불상사가 생길지도 모른다는 거였다.

"모두 서둘러라! 물이 불어날지도 모르니 느린 공성 무기부터 챙겨라!"

"가자! 강을 도하하라!"

그들은 서둘러 건너야 한다는 말에 넓게 퍼져 신속하게 강물에 발을 담갔다.

그리고 그 순간, 지켜보고 있던 라프 영지의 기사가 빠르게 뛰어 숲 뒤쪽으로 상류를 향해 달렸다.

언덕을 오르고, 바위를 넘어 숨이 턱까지 찰 만큼 달린 그는 동료를 발견하며 외쳤다.

"놈들이 강을 건너려고 해!"

"알았어!"

말을 전달받은 사내는 다시 쏜살같이 위로 달리기 시작했다.

말을 전달한 기사는 가슴을 매만지며 숨을 몰아쉬었다.

"휴, 이러면 정말 되는 거야? 대체 뭐가 되는 건데?"

그런데 잠시 후, 몸을 수그리고 쉬고 있던 그의 귀로 강한 물살의 소리가 들려왔다.

콰콰콰콰콰콰……!

"으음? 갑자기 이게 무슨……."

그는 상류에서 내려오는 엄청난 양의 물에 눈이 휘둥그레지고 말았다.

콰아아아아아-!

"끄어어어업……! 뭐야……! 어디서 이렇게 많은 물들이……!"

웬만한 폭포의 수십 배는 될 법한 물들이 한 번에 쏟아져 내려가고 있었다.

한쪽에 박혀 있던 거대한 바위조차 그 힘을 견디지 못하고 함께 떠내려갔다.

대충 보아도 그 물살에 휩쓸린 순간, 누구도 살아남지 못할 것 같았다.

"설마……! 강을 도하할 때 알리라고 했던 게, 이런 걸 준비하려고 그런 거였어?"

최강은 물의 원소 마법으로 흘러오는 물들을 모조리 막고 있었다.

그리고 그 물들의 양이 많아져 거대한 산처럼 말려 올라갈 때쯤, 소식을 전달받고 일제히 풀어 버렸다.

그는 엄청난 위력이 되어 내려가는 물살을 보며 함박웃음을 머금었다.

"하핫! 저항석? 마법은 안 통한다고 해도, 너희도 이건 어쩔 수 없을걸?"

곁에 있던 기사들은 입을 다물지 못했다.

"저런 거에 휩쓸리고도 과연 살아남을 사람이 있을까?"

"야, 방금 밑에 못 봤나? 엄청 큰 바위도 쓸려 내려가더라. 물에 숨이 막혀 죽기 전에 저 돌에 맞아 죽는 게 더 빠를걸?"

"그렇겠지……?"

"우리 대장, 진짜 엄청난 사람이네……. 협곡에서도 보긴 했지만, 진짜 무서운 사람이야……."

"맞아……."

최강이 멍하니 서 있는 그들에게 소리쳤다.

"뭣들 하고 있어! 통쾌한 장면을 보고 싶으면 어서 달려!"

최강은 먼저 달렸다.

잠시 서로를 바라보던 기사들은 누가 먼저랄 것 없이 앞다퉈 내달리기 시작했다.

"커윽!"

내려오며 때굴때굴 구르는 자도 있었지만, 보는 재미에 비해 고통은 아무것도 아니었다.

그래서 다시 벌떡 일어나 계속해서 아래로 뛰었다.

때마침 강을 절반쯤 건너고 있던 푸칸은 커다란 물소리를 듣고 강 상류 쪽을 바라보더니 곧 절망이 깃들어 낯빛이 새하얗게 질려 가고 있었다.

하늘조차 가릴 엄청난 파도가 자신들을 덮쳐오고 있어서다.

"아무리 그래도 이건…… 말이 안 되잖아……."

콰아아아아아아아……!

"끄아아아악!"

"아아아아악!"

엄청난 강물에 휩쓸리며 떠내려 가는 수많은 사람들.

아직 강을 건너지 않은 수백여 명이 그 광경을 멍하니 지켜보고 있었다.

"방금 전까지만 해도 무릎까지 오던 물이 어떻게……. 이렇게 갑자기 바다처럼 불어나는 물, 본 적 있어?"

"꿀꺽. 조금만 서둘렀어도 우리도 저 속에서 죽었을 거야."

"근데 우린 이제 어떻게 해야 하지?"

"돌아……갈까?"

"어, 그래. 그게 낫겠다. 탈영병보다야 그게 낫지."

빙의로
최강요원

3. 범람의 띠가 뭡니까?

빙의로
최강요원

무혈입성.

패트릭 영주는 싸우지 않고 마도나스를 점령한 것이 꿈만 같았
다.

"이렇게 피 한 방울 흘리지 않고 마도나스를 가지게 되다니…….
이게 꿈이라면……!"

나는 그때를 놓치지 않고 반짝이는 눈빛으로 그를 쳐다봤다.

"때려 달라고 하면 얼마든지 해 줄 수 있어. 말만 해."

"끙, 아니네. 그냥 현실을 받아들이도록 하지."

진짜 시원하게 한 방 때려 줄 수 있는데.

그걸 마다하네.

나는 웃으며 말했다.

"생각보다 일이 커지긴 했군."

그가 나를 황당하다는 듯이 쳐다봤다.

"적군에게 피로를 누적시키고, 적 수뇌부를 죽여 두려움을 심어 주라고 보내 놨더니. 설마 군대를 전멸시켜 버릴 줄 누가 알았겠나?"

"그게, 나도 그러려고 했거든? 근데 때마침 비가 오지 뭐야."

"그래서 제방을 무너뜨리듯, 물로 쓸어버렸다……?"

"사실은 그게 내 세상에서 유명한 소설에서 나왔던 전략인데, 한번 해 보고 싶은 마음에 그 유혹을 떨칠 수가 없더라고. 캬~ 그 시원하게 쓸려 내려가는 걸 당신도 봤어야 했는데. 아주 장관이었거든."

"좋기도 했겠군."

"어째 비꼬는 걸로 들리지?"

"아냐. 잘했어. 잘했다고."

나는 곧 진지한 목소리로 말했다.

"아군의 피해 없이 적진을 점령했어. 이런 날은 충분히 기뻐하며 웃어도 돼."

"나야 헤르메인 왕자 저하께 기쁜 소식을 전할 수 있어 뿌듯하지만, 저들의 앞에서 웃는 건 아닌 것 같군."

기존에 살고 있던 영민들을 두고 하는 말이다.

"그렇다고 핍박할 건 아니잖아?"

"그럴 생각은 추호도 없네. 영지민들의 생활은 평소와 다를 바 없을 것이야."

"그럼 됐지, 뭐. 저들도 그걸 깨닫고 나면 표정들이 풀어질 거야."

"그나저나 이 소식을 전해 받은 왕자 저하께서 어떤 표정을 지으실지 무척 궁금하군."

"그래? 난 그 둘째 왕자의 표정이 더 궁금한데."

"하핫, 하여간 자네도 은근히 악취미야."

"여길 오고 나니까 눈치 볼 사람이 없어서 그런가, 더 그렇게 되네. 후훗."

* * *

왕성에 있는 헤르메인은 전서구가 전해 준 소식을 접하며 몸을 벌떡 일으켰다.

"하아! 이럴 수가! 패트릭, 자네가 해냈군! 쿠에벤 영지를 빼앗겨서 근심이 많았는데, 마도나스까지 쟁취하다니!"

그는 날아갈 듯 기뻐하며 춤을 췄다.

"오오~ 패트릭! 얼른 자네의 얼굴을 보고 싶은 이 애타는 마음을 자네가 아는가?"

그는 서신을 다시 바라보며 환하게 웃었다.

"이방인 마법사도 빨리 보고 싶군. 그 하나의 협력으로 전세가 이렇게나 바뀔 줄이야! 대체 어떤 사람일까, 얼마나 되는 힘을 지니고 있기에 이런 것들이 가능한 거지? 젊은 사내라고 하던데 잘생겼나? 성격은 어떻고? 아…… 정말 궁금한 게 너무 많구나. 당장 달려갈 수 없는 내 신세가 한탄스러워."

그는 흥분된 마음을 가라앉히고 지도를 보았다.

"서부……. 패트릭은 곧 서부를 장악하겠다고 했다. 물론, 쉽지는 않은 일이야. 행여 카르만을 미는 두 귀족이 합심하여 마도나스를 치는 날에는…… 자칫 패트릭과 이방인 마법사를 잃을 수도 있어."

그는 서둘러 서신을 쓰기 시작했다.

"얼른 서신을 보내자. 나를 지지하는 서부의 가문들에게 그 두 영지를 견제하라고 하면 그런 일은 없을 테니까."

한편, 다른 층의 방에선 무언가가 깨지는 소리가 들려오고 있었다.

챙그랑!

쩌정!

와장창!

"으아아아아아아아-!"

그리고 앳된 청년의 고함이 방 안에 가득 울려 퍼졌다.

카르만은 너무도 충격적인 소식에 정신을 차릴 수가 없었다.

"이게 대체 어떻게 된 일이야. 쿠에벤을 먹고 영역을 넓혀 가고 있다면서. 그런데 어떻게 패트릭 따위한테 전멸을 당하고 땅까지 점령을 당하냐고! 어떻게……!"

그의 곁으로는 뚱뚱한 몸매에 대머리인 중년인이 서서 식은땀을 흘리고 있었다.

중앙 귀족이자 거상으로 유명한 피파브였다.

그는 왕성과 가장 가까우면서도 가장 넓은 땅인 마이라즈 영지의 주인이기도 했다.

"저하, 진정하소서."

"내가 지금 진정하게 생겼어? 서부를 빼앗기게 생겼는데 진정하게 생겼냐고?!"

"갑작스러운 전세의 변화로 일이 이상하게 돌아가고 있기는 하나, 겨우 서부 하나의 변화로 우세한 저하의 입지가 바뀔 수는 없습니다. 여전히 더 많은 귀족과 더 많은 세력이 저하를 지지하고 있으니 말입니다."

카르만은 어깨를 들썩이다가 피파브에게 물었다.

"대체 뭐야? 어떻게 된 일인데 마도나스까지 빼앗긴 거냐고? 피파브 당신의 정보력이면 이미 어떻게 된 일인지 다 알 거잖아?"

피파브는 신중한 표정으로 답했다.

"얼마 전, 라프 영지에 마법을 쓰는 이방인이 나타났다고 합니다."

"마법? 그럼 귀물 사용자라는 건데. 그것들은 당장에 잡아 죽여야 하는 죄악 같은 것들이잖아? 그게 이 일과 무슨 상관인데?"

"그자는 귀물 사용자와는 달랐다고 합니다. 뿐만 아니라, 검술도 그 경지가 대단하여 패트릭이 진심으로 그에게 협력을 요청했다는 말이 있습니다."

"그래봐야 겨우 한 사람이잖아! 사람 하나 협력했다고 전세가 이렇게 변한다고? 이게 말이 된다는 거야?"

"어떤 사람은 작은 발자취만으로도 수많은 변화를 만들어내는 법이죠."

"답답한 소리 집어치우고! 해결 방안이나 내놔 봐!"

피파브가 비릿한 미소를 머금었다.

"마법을 사용하는 자에겐, 마찬가지로 마법을 쓰는 자를 붙여야 대등한 싸움이 되지 않겠습니까?"

짐작하는 바가 있는 것인지 카르만의 표정이 돌변했다.

"설마……. 그놈을 내보낼 생각인 거야? 진짜?"

"노예로 거두어 사냥에도 제외시켜 주고 그 가족까지 거두어 주었습니다. 이제 제 말이라면 뭐든 따를 자이지요."

"그놈이 대단하다는 말은 들었어. 그놈을 잡을 때, 피해가 엄청났다지?"

"그야말로 산을 움직이고, 하늘을 부수는 자이지요. 하여 그 악명도 대단하였습니다. 하오나 이젠 제 사람입니다. 그리고 여러 귀물을 동시에 사용하는 그라면…… 크극, 반드시 그 이방인 마법사를 죽일 수 있을 것입니다. 호호호호!"

"재미있겠군. 과연 누가 이길까? 아우, 그런 건 직접 봐 줘야 하는 건데. 직접 보지 못하는 게 아쉬워."

"곧 좋은 소식이 있을 것입니다. 하니 편안히 소식을 기다리시옵소서……."

* * *

파다다닥!

정말 거대한 독수리가 하늘에서 날아와 내려서는 게 보였다.

"우와……. 저게 독수리라고? 거의 신수 급인데?"

패트릭 영주가 독수리로부터 서신을 받아 읽는 걸 본 나는 그에게 다가갔다.

"표정이 좋네? 무슨 좋은 소식이라도 왔어?"

"헤르메인 저하로부터 온 서신이네. 서부의 우리 협력자들에게 혹시 이곳을 공격할지 모르는 적들의 견제를 맡겼다고 하시는군. 이 얼마나 고마운 마음이신가?"

"괜한 짓을 했군."

"뭐? 괜한 짓이라니? 충분히 도움이 되는 일이지 않은가?"

나는 웃으며 말했다.

"이번에 적군을 수장시킬 때 동행했던 녀석들 말이야. 내가 걔들한테 재미있는 일을 시켰거든."

"어떤?"

"지아칼 영주가 어떻게 죽었는지 그 소문을 널리 알리라고 했지."

"설마, 저들의 두려움을 이용하려는 겐가?"

"맞아. 생각을 한번 해 봐. 자기 집 안에서 암살을 당한 지아칼 영주를 보고도, 누가 있어 함부로 병력을 내보낼 수 있겠어? 안 그래?"

"병력이 빠진 틈에 지아칼 영주를 암살할 거라고 해서 거기까지 인 줄만 알았더니, 그의 죽음을 이용까지 하고. 자네의 혜안은 정말 끝이 없군."

나는 하늘을 보았다.

"자, 그럼 앞으로 어떤 일이 일어날 것 같아? 아무래도 저쪽에서 이런 일이 일어난 원인을 찾으려 할 거야. 그리고 그 중심에 내가 있던 것도 금방 알아낼 테지."

"자네를 암살하려 들겠군."

"모르긴 해도, 대단한 실력자를 보내지 않겠어?"

패트릭 영주의 표정에 걱정이 떠올랐다.

"이보게, 최강. 내 자네가 강한 건 알지만, 방심은 말게. 이곳 세상에는 자네가 모르는 강자들도 있어. 그들은 결코 만만치가 않으니 절대로 방심해서는 안 돼."

"훗, 그 충고 새겨듣지."

하지만 강자라는 말에 걱정보단 호기심이 앞선다.

이곳 세상에 내가 모르는 강자들이 있다니.

대체 누굴 뜻하고 하는 말일까?

아무튼 기대가 되니 기다려 보면 알겠지.

* * *

늦은 밤.

모두가 잠을 자고 있을 시각에 나는 연무장에 와 있었다.

제라로바의 실험을 돕기 위함이었다.

뱀처럼 팔에 감겨있던 팔찌는 손이 닿자 저절로 풀리며 순식간에 그 크기를 키웠다.

그것은 커다란 보석이 박힌 지팡이로 변하였다.

-시작하겠다.

"네."

나는 제라로바에게 몸을 맡겼다.

쿠궁-!

지팡이가 지면을 찍자 강한 파장이 일어나 사방으로 퍼져나갔다.

그리고 지팡이로부터 강렬한 마력이 뿜어져 나와 나의 몸 전체로 흘러들었다.

-느껴지느냐?

"느껴집니다."

-몸에 무리가 가는 방법임에는 틀림이 없으나, 너의 몸은 카우라라는 힘과 그동안의 단련이 있었기에 버텨 낼 수 있을 것이다. 그리고 이러한 행위가 반복되면 결국 너의 몸은 4단계 마법의 경지를 쓸 수 있는 몸으로 발전하게 될 것이야.

"늘어난 마력의 저장 공간을 고정시켜라. 알고 있습니다."

-다른 마력의 힘으로 늘려 놓은 후에 다시 너만의 마력을 불어넣어 그 공간을 채우는 것이지.

붉은 보석을 손에 쥔 후로 여러 번 시험해 오던 일이다.

그러나 좀처럼 쉽게 이뤄지지는 않았다.

4단계라는 게 제라로바가 아는 최고 단계의 마법이라고 하는데, 그렇게 쉬울 리가 없다.

그럼에도 제라로바는 빠른 성과를 위해 이런 행위를 멈추지 않았다.

-4단계에 도달하면 영혼을 다루고, 미지의 영역을 드나들 수 있는 힘을 얻게 된다고 했다.

"그렇게 되면 서로 영혼을 분리하는 것도 가능해진다면서요?"

-그래. 그렇게 되면 너의 힘으로 우리를 다른 이의 몸으로 넣어 줄 수도 있을 것이다. 그리고 나는 이 지팡이만 있으면 오래지 않아 나의 원래의 힘도 되찾게 되겠지!

희망이 가까워지니 제라로바도 더욱 재촉하고 싶은 걸 것이다.

다른 몸으로 새로운 삶을 살 수 있는 거였다.

죽은 그로서는 이보다 매혹적인 것도 없었다.

하여 이렇게 나의 몸에 무리를 줌에도 멈추지 않는 거였다.

"이게 정상적인 수련을 하면 오래 걸린다고 했던가요?"

-족히 50년은 걸릴 것이다.

"어우…… 그냥 잠자코 하는 게 낫겠네요."

-나의 세상에선 이만한 마력을 지닌 물건을 찾기가 어려웠다.

전설적인 마법 도구도 기껏 수련에 조금 도움이 될 정도의 마력밖에 없었지.

하긴, 그러니 이걸 보자마자 그렇게나 강한 의지를 보이며 가지려고 했겠지.

이런 시도를 해 보고 싶었을 테니.

"두 분께서 다른 사람으로 눈앞에 있을 걸 생각하면 조금 어색하겠지만, 두 분께 새로운 삶을 드리는 일이니까. 견디고 끝까지 해 보겠습니다."

그렇게 한참의 수련을 이어 가던 나는 몸 내부에서 강한 마력이 팽창하고 나서야 그만두었다.

더 하다가는 내 몸이 정말로 터져 버릴지도 몰라서였다.

쿠르르르르릉…….

그런데 갑자기 하늘에서 천둥소리가 울려왔다.

"뭐지? 방금까지 달이 떠있지 않았나?"

이곳 세상에는 저 높은 곳 둘레로 옆으로 도는 달이 하나 있었다.

그런데 갑자기 모여든 구름이 달도 가리고, 하늘에 떠 있는 칙칙한 또 하나의 세상까지도 가려 버렸다.

쿠르르르릉…….

그리고 이어지는 또 한 번의 천둥소리.

번쩍!

그 순간, 하늘로부터 번개가 작렬했다.

깜짝 놀라 물러서는데, 번개가 작렬했던 곳에 무언가가 번쩍이며 서 있는 게 보였다.

"저건 또 뭐야……."

온몸에 스파크가 가득 튀는 그것은 다름 아닌, 사람이었다.

이런 식으로의 등장은 상상도 못 했던지라 살짝 놀랍기는 했다.

"당신 뭐야……."

"엄청난 마력을 지닌 자……. 그대가 마법사로군."

"그런데 내게 무슨 용건이지?"

"그대와 나는 서로 다른 주인을 모시고 있는 적! 우린 싸워야 한다네. 내가 그대에게 이러는 걸 너무 원망하지 말게나."

사람의 모습이 된 그는 상의를 입지 않았다.

하지만 그 몸은 무척 단련이 잘되어 단단한 근육으로 이루어져 있었다.

그리고 허리춤에서 두 개의 짧은 칼을 꺼내 쥐었다.

"그 목숨, 취하겠네."

번개가 되어 지면으로 내려오고, 칼을 쥐며 덤벼오려는 자.

나는 그를 보며 황당한 웃음을 흘렸다.

"하핫, 참."

말만 점잖다 뿐이지, 결국엔 나를 죽이러 온 암살자라는 거잖아?

"둘째 왕자 쪽에서 보내온 건가?"

"나는 그분의 명령을 따라야만 한다네. 대화는 더 필요치 않아."

휘익!

조금 거리가 있었는데, 그의 모습이 나의 동체시력조차 무방비로 만들만큼의 빠르기로 달려들었다.

그리고 어느 순간, 그의 칼이 나의 목 아래로 닿고 있었다.

사락!

나는 공간이동을 펼쳐 겨우 자리를 벗어났다.

"휴, 깜짝이야. 아무리 마력 때문에 카우라를 끌어올리지 않은 상태였다고는 해도, 정말 놀랐어."

상대는 긴 숨을 연기처럼 뱉어내는가 싶더니 다시 달려들었다.

-보통 놈이 아니다! 조심해라!

"그래도 칼은, 우리도 좀 쓰잖아요?"

나도 품안에서 작은 칼을 꺼내어 역수로 잡았다.

그리고 카우라를 가득 끌어올려 상대와 마주쳐 갔다.

팟! 팟! 팟!

우리는 서로 교차하며 빛의 속도처럼 공격과 회피를 이어 갔다.

쳉!

칼과 칼이 닿을 때마다 불꽃이 튄다.

서로 마주하는 힘의 강렬함 때문이다.

또 그만큼 빠르기 때문이다.

나는 지금까지 나와 이렇게 대등하게 싸우는 사람을 본 적이 없어 내심 더욱 놀라는 중이었다.

-이놈, 강하구나!

그러게 말이다.

정말 눈 깜짝할 사이에 공격이 날아든다.

휘익!

못 피할 정도는 아니지만, 상대 역시 나의 공격을 잘 피하고 있다.

보통의 단련으로 이만한 힘을 지닌다는 건 말이 안 된다.

그렇다는 건?

"이 속도는 귀물 능력 덕분인가?"

"……."

상대는 대답하지 않았다.

과묵한 자다.

한데 저 눈빛에 맺힌 슬픔은 대체 뭘까?

그런 눈으로, 그런 표정으로 공격을 하면 내가 조금 헷갈리거든?

하고 싶지 않은 일을 강요에 의해 하는 사람.

딱 그런 표정과 눈빛이었다.

챙!

스핫!

그러나 기술에선 내가 한 수 위인지 그의 팔을 한 번 베어 냈다.

"음? 뭐야……. 분명 베었는데……."

방금 전에 팔을 베었는데, 상처 하나 없다.

이 상황을 이해할 수 있는 건 하나밖에 없었다.

"그것도 귀물이구나. 대체 귀물 능력을 몇 개나 가지고 있는 거야."

-팔찌다! 저 여러 개의 각기 다른 팔찌들이 전부 귀물인 게야!

빛깔이 다른 세 개의 팔찌.

저것들이 전부 귀물이라면, 이자는 세 가지 능력을 지니고 있다는 게 된다.

"처음의 번개 능력, 그리고 빠른 몸, 마지막으로 강인한 육체라는 건데……."

그래, 눈앞에 있는 자가 강한 건 사실이다.

무서운 능력을 지닌 것도 맞다.

하지만 저항석을 지니고 있지 않다면, 내게는 너무도 쉬운 상대였다.

"당신 그거 알아? 내가 지금 마법을 쓰면 당신이 어떤 능력자이건, 당신은 죽어."

표정의 변화는 있다.

그도 내가 이렇게까지 강할 줄은 몰랐는지 경계를 하는 것 같다.

아직까지 나의 마법을 보지 못했으니 그럴 만도 했다.

"근데 나도 남자라서. 그리고 이렇게 대등한 싸움을 해본 적이 한 번도 없었기도 했고. 그래서 끝까지 칼로 승부를 볼까 해."

"적을 배려하다니. 어리석군."

"그렇지만 방금 전처럼 베이고도 무사할 순 없을 거야. 지금부터는 내 칼이 좀 더 날카로워질 거거든."

나는 카우라를 칼에 담았다.

약간의 녹색 빛이 칼을 감싸는 게 보였다.

상대도 그걸 보았는지, 눈매를 움츠린다.

그래, 이쯤 되면 너도 위험이 느껴질 거다.

자, 그럼 다시 가 볼까?

휘익!

이번엔 내가 먼저 달려들었다.

챙! 챙!

파삭!

두 번 정도 칼이 맞부딪치고 세 번 부딪칠 때, 상대의 칼이
부러졌다.

상대는 쥐고 있던 손잡이를 내게 던지고는 다른 칼을 쥐었다.

허리춤을 보니 그런 똑같은 칼이 서너 개 더 있기는 하다.

"결국 그 칼들 다 부러질 텐데. 괜찮겠어?"

잘려나가고, 깨지고.

반복되는 파괴 속에 상대에게 남은 칼은 다시 하나가 되었다.

"그것도 마법인가? 아니면, 당신의 귀물 능력?"

"훗, 아니. 이건 순전히 단련에서 나오는 힘이야. 내면의 힘을
축적시켜 더 강한 힘을 끌어올리는 기술이지."

"그렇군."

뭐야, 궁금한 게 그게 다야?

필요한 것만 딱 묻는다, 이거군.

"그 칼마저 부서지면 이젠 어쩔 거지?"

"당신을 죽일 수단이야 얼마든지 있어."

"나도 피할 수단은 얼마든지 있는데."

"결국 내게 이 힘을 쓰게 만드는군. 당신, 내가 만난 이들 중에 가장 강한 자였음은 인정하지. 그렇지만 이 힘에는 굴복할 수밖에 없을 거야. 잘 가라."

갑자기 상대의 몸에서 전기가 번쩍였다.

그 번쩍거림은 천둥이 치는 하늘로 이어졌고, 곧 하늘로부터 번개가 내려오며 내게로 작렬했다.

"엇!"

번쩍!

그 찰나의 순간에 몸을 피하는데, 번개가 몸을 피하는 방향대로 다가오고 있었다.

그래, 과학의 원리.

당연한 거야.

가장 가깝고 잘 통할 곳으로 변화하는 건.

그렇다면……?

나는 얼른 칼을 위로 던졌다.

파밧!

그러자 번개가 던진 칼을 튕겨내며 사라졌다.

"휴, 깜짝이야."

그런데 상대가 나를 무섭게 노려보며 말한다.

"한 번은 피했다만, 여러 번은 어떨까?"

콰르르릉!

그 순간, 엄청난 빛줄기 여러 개가 내게로 쏟아졌다.

찰나의 순간에 몇 번이나 작렬하는 번개가 나에게로 떨어졌다.

번쩍! 번쩍!

그제야 밖의 소란을 안 것인지 사람들이 밖으로 나와 쳐다보기 시작했다.

"뭐야?"

"무슨 일이야?"

"하늘이 왜 저래? 미친 거야?"

"저길 봐!! 연무장에 누가 있어!"

뇌력으로 가득했던 사내는 멀쩡히 서 있는 나를 보며 표정을 찌푸렸다.

"어째서⋯⋯."

"내가 왜 멀쩡하냐고? 그야 내게는 당신의 마법을 피할 마법이 수없이 많으니까."

그 짧은 찰나에 관통 마법을 펼쳤다.

관통 마법을 펼치면 나는 무엇이든 뚫고 지나가고, 어떠한 물리력이나 자연의 법칙도 무시하는 존재가 된다.

번개가 작렬해 봐야 감전되지 않는 건 당연했다.

"내가 말했지. 내가 마법을 쓰면 당신은 죽는다고. 근데 먼저 이런 능력을 써 버리면 나도 어쩔 수가 없는 거잖아."

나는 손을 들어 올렸다.

곧 하늘 위에서 태양 같은 강렬한 빛이 나타나 세상을 밝혔다.

"저 빛 보이지? 저게 그냥 보면 그냥 온기까지 느껴지는 빛일 뿐인데. 이러면 달라지거든."

그 빛 아래로는 거대한 돋보기 같은 얼음이 나타나 겹겹이 쌓였다.

그리고 그 굵고 강렬한 빛이 전기로 가득한 상대의 위로 번쩍하고 떨어져 내렸다.

그 순간, 빛에 휩싸인 그는 허탈한 표정을 머금었다.

"후훗, 이건 무리잖아. 이런 자를 어찌 죽이라고……."

파아아아앗……!

그걸로 끝이었다.

그가 있던 자리로는 두껍고 깊숙한 구멍이 뚫려 버렸다.

그리고 그는 형체도 없이 재조차 남기지 못하고 소멸해 버리고 말았다.

커다란 구멍 아래로, 뭔가 쨍그랑거리는 소리만 들려올 뿐이었다.

* * *

아침이 되자 나는 패트릭 영주에게 불려갔다.

"전날 위험한 일이 있었더군."

"누가 그래? 위험했다고? 그거 너무 다른 사람들의 기준 아니야?"

"하늘에서 번뜩이는 번개가 자네를 향해 떨어지는 걸 내가 보았는데?"

"아, 그거. 생각보다 그렇게 위험하진 않았어."

"하아……. 자네가 그렇게 말한다면야. 그런 거겠지."

패트릭 영주는 다시 나를 보며 물었다.

"그는 암살자였던 겐가?"

나는 차를 한 잔 마시며 답했다.

"그런 셈이지. 뭔가 억지로 떠밀려서 온 것 같기는 했지만, 그래도 뭐. 나를 죽이러 온 건 매한가지니까."

"자네의 예상대로로군."

"근데 당신의 말도 맞더라."

"어떤?"

"어제 그랬잖아. 이 세상에는 내가 모르는 강자들이 많이 있다고."

"그랬지."

"이번에 온 자가 그런 자였어. 정말 그렇게까지 몸을 격하게 움직여 본 적이 언제인지. 정말 강하더군."

"그 정도였다고?"

"어. 가오스 단장도 한 호흡이면 죽을 만큼?"

"허……."

나는 팔짱을 끼며 말했다.

"근데 진짜 궁금한 거 있지. 그런 자가 있는데 왜 왕성으로 보내서 헤르메인 왕자를 죽이지 않는 거지? 갑자기 나타나서 순식간에 죽이고 사라질 수도 있는 자였는데."

"그 무슨 끔찍한 소리를……."

"아니, 이해가 안 돼서 그래."

"그건 아마도, 왕성 내부에 있는 저항석들 때문이 아닐까? 왕성 내부에는 그 상층부부터 거대한 저항석들로 이루어진 부분이 있다네. 그 덕분에 어떤 귀물 능력자도 왕성 내부에서는 어떤 마법도 쓸 수가 없지."

"마법을 무효화시키는 마법 말고도 그런 게 있다고……."

"맞아."

"음, 그럼 공략하기가 좀 어렵기는 하겠네."

아무리 나라도 말이다.

그곳에 들어가게 된다면 나는 오로지 나의 육체적 능력과 카우라만 믿어야 했다.

물론, 그 능력만으로도 어디든 헤쳐나가지 못할 게 없다지만, 마법 능력의 상실은 부담이 되는 게 사실이었다.

"으챠. 그럼 이만 가 볼게. 잠깐 나갔다가 올 건데, 하루나 이틀쯤 걸릴 거야."

"갑자기? 아니, 어딜 가려고?"

"나는 말이야. 당하고는 못 사는 사람이라서. 당장에 그 둘째 왕자를 후려패고 싶은 기분이긴 한데…… 왕성이 그렇다고 하니까 나도 부담은 되고, 그 밑에 있는 놈들이라도 족쳐서 열 받게 만들어 봐야지. 다녀올게?"

나는 난간으로 가 그대로 하늘로 치솟았다.

"이봐! 이보게, 잠깐만……!"

뒤에서 패트릭 영주가 부르는 소리가 들려왔지만, 깔끔하게 무시해 주었다.

* * *

카르만은 어두운 낯빛으로 고개를 숙이고 있는 피파브에게 되물었다.

"다시 말해 줄래? 뭐가 어떻게 돼?"

"그자에게 패한 녹스가 시신조차 남기지 않고 사라졌다고 하는군요……."

"그러니까 그게 무슨 말이냐고? 그놈 엄청 강하다며. 그놈 하나 잡는 데 기사를 백 명이나 잃었다며?! 근데 뭐가 그렇게 쉬운데? 아니……! 왜 지는 거냐고!"

"송구합니다……. 저도 녹스가 이렇게 쉽게 당할 줄은 조금도 생각지 못했습니다."

카르만이 탁자에 놓인 꽃병을 쥐더니 벽으로 내던졌다.

쨍그랑!

피파브는 겁에 질려 있는 시종에게 얼른 치우라는 손짓을 하고는 말하였다.

"그렇지만 제게는 그만큼 강한 자들이 많이 있으니 염려 놓으십시오. 다시 사람을 보내어 놈을 없애겠습니다. 그게 안 되면, 그의 음식에 독이라도 타라고 하겠습니다."

카르만은 누군가가 떠올랐는지 고개를 살짝 비틀었다.

"저기 있잖아. 피파브 당신 밑으로 광전사라고 있지 않아? 성검을 최고 단계까지 쓸 수 있는 자가 있다고 들은 것 같은데."

"그자는 왜……."

"성검의 기운이 머리에까지 끼쳐 반 미치긴 했어도, 엄청 강하다면서? 그자를 보내 보는 건 어때?"

피파브가 쩔쩔 맸다.

"하지만 그자는 통제가 어려운지라……. 암살 대상이 따로 밖으로 나와 있는 게 아니라면 어려움이 많습니다."

"뭐 어때? 어차피 마도나스도 패트릭한테 넘어간 마당에 거기를 쑥대밭으로 만들어 놓으면 더 좋지. 안 그래?"

"하오나 그를 그리 풀어놓으면 분명 민간인도 마구 죽이게 될 것입니다. 그리고 귀족인 그를 지금까지 잡아 둔 것이 알려졌다가는, 제 입장이 곤란해집니다!"

"내가 왕이 될 건데 그게 무슨 상관이라고? 안 그래? 내가 다 없던 일로 해 줄게! 그러면 되는 거잖아?"

"하지만 그건……."

"뭐야, 지금? 내 명령을 안 듣겠다는 거야? 재상이 되고 싶은 거 아니었어?"

"끄응……. 알겠습니다. 일단 조금이라도 통제가 가능할지 가서 살펴보겠습니다."

"그래, 어서 가 봐. 어디 그놈이 광전사까지 이기나 두고 보자고, 히히힛!"

피파브는 고개를 조아리며 나오다가 스윽 고개를 올려 무섭게 인상을 썼다.

그는 전혀 다른 사람처럼 매서운 눈빛을 만들더니 얼굴 근육을 꿈틀거렸다.

"아무것도 모르고 날뛰는 어리석은 애새끼가……. 자꾸만 인내의 끝을 보게 만드는구나."

그는 거친 걸음으로 복도를 나아갔으나 표정은 여전히 난처함으로 가득했다.

"그렇다고 시키는 대로 하지 않을 수도 없고, 미치겠군. 하는 수 없이 광전사 엘리우스를 보내야 하나……. 후우……."

피파브는 카르만의 비위를 맞춰 주고 있긴 했지만, 카르만이 왕위에 오르면 그를 꼭두각시로 만들고 자신이 나라를 쥐락펴락할 생각이었다.

애초에 그러기 위해 카르만의 밑으로 모은 세력이었다.

오로지 들려주는 것만 듣고서 믿고 있으니, 카르만으로서는 그 진실을 전혀 알 턱이 없었다.

결국 새장에 갇힌 새일 뿐이라는 걸, 카르만 자신만 모르고 있었다.

* * *

해안가에 자리한 도시, 카라파시아.

높은 산 위에 성이 있는 게 살짝 이질적이긴 해도, 그 밑으로 펼쳐진 도시는 유럽의 사진 중에서 한 번씩 봤을 법한 풍경이다.

언덕 밑으로 나 있는 긴 계단을 따라 밑으로 내려가면 해변이 보이는데, 그 너머의 바다에서 불어오는 바람이 제법 상쾌했다.

"좋구나~! 다른 세상의 바다라니, 묘하게 신기해."

곳곳에서 물놀이를 하는 아이들도 보였다.

저만치 바위 위에서는 낚시를 하는 노인도 있었다.

내 세상에서는 귀물이 온 이곳 세상이 신계일지도 모른다고 믿고 있던데.

하지만 이곳은 그저 똑같은 사람이 사는 다른 세상일 뿐이었다.

<u>꼬르르르륵.</u>

-이제 그만 둘러보고 뭐 좀 먹으러 가자꾸나.

제라로바가 자꾸만 재촉해 왔다.

"그러고 보면 여기 와서 정말 푸짐하게 먹었던 건 몇 번 안 되는 것 같아요. 그죠?"

-그래서 더욱 먹는 것에 강한 욕구가 생기는구나.

케라의 말이 맞다.

못 먹으니까 한 번 먹으면 제대로 먹고 싶어지는 거다.

"자, 그럼. 이곳 시장엔 뭐가 있나 둘러볼까요?"

해안가가 있는 곳답게 많은 해산물들이 장을 이루어 판매되고 있었다.

"앗! 가재다!"

모양이 조금 다르긴 했지만, 못 먹을 정도는 아닌 것 같았다.

일단 기억해 두자.

저건 꼭 먹고 만다.

그런데 좀 더 둘러보는데, 갑자기 흉측한 게 눈에 들어왔다.

"흐익!"

파닥거리는 생선이었는데, 황당하게도 눈이 열 개나 된다.

"뭐야, 눈이 왜 이렇게 많아?"

웬만큼 강한 적에도 뒤로 물러섬이 없던 내가 절로 뒷걸음질을 치게 된다.

여자들이 개구리나 바퀴벌레를 가장 싫어한다고 했던가?

내게는 지금 이 생선이 딱 그 짝이다.

정말 쳐다보기도 싫을 비주얼이었다.

"한번 보고 가세요. 정말 상품의 도안노브에요."

"아뇨, 저는 다음에……."

다음이고 뭐고 없다.

다신 안 온다.

그런데 좀 더 둘러보는데, 멀쩡한 생선들도 많이 보였다.

"오오~ 꼭 흉측하게 생긴 것만 있는 건 아니네……. 갑자기 회도 먹고 싶고. 혹시 여기에도 초장이 있나?"

회 못 먹는 사람들이 초장을 찾는다고 하지?

근데 난 초장이 없으면 회를 못 먹는다.

회는 역시 초장 맛인 것 같다.

-여기서 먹을 걸 사 봐야 어디서 조리를 하겠느냐? 식당으로 가자!

나는 조금 참을 만한데, 같이 느끼는 허기를 제라로바는 참기 힘든 모양이다.

그래서 나는 식당을 찾았다.

4층 정도의 건물에 손님도 많아 보이는 식당이 눈에 띄었다.

주변 그 어떤 곳을 봐도 좋은 식당임을 알 수 있었다.

"여기가 좋겠네."

고급식당이면 당연히 그 음식 맛도 훌륭하겠다 싶었다.

안으로 들어가면서부터 종업원이 붙더니 자리 안내부터 메뉴의 주문까지도 도움을 주었다.

다른 세상이라고 우습게보지 말자.

서비스는 내 세상보다 낮지 싶다.

"손님, 무엇을 시키시겠습니까?"

"여기서 가장 맛있는 걸로 추천받고 싶은데요."

"값이 비쌀 수도 있는데. 괜찮으시겠습니까?"

"네, 괜찮습니다."

"네, 그럼 손님들이 가장 높은 평가를 내리는 메뉴로 추천드리겠습니다."

"네."

메뉴를 봐도 이상한 이름들로 써 놔서 하나도 모르겠다.

이럴 땐, 식당에서 가장 자랑하는 음식으로 먹는 게 최고다.

그래서 기다리는데, 나온 음식을 보고 뒤로 발라당 넘어질 뻔했다.

"허걱! 뭐야, 이게……!"

"도안노브의 겉을 튀겨 특제 소스를 뿌린 음식입니다. 특히 겉 부분만 튀겨진 이 눈의 맛이 일품이라고들 하죠."

아아악-!

왜 내가 시장에서 보고 온 흉측한 물고기가 여기에 있는 거냐고!

"저, 저기요? 좀 멀쩡하게 생긴 생선은 없습니까? 예를 들면, 눈 두 개에…… 좀 평범하게 생긴 거요."

"그런 하품의 재료는 저희는 취급하지 않는데……. 어쩌죠?"

종업원이 난감해하며 말해 왔다.

"생긴 게 마음에 안 드시는 모양인데, 그래도 먹어 보시면 생각이……."

"아뇨. 됐습니다. 여기 얼마죠?"

나는 값을 치르고 밖으로 나와 버렸다.

"우욱! 어으……."

종업원이 했던 맛의 표현이 떠오르는데, 입에 바퀴벌레를 왕창

넣고 씹는 상상이 더 낫지 싶다.

"어째 여기선 맛있다고 하는 것들이 다 저 모양이냐……. 응? 잠깐. 멀쩡한 물고기를 하품이라고 취급한다? 그럼 혹시 저렴한 식당으로 가 보면?"

잠시 뒤, 낡은 가게를 찾은 나는 행복의 축포를 날렸다.

"와우-! 그래, 바로 이게 정상이지!"

잘 구워진 생선에 위로 녹색 소스와 야채들이 올려 있는데, 절로 군침이 다 돌았다.

입에 넣어 보니 맛도 훌륭하다.

몇 번 안 씹었는데, 절로 부드럽게 녹아내렸다.

어떤 부위는 연하고, 어떤 부위는 쫀득했다.

나는 드디어 내게 맞는 정상적인 맛을 찾은 것 같았다.

"행복하네요……."

-우리도 행복하구나.

-그래, 음식이라면 이래야 정상이지.

"두 분이 사시던 곳에도 눈이 열 개 달린 생선은 없었나 봐요."

-그건 생선이 아니라 괴물인 거다.

"동감합니다."

살짝 내 입맛이 싸구려가 아닐까 하는 생각이 스치긴 했지만, 넣어 두자.

정상적이고 맛만 있으면 나는 만족이다.

미식가들 중엔 사람이 못 먹는 것도 먹어 본다고 하는데, 나는 그런 취미는 조금도 없다.

누구나 먹을 수 있는 거야말로 훌륭한 음식이라고 생각했다.

거기에 남들 식탁 위로 오르는 음식까지 탐색.

나는 잘 쪄진 가재 요리까지 배불리 먹으며 식당을 나올 수 있었다.

"배가 터질 것 같은 것이, 이제야 평화가 찾아온 것 같네요."

-찾아보면 의외로 먹을 것이 많은 도시 같구나.

"그러게요. 특히 이 식당은 다음에도 또 오고 싶어질 것 같습니다."

그렇다고 차원을 넘어서 오고 싶을 정도는 아니다.

돌아가면 다시 여길 올 생각은 추호도 없었다.

근데 만약 자유롭게 넘나들 수 있다면, 생각을 달리 먹어야 하나?

아무튼 당장은 돌아가는 것에만 집중하자.

나는 하늘을 보았다.

"조금만 있으면 해가 질 것 같네요."

-그럼 다시 학살이 시작되겠구나.

"에이, 그래도 학살은 너무했어요. 암살이라고 하자고요."

-너보다 약한 자들을 무참히 죽이는 건데, 그게 학살이 아니면 무엇이냐?

나는 성을 가리키며 말했다.

"저기요, 할아버지? 저쪽하고 저하고는 적이거든요? 그리고 전, 암살자를 보낸 저쪽에 응답을 하기 위해 여길 온 거라고요. 할아버지는 누구 편?"

-그야 네 편이지.

"그러니까요. 내가 하면 좋은 짓, 저쪽이 하면 나쁜 짓. 그런 거죠."

-해괴한 주장이로구나.

"원래 팔은 안으로 굽는다고 하잖아요."

-당연한 것이지 않느냐? 팔이 안으로 굽히지 밖으로 꺾일까. 그건 부러진 거다.

"끙, 그런 뜻이 아닌데……. 갑자기 왜 이렇게 덮냐……. 휴우……."

그런데 바다의 풍경을 보며 막 걷기 시작했을 때였다.

갑자기 사람들의 자지러지는 소리가 들려왔다.

"으어어억!"

"꺄아아아악!"

"버, 범람의 띠다-! 하늘에 범람의 띠가 나타났다!"

나는 무슨 소리인가 싶어 하늘을 보았다.

하늘 위로 검은색의 연기가 바람을 타고 흐르듯 바다로 흘러드는 것 같았다.

"범람의 띠? 그건 또 뭐야?"

온 사방에서 비명이 솟구치며 사람들이 도망을 치기 시작했다.

도망치는 사람들의 표정에는 두려움과 경악이 서려 있었다.

대체 범람의 띠가 뭔데 사람들이 마치 쓰나미라도 밀려오는 것처럼 이렇게 도망을 치는 것일까.

그래서 한 명을 붙잡고 물어보았다.

"저기요! 잠깐만요! 범람의 띠가 뭡니까?"

"당신, 그것도 몰라? 학교 다닐 때 뭘 보고 배운 거야?"

내가 다닌 학교는 여기가 아니라서.

"아하하…… 그게 제가 이쪽의 배움이 좀 부족해서……."

"범람의 띠가 지면으로 내려오면 괴물들이 더욱 흉폭하게 변하여 인간을 덮친다고 해! 천 년 전에 그런 현상이 있었고, 그게 어둠의 재해의 전조 현상이었다고 했어! 분명 띠가 바다로 향했는데……. 어서 도망쳐야 해. 해안가에 있다가는 전부 죽고 말아!"

공포에 질린 사내는 짤막한 설명 이후로 사력을 다해 달려 사라졌다.

정말 수없이 많은 사람들이 나를 스쳐 지나갔고, 나는 멀리 태양이 가라앉는 바다를 지켜봤다.

"대체 무슨 일이 일어난다는 거야……."

* * *

카라파시아의 영주인 세비지는 어두운 낯빛으로 복도를 걸었다.

"범람의 띠라니, 천 년 전의 전설 같은 일이 어찌 내 땅에서 일어난단 말인가!"

"영주님, 저길 보십시오!"

가신의 말에 세비지 영주가 하늘을 보았다.

검은 연기의 띠가 붉은색과 뒤섞여 바다로 향하고 있었다.

"저것이 범람의 띠인가. 옛 역사에서도 그랬다. 검은 연기의 띠가 바다로 향하였고, 이후로 수없이 많은 괴이한 괴물들이 나타나 인간을 학살했다고."

세비지 영주가 눈에 힘을 주었다.

"당장 기사들과 병사들을 해안가로 모아라! 항구의 배는 한쪽으로 정박시키고, 해안가로 공성 무기를 준비하라! 영민들의 대피도 서둘러야 할 것이다!"

"네! 영주님!"

수많은 병사들과 기사들이 정렬을 이루어 성을 빠져나왔다.

척! 척! 척! 척!

그들은 일정한 속도로 신속하게 움직여 정박해 있던 배를 바위산 끝으로 이동시켰다.

"배를 이동시켜라! 자칫 공성 무기에 배가 부서질 수 있다! 서둘러라!"

해안가 위로는 성에서 가지고 나온 공성 무기가 배치되고 있었다.

"무기를 고정시키고, 쏠 바위와 화살을 걸어라! 서둘러야 한다! 공격이 있기 전에 설치를 마쳐야 한다!"

나머지 병력은 해안가로 모이며 긴 줄을 이루었다.

앞으로는 방패를 든 중갑병들이, 뒤로는 창병들이, 그리고 맨 뒤로는 화살을 든 궁병들이 배치됐다.

빠르게 싸울 태세를 모두 갖춘 병력 뒤로 세비지 영주가 나와 비장한 표정으로 바다를 바라보고 있었다.

"음……."

그러기를 얼마, 파도 소리만 가득하던 바다에 작은 변화가 있었다.

사아아아아…….

파도를 따라 떠밀려온 것 같은 물고기 한 마리가 파닥거리는 거였다.

놀랍게도 물고기에는 다리가 있었다.

"물고기에 다리가 있어."

"역시 범람의 띠의 영향인가 봐."

모두가 수군거릴 때, 넘어지는 걸 반복하며 올라오던 물고기가 반듯하게 섰다.

물고기는 잠시 자신을 바라보는 수많은 이들을 살피는 것 같았다.

그러나 이내 괴성을 내지르기 시작했다.

꽤에에에에에에에에엑-!

입을 쩍 벌리고 날카로운 이빨을 드러내며 지르는 소리는 모두를 소름 끼치게 했다.

그런데 바로 그때였다. 갑자기 물고기가 괴로운 듯 몸부림을 치더니 양옆으로 팔이 튀어나왔다.

촤아아앗!

"아니!"

"손이 나왔어!"

한 마리였을 땐, 그저 의문과 신기함으로 쳐다볼 뿐이었다.

그런데 물고기가 한 걸음씩 걸어서 올라올 때, 그 뒤로 빼곡한 파닥거림이 보이기 시작했다.

그러한 물고기들이 수천 마리는 되어서 물 위로 올라오고 있는 거였다.

세비지 영주는 표정이 돌처럼 굳어져서는 큰 소리로 외쳤다.

"공격하라-!"

그것이 싸움을 알리는 시작이 되었을까.

물 위로 올라오는 괴물들도 괴성을 내지르며 빠르게 덮쳐오기 시작했다.

꽤에에에에에에에엑-!

쎄에에에에엑-!

수많은 화살들이 허공을 가득 채웠다.

그 화살들은 일제히 해변으로 쏟아지고 있었다.

파밧! 팟! 팟!

수많은 물고기들이 그러한 화살에 박혔다.

그러나 물고기들은 고통을 모르는 듯, 계속해서 내달렸다.

쓰러지는 몇 마리가 있기는 했으나 머리 앞부분을 맞거나 정말 많이 맞아야 그 행동을 멈추는 것 같았다.

"공성 무기를 쏴라!"

커다란 돌과 양쪽으로 거대한 칼날을 갖춘 화살이 쏘아졌다.

쿠궁! 파아앗-!

해변을 빼곡하게 채우던 괴물들이 돌에 깔리고 쇠뇌의 화살에 베이며 구멍이 뻥 뚫린 듯 피해를 봤다.

그러나 덮쳐오는 괴물들의 수는 계속해서 늘어만 갔다.

"지금이다! 불을 붙여라!"

병력이 모이기 전, 일부 무리가 해안가를 두르고 무언가를 뿌려 두었다.

그것은 다름 아닌, 기름.

곧 불화살이 날며 기름이 뿌려진 곳으로 불을 붙였다.

화아아아아아악-!

불은 뜨거운 열기를 내뿜으며 활활 타들어 갔다.

물고기 괴물들은 그 불을 넘지 못하고 죄다 쓰러져갔다.

세비지 영주가 그러한 광경을 보며 무척 만족스러워했다.

"우리에겐 이미 범람을 겪은 경험이 있다. 그리고 역사를 통해 너희를 상대할 방법도 이미 익혀 두었어! 처음처럼 그리 당하고 있지만은 않아!"

그러나 안심은 일렀다.

"불이 꺼지고 있습니다!"

"뭣이!"

죽어가는 괴물들이 겹겹이 쌓이며 불을 끄고 있는 거였다.

그렇게 점차 줄어드는 불길을 보며 많은 기사들과 병사들이 식은땀을 흘려 갔다.

이제는 자신들의 차례임을 아는 것이다.

* * *

"음~ 생선 굽는 냄새. 좋다……."

-설마, 저걸 먹을 생각인 건 아니겠지?

"어우, 큰일 날 소리를 하신다. 저희 셋의 가장 좋은 점이 뭔 줄 아세요? 바로 음식 취향은 비슷하다는 거. 무슨 방사능 물고기를 먹는 것도 아니고, 저런 건 못 먹죠."

케라가 걱정을 담아 말했다.

-근데 물고기들이 갑자기 저렇게 변해서는 해안가를 덮치다니. 정말 놀라운 일이구나.

"아무래도 이곳 사람들은 저런 일을 겪은 역사가 있어 많은 대비를 해 왔던 모양입니다. 그렇지 않고서야 저런 대응은 힘들죠."

이번에는 제라로바가 말해 왔다.

-저 하늘 말이다.

그 말에 나도 하늘을 보았다.

-뭔가 조짐이 심상치가 않구나. 아무래도 인간들끼리 싸울 때가 아닌 것 같아.

"제가 보기에도 그러네요. 여기에 온 건 지금 군을 통솔하고 있는 저 영주를 죽이러 온 거였는데. 아무래도 계획을 바꿔야 하지 싶어요."

통솔력이 좋은 저런 사람을 죽이는 건, 인간들 입장에선 좋을 게 없었다.

뭔가 갑작스럽기는 하지만, 어쩐지 인류의 생존이 걸린 싸움이 곧 일어날 것 같았다.

그 싸움에 대비하려면 저런 능력 있는 사람은 살려 둬야 했다.

"해안가에 질러 놓은 불이 점점 사라지는 것 같은데……."

지금까지의 공격들 중에 가장 큰 효과를 준 공격이다.

그렇지만 젖은 물고기들이 시체로 쌓이는데, 오래 갈 리 없었다.

그래서 거기에 살짝 보탬을 줄까 했다.

"조금 더 연장시켜 볼까?"

손가락 끝으로 작은 불꽃을 만든 나는 해안가를 향해 살짝 휘둘렀다.

의지가 전달되자 갑자기 불길이 세 배는 높아져 활활 타올랐다.

화라라라라라락-!

하나둘 넘어와 창에 찍히던 물고기 괴물들이 그 엄청난 화력에 한 마리도 넘어오질 못했다.

"아니……!"

"불이 다시 살아나고 있어……!"

"와아아아아! 괴물들이 죽고 있다!"

세비지 영주가 놀랍다는 눈으로 해안가를 쳐다봤다.

"갑자기 어찌 불이 저리 살아난단 말인가."

뭔가 이상함을 느낀 그가 주변을 둘러보다가 지붕 위에 있는 나를 발견한 것 같다.

나는 손을 흔들어 주었다.

"안녕~!"

그는 고마움보단, 생각이 많은 표정이다.

"내 정체가 궁금할 거다. 그렇지만 지금은 협력이 옳은 것 같아서. 암살자로 왔는데, 어쩌다 보니 구세주가 되어 버렸네."

* * *

나는 다시 마도나스로 돌아왔다.

돌아온 즉시 내가 본 건 수많은 독수리들이 연달아 도착해 오고 있는 거였다.

"여기도 아주 난리가 났구나."

나는 패트릭 영주를 찾았다.

그는 기존 영주의 집무실을 자신의 집무실로 쓰고 있었다.

"나 왔어."

그가 표정이 심각해져서는 내게 물었다.

"이보게, 자네 소식 들었는가?"

"범람의 띠인가 하는 그거?"

"전서구가 전달해온 소식에 의하면, 카라파시아로 괴물들이 출현했다고 하던데."

"안 그래도 거기 가서 도움을 주고 오는 길이야. 거기 영주를 죽이러 간 거였는데, 뭔가 상황이 변한 것 같아서."

"맞네. 이건 인류의 명운이 걸린 일이야. 지금은 인간들끼리 서로 싸워서는 안 돼."

나는 카라파시아에서 사내가 했던 말이 떠올라 물었다.

"근데 범람의 띠가 어둠의 재해의 전조증상이라고 하는 것 같던데. 진짜야?"

"그것도 알았군."

"누가 알려 주더라고. 나더러 무식하다고 하면서 말이야."

"그 말은 사실이네. 천 년 전, 범람의 띠가 생기고 얼마 지나지 않아 어둠의 재해가 일어났다는 기록이 있어. 하여 역사에는 그 일에 늘 대비를 해야 한다고 쓰여 있지."

나는 내 생각을 말했다.

"여기서 가장 필요한 게 뭔 줄 알아?"

"뭐든 조언을 듣겠네."

"바로 귀물의 주인들이야. 성검과 저항석이 있어 이곳 기사들이 귀물의 주인들에게는 강점을 가졌을지 모르지만, 과연 변한 괴물들에게까지 그럴까? 하지만 귀물의 마법은 괴물들에게 큰 피해를 입힐 수 있지."

"음…… 자네 말이 맞아. 천 년 전에는 귀물 능력자들이라도 있어 그나마 막아 낼 수 있었던 거였는데……. 지금은 그들은 악의 축처럼 다뤄 와서 전혀 도움을 받을 수가 없는 상황이지."

"혹시라도 더 생길 범람에 대비해서 그들부터 끌어모으는 게 어때? 더군다나 어둠의 재해인가 그런 게 생기면 더욱 필요해질 거야."

"자네 말처럼 왕자님께 충언을 올려 보도록 하겠네."

"왕자한테 먼저라. 여기도 절차가 꽤 까다로운 모양이군."

"사실 귀물 능력자의 일은 정치적으로 많은 것들이 끼어 있어. 자칫 사악한 족속들을 옹호한다는 주장이 나올 수 있어 민감하게 다뤄야 할 일이지."

"훗, 나에 대한 일도 결단이 꽤나 필요했겠군."

"그나마 다른 차원에서 온 마법사라는 게 방패막이 되어 줄 거라고 생각했지. 둘째 왕자 측에서야 당연히 사악한 존재로 몰아 가려 애를 쓰겠지만."

"아무튼 서둘러. 여기저기 괴물들이 속출하고 있는 것 같으니까."

* * *

패트릭 영주가 헤르메인 왕자에게 보낸 서신에 대한 답장은 이틀 후에 도착했다.

하지만 서신을 읽는 그의 표정엔 그늘만 져 갔다.

"표정이 왜 그래? 무슨 내용인데 그래?"

"왕께서 서거하셨네."

살짝 충격이기도 했지만, 황당함도 뒤따랐다.

"와아……. 그 왕, 참 타이밍도 기가 막히네. 하필 이 상황에 죽음을 맞는다고?"

패트릭 영주가 서신을 내려놓고 한숨을 푹 내쉬었다.

"왕성에서는 이 급한 상황을 놔두고, 차기 왕위계승에 대한 다툼만 벌어지고 있다고 하나 봐. 왕의 유언이 있음에도 불구하고, 카르만 왕자를 밀고 있는 귀족들이 거부하고 나서는 것이지."

"인류가 망하게 생겼는데 그깟 왕의 자리가 무슨 중요한 거라고……. 답답한 것들이군."

하지만 이 일은 내게도 문제가 된다.

하루라도 서둘러 헤리메인 왕자를 왕위에 올려야 내가 돌아갈 방법이 생기는데.

하필 이런 때에 범람의 띠가 벌어질 게 뭐람.

거기다가 왕의 서거는 정치적 혼란을 더욱 가중시키고 있었다.

"하아……. 나 좀 나갔다가 올게. 속이 답답해서 더는 여기에 있을 수가 없네."

복도로 나간 나는 바람을 쐴 수 있는 장소를 찾았다.

바람이라도 쐬고, 뻥 뚫린 하늘이라도 봐야 속이 편할 것 같아서 였다.

그런데 하늘 위로 자리한 거대한 행성을 보고 있자니, 오히려

짜증이 밀려왔다.

"아우……. 나오니까 또 저게 보이네. 짜증 나."

-최강아, 지금 여기서 할 수 있는 방법은 하나밖에 없다.

케라의 말에 나는 쓴웃음을 머금었다.

"역시 인간의 힘을 하나로 합하려면 당장에라도 새로운 왕이 서야겠죠?"

-나는 이런 쪽의 권력 싸움을 많이 보아 왔었다. 둘째 왕자가 죽지 않고서는 이곳 세상의 인간들은 결코 하나가 될 수 없을 것이야.

같은 생각이다.

"왕의 도움을 받지 않고서는 저는 제 세계로 돌아갈 방법이 없습니다. 일단은 어떻게든 왕성으로 들어갈 방법을 찾아야겠습니다."

가서 둘째 왕자 카르만을 죽일 것이다.

하지만 그러자면, 왕성에 들어갈 방법부터 먼저 찾아야 했다.

* * *

늦은 오후.

마차 하나가 마도나스로 들어왔다.

그런데 마부의 표정이 뭔가 이상했다.

그는 무척 불안한 듯 짐칸을 계속해서 확인하는 것 같았다.

"후우! 어떻게든 도착하기는 했는데, 깨어날까 봐 불안해서 죽겠네."

그는 이곳으로 출발하기 전, 의뢰를 받은 내용을 떠올렸다.

["반드시 마도나스의 내성 가까이까지는 가야 하네. 알겠는가? 가면서 식사에 수면제를 타는 것도 잊어서는 안 될 것이야."]

마부가 저 멀리 보이는 성을 쳐다봤다.

"조금만. 조금만 더 가면 돼. 제발 그 전까지만 발작을 일으키지 마라. 제발……"

평소에는 멀쩡하다고 했다.

하지만 발작을 일으키게 되면 주변에 있는 모든 것들이 살아남지 못할 거라는 말이 있었다.

그래서 하루에 한 번 식사를 하면서도 그 속에 수면제를 타 왔었다.

맨정신인 사내도 자신의 상태를 아는지, 알면서도 그 식사를 먹는 것 같았다.

그런데 얼마 가지 못해 뒤에서 거친 신음 소리가 들려왔다.

"끄으으으……"

"히익!"

괴로워하는 소리가 들려오면 그것이 발작의 신호라고 했다.

놀란 마부는 더는 그 두려움을 못 참겠는지 말을 그 자리에 세우고는 마부석 위에서 뛰어내려 버렸다.

"이쯤이면 충분하지 않나? 에라이, 나도 모르겠다! 흐아아악!"

그리고는 골목을 통해 헐레벌떡 뛰어서 도망쳐 버렸다.

길을 걷던 이들로서는 그런 그가 이상해 보이는 게 당연했다.

"뭐지?"

"왜 저래……?"

그러기를 잠시, 병사들이 주인 없이 길 한중간에 서 있는 마차로
다가왔다.

"뭐야, 이건?"

"누가 마차를 이렇게 길 한가운데 세워 놨어?"

주변을 살피던 그들은 짐칸에서 이상한 소리를 들었다.

"으으으으……. 으으으으으!"

"뭐야, 안에 누가 있는데?"

그들은 짐칸 뒤로 가 문을 두드렸다.

"어이, 이봐! 거기 누구 있어?"

"문이 밖에서 잠겨있어. 한번 열어 보자고."

"어, 그래."

그들이 막 잠긴 문을 열려던 그때였다.

"으아아아아아아~!"

안에서 커다란 괴성이 들려오더니 일순간 마차가 강렬한 파동에
의해 폭발하고 말았다.

퍼벙-!

퍼서서석-!

"으억!"

그 폭발에 병사들은 물론, 말에 묶여 있던 말까지 저만치 날아가 처박히고 말았다.

"꺄아아아악-!"

놀란 사람들은 혼비백산하여 도망치기 바빴다.

그리고 잠시 뒤, 마차가 있던 자리에서 육중한 갑옷을 입은 자가 나타나 서서히 몸을 일으키고 있었다.

"크으으……. 마법사…… 마법사를 죽일 것이다……. 마법사는 어디에 있느냐……?"

광전사, 엘리우스.

최강을 향해 날린 카르만 왕자의 칼이 드디어 이곳까지 도착한 거였다.

* * *

"선왕께서 유언을 남기셨습니다! 그리고 나라의 전통에 따라 장자가 나라의 왕위를 물려받음이 마땅합니다!"

"서거 전에 왕위를 물려주신 거라면 모를까, 우리 귀족들은 인정할 수 없소이다! 귀족들의 지지를 더 많이 받는 것은 물론, 보다 출중한 능력을 지닌 분께서 왕위를 물려받음이 합당하오!"

귀족들의 설전은 끝이 없었다.

결국 귀족회의는 파행으로 치달렸다.

"거기 서라, 카르만!"

귀족회의를 마치고 되돌아가려던 카르만이 뒤를 힐끔 보더니 피식 웃었다.

 "왜 그러십니까, 형님? 무슨 할 말이라도 남았습니까?"

 "범람의 띠가 나타났다는 소식을 못 들은 것이냐? 카라파시아는 물론, 나라 곳곳에서 괴물들의 범람이 이어지고 있다! 이 시국에 우리끼리 싸워서야 되겠느냔 말이다!"

 카르만이 인상을 팍 썼다.

 "그럼 왕위를 하루빨리 나한테 넘기든가! 이게 다 왕위를 비웠기 때문에 일어나는 혼란이잖아! 나라를 위한다면서, 결국 속내는 왕위를 빼앗고 싶은 거 아니야?"

 "카르만!"

 "귀 따가우니까 소리 그만 질러. 그리고 정 이 나라가 걱정된다면, 왕위를 내게 넘겨. 그럼 나도 형의 목숨만은 거두지 않도록 해 볼 테니까. 뭐, 어차피 내게 올 왕위겠지만, 서둘러 포기한다면 생각을 해 보겠다는 거야."

 "이놈이……!"

 "아, 그리고 말이야. 왕위를 넘기면 괴물 능력자들을 끌어모아야 한다는 그 얼토당토않은 말도, 고려는 해 볼게. 하하하하!"

 그런 굴욕감에도 헤르메인은 카르만을 가엽게만 보았다.

 "카르만, 대체 무엇이 너를 그리 만든 것이냐. 어찌 마음이 그리도 망가져 있는 것이야……."

 매우 안타까워하는 그의 뒤로 아름답게 생긴 여인이 다가왔다.

바로, 데리미스 제국의 유일한 공주, 루완다였다.

"카르만 오라버니에게 협력을 바란다니, 너무 어리석으십니다. 헤르메인 오라버니."

"루완다…… 왔느냐?"

"답답해서 와 봤습니다. 범람의 띠가 나타난 마당에 정치에만 매달려 있는 신하들이 답답해서요."

"최소한 귀물 능력자들의 도움만이라도 이끌어 낼 수 있다면 나을 텐데, 귀족들은 그조차도 허용을 해 주지 않는구나."

"얘기는 들었어요. 카라파시아에서 괴물들의 공격을 막을 수 있었던 게 마법사의 도움 덕분이었다고요."

"맞아. 마법사가 아니었으면 그 피해는 엄청났을 거다."

"귀물 능력자들의 힘을 빌리는 것도 필요하겠지만, 그 전에 나라의 통솔권부터 하나로 합쳐야 해요. 그렇지 않으면 이 나라는 서로 쪼개져 결국 무너지고 말 거라고요."

"하지만 난, 카르만이 왕위를 잇는다고 해서 잘 해내리라고 믿지 않는다. 녀석은 왕위에만 욕심이 있을 뿐이지, 다른 것에는 신경 쓰지 않는 녀석이야. 결국 귀족들은 스스로 알아서 싸워야 하는 지경이 될 거다."

"제 생각도 같아요."

"안타깝구나. 귀족들이 좀 더 나를 믿어 줬더라면 뭔가 많이 달라졌을 텐데."

"저들은 자기들 욕심을 위해 쉽게 간언할 수 있는 자를 왕위에

앓히고 싶을 뿐이에요. 그나마 헤르메인 오라버니를 따르는 자들이 야말로 진정한 충신이죠. 그 충신이 적다는 게 무엇보다 슬픈 일이죠."

헤르메인이 진심 어린 눈빛으로 루완다 공주를 쳐다봤다.

"루완다. 혹시라도 이 오라비가 나쁜 선택을 한다면, 그땐 모든 걸 너에게 맡기마."

루완다 공주는 헤르메인에게 다가와 말했다.

"저는 누구보다도 헤르메인 오라버니를 좋아합니다. 하지만 형제끼리의 피바람은 결코 용서치 않을 거예요. 그것만은 절대로 안 돼요."

"훗, 그래……."

헤르메인은 그녀에게서 멀어지며 중얼거렸다.

"그 죄에 대한 벌을 너에게 받는 거라면, 그것도 괜찮은 일이겠 지……."

* * *

"막아라!"

"성으로 향하게 두어서는 안 된다!"

"화살을 쏴라!"

병사들과 기사들이 광전사를 포위했다.

수많은 화살이 날아들고, 몇몇 기사들이 몸을 높이 뛰어 그를 향해 검을 휘둘렀다.

까강! 깡! 처컹!

"이럴 수가……!"

"검이 통하질 않아!"

"성검의 힘이 몸 전체를 감쌌어……!"

광전사가 붉은 눈빛을 뿜어냈다.

"크아아아아아-!"

그가 검을 휘두르자 다섯의 기사가 사방으로 날아갔다.

쓰러진 기사들의 갑옷은 죄다 날카롭게 찢어져 있었다.

즉사.

갑옷 안에서는 피만 철철 흐를 뿐이었다.

"크르르르르……"

짐승의 소리를 내며 앞으로 내딛는 광전사.

"멈추지 말고 화살을 쏴라!"

그러나 날아드는 화살은 틱틱거리는 소리와 함께 떨어져야 했다.

갑옷 사이의 틈으로 파고드는 화살도 있었지만, 소용없었다.

그의 갑옷 주변으로는 두터운 막이 형성되어 있는 듯, 모조리
튕겨내고 있었다.

광전사의 출현은 금방 성으로 전달되었다.

"뭐……! 광전사가? 설마, 광전사 엘리우스를 말하는 것이냐?"

"네, 그가 확실한 것 같습니다!"

패트릭 영주는 충격에 빠졌다.

엘리우스는 4년 전, 영지전쟁 당시 하오만 전투에서 목숨을
잃었다.

자신과 몇몇 전우들의 목숨을 구하기 위해 성검의 힘을 무리하게
최고치까지 끌어올린 그는 광전사가 되어 장렬히 전사했었다.

오래된 친우이며, 전우였던 사내.

한데 그가 광전사가 되어 이곳에 나타났다고 한다.

놀라고 혼란스러운 게 당연했다.

"내가 가 봐야겠다."

"위험합니다, 영주님! 그는 제정신이 아닙니다! 영주님을 알아
보지 못할 것입니다!"

"아니! 그는 내 친우였다. 나라면……! 꼭 알아봐 줄 것이야……!"

* * *

막 왕성으로 떠날 생각을 품고 있던 차에 밖에서 폭음이 들려왔
다.

콰광-!

"무슨 일이지?"

범람의 띠가 나타난 이후로 사실상 영지 간의 전쟁은 멈춘
거나 다름없었다.

그래서 이상한 마음에 창문을 열어 보았다.

"저건 또 뭐야……."

범람의 띠가 뭡니까? 185

병사들이 계속해서 활을 쏘고, 수없이 많이 모인 기사들이 연이어 뒤로 밀리고 있는 광경이 보였다.

그것은 한 사내 때문이었는데, 성큼성큼 다가오던 그는 결국 성문 앞까지 도달했다.

"지금 겨우 한 사람을 막지 못해서 저렇게들 밀리고 있다고?"

-실력이 대단한 자인 모양이다.

"아무리 그래도……."

그래, 나라면 그럴 수 있다.

하지만 내가 아닌 다른 누군가가 저런다는 건 호기심이 들었다.

-가 보자!

안 그래도 그럴 생각인데, 케라가 먼저 쪼았다.

"네, 가 봐야겠네요."

굳이 계단을 타고 내려가거나 할 생각은 없다.

나는 그대로 창문을 통해 뛰어내렸다.

휘이이이이익-!

처음엔 중력에 의해 속도가 점차 빨라졌으나, 지면에 도달해서는 현저히 줄었다.

경계하던 병사들이 살짝 놀라는 것 같지만, 굳이 신경 쓰지 않았다.

그런데 막 성문 밖의 병사들이 있는 곳으로 뛰어내렸을 때였다.

"성문을 열어라!"

큰 마찰음과 함께 성문이 열리며 패트릭 영주가 나왔다.

적이 공격하는 위험한 상황에 왜 나온 거지?

자칫 그가 죽기라도 하면 나도 곤란해진다.

그는 나의 부탁을 들어줄, 헤르메인 왕자와의 유일한 연결고리였기 때문이다.

그래서 얼른 다가가 보았다.

"이보게, 엘리우스! 날세, 나 패트릭이야!"

"<u>크르르르르……</u>"

서로 아는 사이인 건가?

그러나 상대는 전혀 못 알아보는 듯 빠르게 달려들어 검을 휘둘렀다.

"영주님!"

까강-!

가오스가 앞으로 나서며 그 검을 막아 냈다.

"위험합니다! 피하십시오!"

그러나 패트릭 영주는 포기하지 않았다.

"정신 좀 차려 보게, 엘리우스! 나를 떠올려 봐! 나라고, 패트릭! 자네의 친우라고!"

아무래도 저 엘리우스는 패트릭 영주와 가까웠던 사이였나 보다.

그렇지만 지금은 못 알아보는 듯 또다시 매섭게 검을 휘둘렀다.

까강!

"크억!"

가오스가 다시 막았지만, 그의 강력한 위력에 밀려 뒤로 넘어지고 말았다.

그리고 재차 올라간 엘리우스의 검이 막 패트릭 영주를 향해 내리그어졌다.

"영주님-!"

"엘리우스…… 제발……."

처엉-!

패트릭 영주는 강하게 염원하는 듯했지만, 엘리우스의 검은 멈추지 않았다.

그래서 내가 멈췄다.

잠시의 찰나에 패트릭 영주가 나와 시선을 마주쳤던 거로 보면 내가 막아 줄 것을 알았던 것 같기도 했다.

"이봐, 영주. 왜 이렇게 무모해?"

"이자는 나의 친우라네. 목숨을 내어주어도 아깝지 않을 친우였어……."

"근데 이자는 당신을 전혀 못 알아보는 것 같은데?"

엘리우스는 검을 들어 올리더니 잔뜩 성질이 난 듯 옆으로 검을 휘둘러 왔다.

강한 돌풍까지 겸비한 엄청난 위력의 일격이었다.

쩌정……!

쑤아아아아앙-!

강렬한 파동에 밀린 패트릭이 주춤 뒤로 물러났다.

그러나 난, 조금도 밀리지 않았다.

밀리지 않을 만큼 나 역시 검을 마주 휘둘러서였다.

하지만 꽤 힘을 줘서 휘두른 건데.

그걸 막네?

"당신 좀 샌데? 붙어 볼 만하겠어……."

"마법사…… 마법사를 데려와라. 마법사를 죽일 것이다……."

나는 뒤에 있는 패트릭 영주를 쳐다봤다.

"이봐, 영주. 이 사람, 제정신이 아닌 건 알겠는데. 뭔가 세뇌를 잔뜩 받고 온 것 같아. 마법사를 죽이라는 세뇌 말이야. 그렇지 않아?"

패트릭 영주는 안타까운 표정을 가득 머금었다.

친우에 대한 가여움과 슬픔에 입술까지 파르르 떠는 그였다.

그렇게 친했나?

그럼 무자비하게 죽이는 건 좀 그렇겠군.

"아무튼 상황은 정리해야겠군."

"이보게 최강……."

"나도 눈치는 있어. 그러니까 사람 많은 곳에서 부탁 같은 건 하지 마. 죽이진 않을 테니까."

"그래……."

"물러나 있어. 주변으로 피해가 커질지도 몰라."

"그러지."

패트릭 영주가 뒤로 물러나자 가오스가 그를 경호하며 주변으로 소리쳤다.

"모두 뒤로 물러나라! 이 싸움에 그 누구도 개입하지 말라!"

주변은 순식간에 텅 비게 되었다.

가오스와 패트릭 영주도 성벽 위로 올라 아래를 지켜보는 것 같았다.

"자, 이제 당신과 나뿐이야."

"마법사를 데려와라……."

나는 수직으로 내리꽂는 검을 살짝 몸을 비틀어 피했다.

싸늘함이 스쳤다.

공격의 빠름은 확실히 대단했다.

"마법사를 상대하러 왔으면 역시 이 정도 준비는 해 왔겠지?"

나는 반지의 빛을 꺼내 채찍처럼 휘둘렀다.

휘잇-!

파앗!

그러나 그의 몸 주변으로 닿기도 전에 흩어져 버렸다.

"역시, 저항석은 지니고 있군."

정말 개나 소나 다 차고 있는 저항석.

이러니 귀물 능력자들이 이곳 세상에서 기나 펴고 살 수가 있겠나.

그저 생활의 편리함을 보탤 뿐이지 싶다.

불의 능력을 지녔으면 야영할 때 모닥불 피우기 좋을 것이며, 냉기의 능력을 지녔으면 여름에 얼음 만들어 먹기 좋은 것이다.

그 힘으로 무언가를 해 보려고 해서는 이 저항석을 지닌 기사들에게 목숨만 잃을 뿐인 것이다.

"당신이 그렇게나 찾던 마법사, 여기에 있다. 내가 바로 그
마법사다."

"크르르르……. 마법사를 죽인다. 마법사를 죽인다-!"

갑자기 그의 기세가 돌변했다.

투구 안쪽에서 강렬한 빛이 번뜩이더니 검에 있던 기운이 몸
전체로 퍼져 갔다.

목표가 나타나자마자 완전히 뒤바뀌어 버린 그는 황소처럼 나를
향해 무지막지하게 달려들기 시작했다.

"그 광기, 내가 다 받아내어 주마."

빙의로
최강요원

4. 피를 보지 않을 유일한 방법

빙의로
최강요원

쩡! 쩡-! 쩌저저저정-!

빛처럼 빠른 검격과, 신의 발걸음만큼 육중한 진동이 사방을 휘감았다.

주변의 창문이 깨어지고, 가까이 있던 이들은 고막이 찢어질까 두려워 귀를 막았다.

"저것이 정녕 인간의 싸움이란 말인가……."

최강이 한 번 밀려 벽에 부딪히자, 이번엔 엘리우스가 밀려 성벽에 부딪혔다.

성벽은 더 견디지 못해 점차 밑에서부터 금이 가고 있었다.

"영주님, 여기도 위험한 것 같습니다. 내려가시는 게 좋겠습니다."

패트릭 영주의 얼굴엔 고집이 가득했다.

"아니네. 나는 저들의 싸움을 끝까지 지켜볼 것이야."

"하오나……!"

그의 표정을 본 가오스가 말을 멈추었다.

패트릭 영주의 표정에 얽히고설킨 감정이 한눈에 들어와서다.

"음……. 알겠습니다."

패트릭 영주는 목숨보다 소중했던 친우의 망가짐이 무척 슬펐다.

엘리우스는 어릴 적 한 스승 밑에서 함께 검술을 익힌 친우였다.

워낙 뛰어난 자질의 엘리우스여서 단 한 번도 이겨 본 적은

없지만, 한때는 그와 검을 나누는 것이 유일한 행복인 적도 있었다.

"죽지 않고 살아 있는 줄은 몰랐네. 정녕 몰랐어……. 미안하이,

한 번쯤 자네를 찾아보기라도 했어야 했는데, 내가 너무 한심했어."

그는 엘리우스의 마지막 음성을 또렷하게 기억했다.

["이곳은 내가 막을 테니, 내 가족들을 안전한 곳으로 데려다주

게! 자네들만 믿겠네!"]

그렇게 적진으로 달려들어 맹렬히 싸웠던 사내.

아무리 보호해야 할 대상이 있었다고 하지만, 당시 함께하지

못한 미안함에 패트릭 영주는 여러 날 동안 피눈물을 흘렸었다.

광전사가 된 그로 인해 적들이 엄청난 피해를 봤다는 소문만

무성할 뿐, 그에 관한 이야기는 더는 들려오지 않았다.

때문에 당연히 죽었겠거니 했던 것이다.

한데 그랬던 그가 이렇게 살아서 돌아올 줄이야.

그런 미안함과 그리움이 있어 패트릭 영주는 결코 그 자리를 벗어날 수가 없었다.

한편, 최강은 몇 번이나 갑옷을 때렸음에도 멀쩡한 그를 보며 혀를 내둘렀다.

"굉장한 방어력이네요!"

-검의 힘이 몸 전체를 둘러 강철같은 방어력을 주는 것 같다.

"이런 거 언젠가 한 번 본 적 있는데."

-그래, 얼마 전 수장시킨 군대의 대장이 그러했지.

적진으로 몰래 숨어들어 가, 막사 안으로 바람 골렘을 집어넣어 폭발시킨 적이 있었다.

다른 지휘관은 모두 산산조각이 날아갔으나, 푸칸만은 멀쩡했었다.

바로 눈앞의 엘리우스처럼 성검의 기운으로 몸을 보호했기 때문이었다.

"그때 그는 일시적이었던 것 같은데. 이자는 이걸 오래도 유지하고 있네요."

-하지만 그 기운의 침범을 견뎌 내진 못한 것 같다. 카우라도 잘못 수련하면 저런 경우가 생기는데, 우린 그것을 입마에 빠졌다고 한다.

"어디서 들어 본 말이네요."

최강은 바람처럼 움직이고, 공간이동을 펼치며 계속 둘과 대화했다.

상대가 한 번씩 자신을 밀어낼 만큼 강력한 건 사실이지만, 버티지 못할 만큼 강한 건 아니었다.

"근데 말입니다. 그 입마라는 게, 결국 강한 힘이 뇌로 침범하여 정신에 타격을 입었다는 거잖아요."

-그렇지.

"정신이라고 하지만, 결국엔 사람의 뇌에 타격을 줬다는 거고요."

제라로바가 물어왔다.

-혹시 회복 마법으로 치료할 수 있지 않을까, 그걸 생각하는 것이냐?

"이럴 땐 또 눈치가 빠르시네요."

-내가 언제는 안 그랬느냐?

네, 안 그랬거든요?

그게 아니면, 일부러 눈치 없이 굴었거나.

사실 그게 더 무섭긴 하지만.

아무튼.

"고칠 수 있을까요?"

-만약 케라의 말처럼 카우라를 익히다가 입마에 든 것과 비슷한 원인이라면 고칠 수 있다. 그런 자들을 종종 고친 적이 있거든.

최강이 씩 미소를 머금었다.

"그렇다 이거죠. 그럼 우선 이자부터 제압을 해야겠네요."

쩌정-!

최강이 번개같이 날아들어 엘리우스의 복부를 베었다.

그러나 결과는 몽둥이로 맞은 것처럼 튕겨 나가 집 하나를 무너뜨릴 뿐이었다.

다시 일어나 하늘로 번쩍 떠올라 공격하는데, 이걸 대체 언제까지 해야 할까 싶었다.

"이대로는 끝도 없겠습니다."

-검이다! 저자의 검을 노려라. 검을 부술 수 있다면 저 강력한 방어력도 무너질 거다.

성검.

저 검에서 나오는 기운이 육체 본연에서 나오는 기운과 연동하여 힘을 뿜어내고 있었다.

그리고 그 기운은 다시 육체로 번져 강력한 힘과 방어력을 부여하는데, 몸으로 번지는 그 기운이 뇌로 잘못 스며들어 지금과 같은 광전사가 된 거였다.

결국, 그 연결고리인 검을 부수면 엘리우스의 방어력도 사라진다는 거였다.

"해 보겠습니다."

-시간의 틈에서 익힌 공섬을 써 보아라! 그것이라면 해낼 수 있을 것이다!

공섬.

허공을 가르면, 그 기세가 끝없이 뻗어 나가는 무서운 수법이다.

카우라의 소비가 엄청나긴 했지만, 그 위력만큼은 최강도 놀랄 정도다.

"가로 베기로 하면 저자까지도 같이 베일 테니, 사선 베기로 가야겠군요."

쓰으으으으……

최강은 카우라를 전신에서 끌어올려 검에 집중했다.

그의 입가로는 진한 기운이 흘러나와 연기처럼 흩어지고 있었다.

그 위험성을 본능으로 느낀 것인지, 엘리우스가 잠시 주춤하기는 했다.

하지만 광기로 가득한 그는 조심성보단 세뇌의 의지가 강하여 상관하지 않고 최강에게 달려들었다.

"크아아아아아~!"

그 육중한 몸이 최강을 다 가렸다 싶을 그 찰나, 최강의 들려진 검이 사선으로 빠르게 내리그어졌다.

스핫!

엘리우스 역시 함께 휘둘렀으나, 그가 검을 다 휘둘렀을 땐 그의 손에 남은 건 검의 손잡이뿐이었다.

"으어?"

당황한 엘리우스가 떨어진 칼날을 보았지만, 그 순간 최강이 번개같이 그의 품으로 파고들었다.

쿠궁~!

카우라가 깃든 손바닥에 가격당한 엘리우스는 살짝 몸이 붕 뜨는가 싶더니 그대로 무릎을 꿇으며 그 자리에서 쓰러지고 말았다.

카우라의 파동이 갑옷을 뚫고 그 내부까지도 파고든 결과였다.

"뭐야……. 이긴 거야?"

"광전사를 이겼어……."

기사들은 뒤늦게 결과를 받아들이며 외쳤다.

"와아아아아아……!"

"광전사를 쓰러뜨렸다-!"

최강은 시선을 올려 성벽 위를 보았다.

패트릭 영주에게 이러면 되는 거냐는 뜻을 보이는 거였다.

그러자 패트릭 영주가 고개를 끄덕이며 고마움이 깃든 시선을 보내왔다.

살짝 멋쩍어진 최강은 조용히 그 자리에서 물러났고, 곧 패트릭 영주가 모두에게 소리쳐 명령했다.

"당장 광전사의 갑옷을 벗기고, 옥에 가두도록 하라!"

"네! 영주님!"

* * *

한참 싸우고 들어온 나는 주전자에 있는 물을 따라 벌컥벌컥 마셨다.

"어우, 미지근해."

뭔가 속이 확 트일 시원함이 없을까?

그래서 원소 마법으로 주전자 겉을 얼려 버렸다.

몇 번 흔들어 다시 따라 마시니 그렇게 시원할 수가 없었다.

"어우, 시원하다. 역시, 이래서 마법이 편해."

얼음 정수기?

그딴 게 뭐가 필요해?

이러면 되는데.

거기에 허공으로 얼음까지 만들어 컵에 떨어뜨리자 정말 더는 부족할 게 없었다.

"후, 좋다……."

소파에 앉은 나는 이마로 흐르는 땀을 살짝 닦아 보았다.

손에 묻은 땀을 보니 어쩐지 신기하다는 생각마저 든다.

대체 땀을 흘렸던 게 언제였던가.

카우라를 익히기 시작한 후부터는 더위도, 추위도 잘 느끼지 못했다.

심지어 많은 움직임이 있어도 웬만해서는 땀 한 방울 흐르질 않았다.

그런데 내 손등에 두어 방울에 땀이 있었다.

"그 사람, 꽤 강하긴 했죠?"

-아무리 카우라를 담아 휘둘러도 거뜬히 버텼으니까. 아마도 이곳 세상에서 본 이들 중에 가장 강한 자였을 것이다.

"얼마 전, 번개를 일으키는 암살자도 상당히 강했는데. 더한 사람도 있었네요. 패트릭 영주의 말처럼 정말로 이 세계에도 숨은 강자들이 많은 모양입니다."

그런데 바로 그때, 누군가가 문을 두드렸다.

누구일지 짐작은 갔지만, 습관적으로 손목을 만지게 됐다.

곧 투시가 되어 밖에 있는 사람의 모습이 보였다.

역시나 패트릭 영주였다.

"들어와도 돼, 영주."

그가 들어오며 어색하게 웃었다.

"내가 올 줄 알았는가?"

"뭐, 감사의 인사 정도는 하러 올 줄 알았지."

그는 자연스럽게 다가와 나의 맞은편에 앉았다.

그리고 진심을 다해 고마움을 전했다.

"정말로 고맙네. 그를 죽이지 않고 안정시켜 주어서."

"좀 어렵긴 했지. 칼 든 상대를 죽이지 않는 게 어디 쉬워? 게다가 저 정도 상대를 그렇게 이기기란, 정말 어려운 일이거든."

"그렇지만 그를 그리 보내고 싶진 않았네. 가둬 둬야 할 테지만, 적어도 그의 가족들에게 한 번쯤은 그가 다시 살아 숨 쉬는 걸 보여 주고 싶었어……."

나는 잠시 그를 보았다.

뭔가 사연이 많은 것 같기는 하다.

그렇지만 굳이 그의 과거나 광전사와의 인연을 듣고 싶은 마음은 없었다.

나는 내가 궁금한 것만 물었다.

"이쪽에선 저렇게 된 사람을 고칠 방법은 없는 건가?"

"수많은 역사에 뛰어난 검사가 광전사가 되었다는 얘기는 많았어도, 고쳐졌다는 말은 듣지 못했군. 그런 자들이 광전사를 택하는 이유라는 것이 대부분, 삶의 끝자락이거나 누군가를 지키기 위함이었거든. 그리고 결국 힘을 다하여 죽게 되는 거지."

"그럼 이왕 도와주는 거, 선심 좀 써볼까?"

"그건 무슨 말인가?"

나는 자리에서 일어나 문을 향해 걸었다.

"어쩌면 내가 그 사람의 광기를 고칠 수 있을지도 모르거든."

"그, 그게 정말인가?"

"하지만 너무 기대는 마. 이쪽 사람들이 그렇게 된 걸 본 것도 처음이지만, 경우가 다른 거라면 못 고칠 수도 있으니까."

"뭐든 시도라도 해 주게나! 해 주기만 하면, 내 자네가 원하는 거라면 뭐든 하겠네! 뭐든……!"

"정말 뭐든……?"

너무 노골적이었나?

그가 살짝 주춤했다.

"가, 가능하면……. 그렇다는 소리지."

"훗, 뭘 또 겁을 먹고 그래? 영주라는 사람이."

"자네가 그리 쳐다볼 때면 뭔가 부담이 되어서 말이지. 꼭 금기시

되는 것까지도 요구할 것 같은 그런 기분이……."

"이 사람이 사람을 어떻게 보고. 앞장서기나 해. 나 혼자 가면
감옥 문도 잘 안 열어 줄 거잖아."

"아, 그러지. 나를 따라오게."

잔뜩 기대에 부푼 패트릭 영주는 발걸음이 빨랐다.

그리고 우리는 얼마 후, 여전히 정신을 잃고 있는 엘리우스의
감옥으로 오게 되었다.

"문을 열게."

간수는 살짝 두려워했다.

"정말로 열라는 말씀이십니까? 하지만 광전사가 깨어나면
……."

"여기에 광전사를 이긴 사람이 함께 있지 않나. 괜찮으니 열게."

"끙, 네. 알겠습니다."

그 격렬했던 싸움을 보았던 것인지 간수는 손을 떨며 자물쇠를
열었다.

그리고는 주춤 뒤로 가더니 저만큼 물러나는 모습이었다.

하기야 일반 병사인 그로서는 겁도 날 것이다.

웬만한 기사들도 도륙하는 광전사의 고삐를 풀어놨으니.

"정말로 할 수 있겠는가?"

"시도를 해 보겠다는 거야. 결과는 좀 더 지켜봐야 해."

"그렇군. 알았네."

나는 정신을 잃은 그의 머리에 손을 얹었다.

그리고 회복 마법의 주문을 외워 갔다.

손아귀에서 일어난 밝은 광체는 엘리우스의 머리에 이어 전신으로 퍼져나갔다.

그리고 그걸 끝으로 나는 손을 떼었다.

"됐군."

나는 일어나 패트릭 영주에게 말했다.

"이제 깨어나고 나면 결과를 알 수 있겠지. 하루 정도 광기에 들리지 않는다면, 뭐 치료가 되었다는 걸 테고."

"그래……. 하루면 알 수 있다고…….."

"희망을 갖고 기다려 보자고."

기다릴까, 원래 계획대로 출발할까 고민이 많았다.

"치료가 잘됐을까요? 혹시 나만 궁금한 건가요?"

-치료 마법이 모든 몸 상태를 정상으로 돌리는 것이긴 하다만, 정신의 문제까지 해결할 수 있는 건 아니니까. 하지만 머리에 이상이 생겨서 그런 광전사가 된 거라면, 필시 나았을 것이다.

솔직히 그의 안위가 걱정되어서는 아니다.

그로부터 알아낼 게 있어서였다.

"분명 마법사를 죽이러 왔다고 했습니다. 그걸 사주한 게 누구일지는 짐작이 가지만, 그래도 출발 전에 물어보고 가는 게 낫지 싶은데. 늦게 깨어나면 하루를 버린단 말이죠."

하루빨리 뭐든 해결해서 돌아가고픈 나에게 있어선 그 하루도 시간이 아깝다.

지금은 빨리 여기를 떠나 헤르메인 왕자를 왕위에 올리는 게 중요했다.

이곳 세상에서 무슨 일이 벌어지건 내 알 바는 아니잖아?

나는 목적을 이루고서 돌아가면 그뿐이었다.

"하아, 저는 인내심이 없어서 더는 못 기다리겠네요. 패트릭 영주한테 결과를 전서구로 보내 달라고 하고 먼저 가야겠습니다."

* * *

스하하하하하……!

나는 하늘을 빠르게 날고 있었다.

하지만 가면서도 살짝 찜찜하기는 하다. 자꾸만 패트릭 영주의 당혹스러워하던 표정이 떠올라서다.

"왕성에 가겠다고? 자네 설마, 위험한 짓을 하려는 건 아니겠지?"

"내가 뭘 하려고 하는지는 이미 짐작했으리라 보는데."

"안 돼. 왕족을 죽이는 건 반역행위야! 자네가 나와 연결되어 있고, 내가 헤르메인 왕자 저하의 사람이라는 건 세상 사람 모두가 아는데! 자네가 가서 일을 저지르면 헤르메인 왕자 저하도 후계를 이을 수가 없을 거란 말이네!"

"유일한 왕족인데도?"

"유일하진 않지. 루완다 공주께서 계시니까."

"뭐야, 공주도 있었어?"

"막내인 공주님이 계신다네. 이 세계에서 공주가 왕위를 이어받은 전례가 아주 없던 건 아니지. 그래서 헤르메인 왕자께서 카르만 왕자를 죽였다고 한다면, 왕위는 그분께 돌아갈 가능성이 커."

상황이 복잡하다는 건 나도 안다.

하지만 헤르메인 왕자가 현명한 사람이라면 알 것이다.

시간을 끌수록 인류의 위험만 자초한다는 것을.

그래서 나는 일단, 헤르메인 왕자부터 만나 보려 했다.

왕성이 있는 수도에는 하루를 꼬박 날아서 도착했다.

영지 하나가 거의 나라 하나에 맞먹으니 거의 몇 개의 나라를 넘어온 거나 다름없었다.

그만큼 굉장히 멀리 왔다는 뜻이다.

"휴, 이제야 도착했네요."

-마력이 많이 소모되었다. 하루 쉬며 보충을 해 놓는 게 어떠하냐?

"그래도 사람 일은 모르는 거니까, 그게 좋겠죠?"

패트릭 영주에게 지원받은 자금도 충분하겠다, 제법 괜찮은 숙소를 잡았다.

근처 식당으로 가 왕성의 정세는 어떠한지 알아보려 했으나, 정작 수도 내에서는 정치 이야기를 꺼내는 사람이 없었다.

누구 마누라가 예쁘다, 새장가를 갈 것이다, 전부 자기들만의 욕구 어린 대화뿐이었다.

"그 친구, 정말 부럽더라니까! 하하! 나는 어디 그런 여자 못 만나나?"

한심한 인간들.

"이 시국에 남의 마누라가 예쁜 게 관심이 가나? 참 어이가
없네."

그렇지만 세상 걱정을 하는 사람도 있기는 했다.

"근데 말이야. 정말로 천 년 전의 일이 그대로 똑같이 일어날까?
범람의 띠가 생긴 후로 얼마 지나지 않아서 어둠의 재해가 생겼다고
했잖아."

"그러게. 당시에는 1년 후쯤에 그런 일이 일어났다고 하는데,
이번에는 또 어떨지."

"그때 그랬다고 해서 이번에도 1년 후에 일어난다는 보장이
어디에 있어? 당장 내일 어둠의 재해가 들이닥칠지도 모른다고."

그래도 정상적인 사람 몇쯤은 있구나.

범람의 띠.

악마 세상에서 흘러든 기운을 말한다.

그리고 보통의 동식물이 괴물로 변하고, 괴물들은 더욱 무서운
괴물이 되어 사람을 덮치는 현상이 바로 범람이었다.

그리고 천 년 전 그로부터 1년 후, 어둠의 재해가 일어난 것이다.

듣기로 어둠의 재해는 악마의 세상에서 생긴 회오리가 이곳까지
이어지며 그 회오리를 통해 악마들이 넘어오는 현상이라고 했다.

물론, 저 하늘 위의 그 많은 악마들 모두가 넘어오는 건 아니다.

그렇지만 악마는 인간을 죽이고 그 인간을 둔갑할 수 있었다.

얼마든지 인간 세상의 영향력 있는 사람으로 변할 수 있었고, 그것은 전쟁을 포함하여 얼마든지 큰 위험으로 작용할 수 있어 인간들이 이처럼 두려워하는 거였다.

실제로 그 당시 전란이 일어났고 말이다.

누구든 악마로 의심해야 하는 세상.

사람들은 그것이 두려운 거였다.

다음 날 이른 아침.

마력도 충분히 보충했겠다, 나는 왕성으로 향했다.

입구로는 십여 명도 넘는 병사에 네 명의 기사들이 서서 앞을 지키고 있었다.

나는 내 복장이 이들에게 생소한 걸 알기에 로브를 걸치고서 다가갔다.

"누구시오? 신분과 방문의 목적을 밝히시오."

나는 당당히 말했다.

"나는 마도나스에서 온 다른 차원의 마법사이다. 범람의 일을 상의코자 헤르메인 왕자 저하를 뵈러 찾아 왔으니 안내해 달라."

원래 목적은 왕위에 대한 논의다.

그렇지만 누가 같은 편인지도 모르는데, 적대적 이유로 찾아 왔다고는 말할 수 없었다.

이럴 땐 모두가 공통적으로 걱정하고 있는 사안을 이유로 드는 게 가장 현명하다고 판단했다.

곧 기사가 나의 말을 듣고 다가왔다.

"정말로 마도나스에서 온 마법사인가?"

"마법을 보여 줘야 믿을까?"

나는 손 위로 불길을 만들어 내 몸을 한 바퀴 돌다가 사라지게 했다.

이 정도면 확인이 된 거 아닐까?

"음……. 잠시만 기다리시오. 안에 얘기를 전하고 오겠소."

"기다리도록 하지."

정말 그 앞에서 한참을 기다렸다.

"절차가 복잡한 건가……. 오래 걸리는군."

내 세상이었다면 전화 하나면 모든 게 해결되었을 것이다.

그렇지만 이곳에 그런 통신시설은 없다.

결국 사람이 다니며 일일이 허락을 받고 말을 전해야 뜻이 전달될 수 있는 거였다.

그리고 그렇게 오랜 기다림 끝에 갔던 기사가 되돌아왔다.

"나를 따라오시오. 헤르메인 왕자 저하께서 당신을 데려오라 하셨소."

"음."

왕성.

날아올 때도 멀리서 보았지만, 웬만한 영지의 성과는 그 규모가 달랐다.

하나의 국가로 통일을 했으니 이만한 왕성과 엄청난 규모의 수도는 이해가 되었다.

그리고 정말 얼마나 많은 전쟁 끝에 모든 나라를 하나로 통합하였을까 하는 짐작도 갔다.

필시 그 통일을 이룬 왕은 보통 사람이 아니었을 것이다.

"이쪽이오."

미로 같은 복잡한 왕성으로 들어가 본성으로 진입하고, 다시 수많은 계단을 올라 복도를 걸었다.

그런 끝에 드디어 헤르메인 왕자를 만날 수 있었다.

"그대가 마도나스에서 온 마법사라고?"

"예."

"이쪽으로 앉게! 나도 자네가 무척 보고 싶었네. 한데 이렇게 직접 찾아와 주니 정말 반갑군."

반겨 주니 또 기분은 좋다.

안내해 준 기사는 돌아갔고, 우린 시종이 가져다준 차와 간식을 먹으며 대화를 시작했다.

"패트릭은 잘 지내는가?"

"근래까지만 해도 신이 나서 좋아하긴 했습니다. 쿠에벤도 되찾고 마도나스도 점령하고, 당신께서 기뻐할 거라며 하루하루가 활기로 가득했죠. 범람의 띠가 일어나기 전까지는요."

"그래……. 그럴 사람이지. 내 곁으로 그처럼 충의가 가득한 사람도 드무니까."

나는 본론으로 바로 들어갔으면 했다.

"왕위 쟁탈전이 한참인 이 때에 범람의 띠가 생겼습니다. 그리고 나라 곳곳에서 같은 현상이 일어나며 괴물들에 의한 피해도 속출하고 있다고 들었습니다."

"심각하고 매우 위태로운 상태이긴 하지. 왕성에서 중심을 잡고 빠른 지원을 해 줘야 하는데, 저마다 파가 다르다느니, 타 영지 병력이 자신의 영지를 지나는 걸 허락할 수 없다느니 하며 불만과 불허로 권력다툼만 하고 있으니까……."

나는 그를 쳐다보며 말했다.

"당신께선 이미 이 일을 빠르게 정리할 수 있는 방법을 알고 계십니다."

내 말의 뜻을 알아차렸는지 그의 표정이 싸늘하게 변했다.

"무엄한 소리를 하는군."

"천 년 전처럼, 어둠의 재해가 1년 후에 일어날 거라고 누가 장담할 수 있답니까? 만약 넘어온 악마가 몇몇 영주나 심지어 왕족으로 변했다가는 이 혼란은 끝도 없이 계속될 겁니다. 나라는 쪼개지고, 온 세상으로 피바람이 불겠죠."

"그래서 나더러 뭘 하라는 건가? 카르만을 죽이고 왕위라도 빼앗을까? 그렇게 하면 귀족들이 내 말을 들을 것 같은가? 아니! 절대로 그렇지 않아. 나를 끌어내리고, 왕위 계승자를 죽였다며 역사의 죄인으로 만들겠지. 그건 형제인 나에게도, 역사에도 올바른 방법이 아니야!"

"그럼 이 사태의 연장이 나라에 도움이 될까요? 영주들의 지지가 낮은 당신께서는 무엇을 할 수 있습니까? 범람의 띠가 아니었다면, 제가 적대 세력을 모두 죽여 당신을 왕위로 앉힐 수 있었습니다. 그렇지만 범람의 띠가 일어난 지금은 그조차도 불가능하지 않습니까?"

"알아. 자네가 무슨 말을 하는지는 나도 안다고. 그래서 자네의 등장과 패트릭의 성과에 기뻐했던 것도 사실이야. 그렇지만……."

"형제의 암살만은 안 된다?"

"그것만은 피하고 싶군."

"후우……."

나는 잠시 생각하다가 조금 온화한 목소리로 다시 물었다.

"그러한 결단은 형제로서의 애정 때문입니까, 아니면 역사의 죄인으로 남을 수 있다는 불안감 때문입니까?"

"둘 다이겠지. 자네는 나를 결단력 없는 나약한 왕자로 보겠지만, 나라는 사람이 원래 이래. 다른 일에는 냉철하다고 자신하는데, 이 일에는 정말…… 선택을 할 수가 없어."

좋은 사람이다.

그리고 두려움을 잘 아는 사람이기도 했다.

형제를 모두 죽이고 왕위에 앉은 이들은 대부분 폭군이 된다.

핏줄의 연조차 칼처럼 베어 버린 왕이 무엇인들 못 할까.

그렇지만 눈앞에 있는 사람은 달랐다.

형제를 죽이는 것이 가장 쉬운 방법을 알면서도, 그 쉬운 길을 가지 않고 굳이 어려운 길을 찾으려 노력하는 것 같았다.

"훗, 제가 여기에 온 솔직한 이유를 말할까요? 나는 당신을 설득시켜 당신 이외의 모든 왕족을 죽이라…… 그렇게 말하려고 했습니다."

"자네, 좋은 사람은 아니로군. 패트릭의 말로는 그렇지 않았는데."

"이곳 세상은 제가 살던 곳과는 다릅니다. 저는 하루빨리 제 세상으로 돌아가야 할 목적이 있는 바, 그 이후로 이곳 세상이 어찌 되건 제 알 바는 아니지요."

헤르메인 왕자가 슬픈 미소를 지어 보였다.

"하하. 근데 이런 결단력 없는 왕자의 편에 선 때문에, 자네의 일이 꼬였겠군. 그래서…… 반대로 저쪽 편에 서기라도 하겠다는 겐가? 검술도 대단하다고 들었는데, 여기서 자네가 나를 공격하면 나로서는 꼼짝없이 죽겠군."

"저쪽 왕자는 그런 일도 개의치 않고 원할 테니, 카르만 왕자에게 붙는 것이 저한테는 쉬운 길이 되겠죠."

"그래, 이렇게 나라를 계속 위태롭게 할 바에야 그런 결정도 나쁘지는 않겠지. 비록 카르만이 다른 귀족들에게 휘둘릴지언정, 인간을 하나로 만드는 일쯤은 해낼 테니까. 정말 번뇌가 많았는데, 어쩐지 자네를 보고 나니 가슴은 후련해지는군."

그는 눈을 감았다.

그리고 잠시 입을 닫았다.

할 테면 지금 하라는 그런 의미인 것 같다.

그래, 죽이는 건 쉽다.

그리고 그의 목을 카르만 왕자에게 가져가면 그가 상을 내리겠지.

아마도 며칠 내로 왕위에 즉위하여 나를 돌려보내 줄지도 모른다.

그럼 나도 이곳 세상과는 끝일 수 있다.

"근데…… 내가 또 당신이 보는 것처럼 그렇게 나쁜 사람도 못 되어 놔서……."

그가 살며시 눈을 뜨며 나를 쳐다봤다.

"무슨 의미인가?"

"길을 좀 어렵게 가더라도, 저는 늘 선한 쪽이 좋았더란 말이죠. 선한 건 권하고 악한 건 멸하라는 권선징악이 좋았고, 드라마 한 편을 봐도 늘 해피 엔딩이 좋았단 말이죠. 착한 사람은 좀 더 잘되었으면 싶고, 나쁜 사람은 벌을 받아야 마땅하다는 게 제 생각이란 겁니다."

"후후……."

"왜 웃으십니까?"

"자네도 나처럼 판단력이 냉철하진 못한 모양이군."

"그렇게 막 착한 건 아닌데…… 그렇게 살려는 의지는 있어서 이게 또 어쩔 수가 없네요."

"그래서야 나와 똑같지 않은가?"

"훗, 그렇게 되나요?"

"후후, 하하하하! 결국에는 제자리인 셈이군."

나는 그의 웃음소리가 정말 좋았다.

이 맑은 영혼을 정말 어찌하면 좋을까.

지금 이렇게 웃을 때가 아닐 텐데.

"제가 이 왕성 안에서 마법을 쓸 수 있다면 뭐든 해결 방법이 있을 텐데. 들어와서 살짝 시도를 해 보니까 정말로 왕성 안에서는 마법을 쓸 수가 없더군요."

"왕성 중앙에 존재하는 탑의 저항석 때문일 거야. 그 거대한 저항석이 왕성 안으로 마법이 침범할 수 없게 막아 주고 있는 것이지."

"그것 말고도 왕성 곳곳의 벽에 저항석이 붙어 있던데……."

살짝 생각하는 바가 있어 나는 묻지 않을 수가 없었다.

"혹시 말입니다. 그 저항석의 기운을 잠시나마 없앨 방법은 없는 것입니까?"

"저항석의 기운을 없앤다고? 언제 어둠의 재해가 들이닥칠지 모르는 이 때에 그건 너무 위험한 일이야. 저항석은 귀물 능력자의 침입을 막기 위함도 있지만, 인간으로 둔갑한 악마를 막기 위함도 있단 말일세."

"만약 이곳에 저항석이 없어졌을 때에 가질 수 있는 득이 두 가지라면 어떨까요?"

"대체 무슨 생각을……."

"훗, 형제도 죽이지 않고, 위기를 기회로 바꿀 수 있다면…….

제 말에 따라 보시겠습니까?"

헤르메인 왕자가 신중한 표정을 머금었다.

"정말…… 그런 방법이 있겠는가?"

"일단은 들어 보시고 판단하시죠. 당신께도 손해 볼 일은 아닐 테니까."

* * *

저항석의 탑에는 언제나 그곳을 지키는 기사들이 있었다.

능력도 출중하지만, 그 수도 많아 그 누구도 침범할 수 없는 공간이었다.

한데 그런 그곳을 헤르메인 왕자가 찾아왔다.

"와, 왕자 저하? 저하께서 여긴 어쩐 일로……."

"왕실의 보호를 위해 일하느라 고생이 많네."

"저희들의 임무인 걸요."

"하지만 아무 일도 일어나지 않는 이곳을 매일같이 지키기란 그 지루함이 말도 아닐 것이야."

"교대로 근무하는 것이라 그렇지도 않습니다."

"아냐, 아냐. 지루하고 힘들만도 해."

"저희의 노고를 알아 주시니, 감사할 따름입니다."

그 말이 나오길 기다렸던 헤르메인 왕자는 밝게 웃으며 말했다.

"해서 하는 말인데. 내가 자네들을 위해 이 밑으로 연회를 준비하였는데. 오늘 하루쯤 쉬는 게 어떻겠나? 내 정말 구하기 힘든 진귀한 술을 많이 준비해 놓았어."

진귀한 술이란 말에 몇몇이 입맛을 다셨다.

그들인들 왜 마셔 보고 싶지 않을까.

그렇지만 임무를 내팽개쳤다간 왕실 수비대장에게 큰 처벌을 받을 것이다.

그것이 두려웠던 그들은 선뜻 나설 수가 없었다.

"행여 왕실 수비대장이 무서워서 그러는 거라면 걱정할 필요 없어. 이미 내가 허락을 받아 두었거든."

"그, 그게 정말이십니까?"

"자네들이 쉬는 사이 이곳은 내 호위 기사들 보고 지키라고 해 둠세. 그리 하면 공백도 없고, 충분하지 않겠나?"

탑의 기사들은 서로를 바라보며 저마다 표정에 미소를 그려 갔다.

왕자가 이렇게 큰 제안을 주는데, 거부할 이유가 없었다.

"그러하시다면……! 감사히 받겠습니다!"

"그래, 어서들 내려가. 음식도 많으니 천천히 즐겨도 될 것이야. 이왕 마시는 거, 오늘은 그대로 퇴근을 해도 좋아."

"감사합니다, 왕자 저하!"

탑의 기사들이 우르르 나가고 잠시 후, 그곳으로 최강이 들어섰다.

그는 헤르메인 왕자의 호위 기사 복장을 하고 있어 그 누구도 알아보지 못했다.

"이러면 되겠는가?"

"충분합니다."

최강은 허공을 보았다.

반투명의 붉은 거대한 저항석이 천장을 가득 메우고 있었다.

그 크기가 얼마나 큰지, 이곳까지 어떻게 올려놓았을까 의구심이 생길 정도다.

하지만 이것이 있어 그동안 왕성이 마법으로부터 안전할 수 있었다고 한다.

만약 이것이 없었다면, 일부 귀물 능력자들은 오랜 세월의 핍박을 견디지 못하고 이곳을 침범했을 수도 있었다.

"이제 어찌할 텐가?"

"당연히 부수어야죠. 효력이 사라지도록."

"하지만 내가 탑의 기사들에게 한 짓을 모두가 다 알게 될 터인데. 분명 다들 나를 의심할 것이야."

"그러지 않도록 만들어야죠. 그건 걱정 안 하셔도 될 겁니다."

그렇게 며칠이 지났다.

그리고 하루는 카르만 왕자의 사람으로 채워진 기사들이 저항석 탑의 감시를 맡게 되었다.

그런데 그러던 중, 감시를 하던 기사들은 이상한 소리를 듣게 되었다.

쩍. 쩌적.

"으음?"

하나둘 위를 바라보던 기사들의 눈이 크게 부릅떠졌다.

"뭐야⋯⋯! 저항석이 왜⋯⋯!"

"큰일이다! 저항석이 손상되었어⋯⋯!"

"말도 안 돼. 갑자기 왜 이런 일이 일어나? 방금 전까지만 해도 멀쩡했잖아! 들어오자마자 분명 확인했는데!"

"하필 우리가 감시 중에 이런 일이⋯⋯. 어서 알려야 해. 누가 가서 왕실 수비대장님을 불러와! 어서⋯⋯!"

왕실 수비대장 터너젤이 한걸음에 그곳으로 달려왔다.

"믿을 수가 없구나. 정녕 아무런 침입도 없었는데 갑자기 저랬단 말이냐?"

"네, 그렇습니다! 갑자기 쩌적 소리가 들려와 위를 보니 저렇게 되어 있었습니다!"

"큰일이구나. 저것이 손상되면 왕성은 마법으로부터 안전할 수가 없거늘⋯⋯!"

그러나 저항석의 파손은 그 일로 끝나지 않았다.

"대장님! 큰일 났습니다!"

"또 무슨 일이냐?"

"어서 좀 와 보십시오!"

터너젤은 왕성 곳곳엘 다녔다.

"여기도……."

"그리고 여기도……!"

가는 곳마다 벽으로 붙어있던 저항석들이 손상이 되어 있는 거였다.

"있는 수 없는 일이다. 이것은 결코 우연일 수가 없어. 누군가가……! 고의로 이런 짓을 벌인 것이야……!"

그러한 사건은 둘째 왕자인 카르만에게도 전달되었다.

"뭐……?! 저항식이 부서지다니, 그게 무슨 밀이야?"

"탑의 저항석은 물론, 왕성 곳곳에 있는 저항석들이 모조리 손상되었다고 합니다."

"그럼 이제 왕성이 마법으로부터 안전하지가 않다는 거야?"

"그렇지는 않다고 합니다. 예전에 새겨둔 마법진이 있어 대전을 포함하여 몇몇 곳에서는 여전히 마법을 쓸 수 없다고 하였습니다. 본래는 저항석으로 인해 그러한 마법진이 발동이 되질 않았는데, 저항석이 사라지면서 마법진의 효력도 다시 생겨났다고 들었습니다."

"그래……. 그건 다행이긴 한데, 대체 누가 이런 짓을……."

곰곰이 생각에 잠기던 카르만이 눈빛을 빛냈다.

"잠깐만. 며칠 전에 마도나스에서 마법사가 찾아왔다고 하지 않았나?"

"그렇습니다."

"그리고 바로 그 다음 날, 헤르메인 형님이 탑의 기사들을 불러 술과 음식으로 그 노고를 치하했다고 했어. 자기 호위 기사들로 탑을 지키게 하고선."

"하오나 그로부터 며칠간 저항석에는 아무런 문제가 없었습니다."

"그렇기는 한데……."

"아무리 마법사라 해도 저항석이 있는 한, 이곳에서는 마법을 사용하는 건 불가능합니다. 침입하여 직접 부수지 않고서는 일어날 수 없는 일이지요."

"그렇겠지? 하아, 형님이 기사들을 빼내고 곧바로 저항석이 부서졌으면 바로 형님 짓이라고 몰아붙일 수 있을 텐데. 그 사이 공백 동안에는 저항석이 멀쩡하다고 하니……."

"임무에 임하기 전, 저항석을 살피는 것은 기사들이 가장 먼저 행하는 절차입니다. 전날 탑을 지킨 기사에게도 물어보았으나, 어제까지만 해도 저항석은 멀쩡했다고 하였습니다."

"그렇지만 왕성 내의 저항석이 동시에 부서졌다는 게 말이 안 되잖아? 그리고 마법사가 이곳에 온 것과, 형님이 며칠 전에 그곳엘 다녀간 건 확실히 의심이 돼."

"그렇지만 전날도 무사했던 저항석을, 며칠 전에 다녀간 헤르메인 왕자께 뒤집어씌우는 건 뭔가 좀 무리가……."

카르만이 이를 빠득 갈았다.

"분명 의심은 되는데……. 했다는 증거가 없어. 헤르메인,

대체 뭘 꾸미고 있는 거지? 대체 뭘 어떻게 한 거야?"

* * *

왕성 내부는 무척 시끄러웠다.

왕성을 지키는 저항석이 그 힘을 잃었으니 소란이 이는 게 당연했다.

"둘째 왕자의 동태는 어떻습니까?"

"뭔가 이리저리 알아보는 것 같지만, 뚜렷한 움직임은 없다고 하는군."

"이쪽이 의심스럽더라도, 그 며칠간의 공백 때문에 대놓고 공세를 펴부을 순 없을 겁니다."

헤르메인 왕자가 물어왔다.

"그것이 환상 마법이라고 했는가?"

"네, 맞습니다. 저항석이 정상이었을 때의 이미지를 손상 이후에도 환상으로 입혀 놓았죠. 마력이 유지되는 동안은 아무리 기사들이 확인을 했더라도 알아차리지 못했을 것입니다."

"하지만 왕성 내에 새겨진 오래된 마법진이 발동되어 마법이 무효가 된다고 하던데? 어찌 마법을 펼칠 수 있었는가?"

"그것도 이미 먼저 손 써두었습니다. 하지만 그걸 분별할 수 있는 사람은 없겠죠. 왕성 내엔 마법사가 없으니까."

"허, 그렇군. 이상해도 누구도 알아볼 방법이 없었겠어."

나는 그를 보며 진지한 목소리로 말했다.

"이제부터가 중요합니다. 마음 단단히 먹으세요. 오로지 이것만이 형제들끼리 피를 보지 않을 유일한 방법임을 명심하셔야 합니다."

"그래. 나는 자네만 믿겠네."

계획은 이미 실행되었다.

저들은 오늘에서야 알았겠지만, 저항석의 영향은 이미 4일 전에 사라졌다.

환상 마법으로 그동안 그러한 사실을 감추었다는 걸 그 누구도 알 수가 없을 것이다.

어쨌거나 헤르메인 왕자의 도움으로 저항석의 영향은 사라졌다.

그 덕분에 나는 투명 마법과 관통 마법을 이용해 자유롭게 왕성 내부를 돌아다닐 수 있었다.

"이제 광기 들린 왕자만 만들어 내면 모든 게 완벽해지겠군."

-하하, 계획대로 되었을 때가 무척 기대되는구나!

케라에 이어 제라로바도 칭찬을 아끼지 않았다.

-이번 계획만큼은 정말 감탄을 안 할 수가 없구나! 너의 머리가 비상함을 오늘 새로이 깨달았다.

"지금부터는 정말 즐기셔도 될 겁니다. 큭큭!"

왕자의 방과 집무실 앞으로는 항시 기사 둘과 시종 둘이 지키고 있었다.

기사들은 경호를 위해서였고, 시종들은 항시 필요한 것들을 제공하기 위해서였다.

"후훗."

나는 투명 마법을 펼친 채 그들을 지나 천천히 카르만 왕자의
방으로 스며들었다.

* * *

카르만은 지루했다.

술과 여자를 곁에 두고 실컷 즐기고 싶지만, 왕위 쟁탈을 앞두고
서 품위를 잃어서는 안 된다는 지지 귀족들의 말이 있었다.

그래서 하는 일도 없이 매일 같이 집무실에서 갇혀 지내는
신세다.

"뭔가 재미있는 게 없을까."

그는 의자에서 몸을 살며시 일으켰다.

"범람으로 괴물들의 모습이 더욱 무섭게 변했다고 하는데 그거
나 보러 갈까?"

궁금했다.

그 변한 모습이 어떤 것일까, 정말로 사람들이 기겁할 만큼
흉폭할까, 직접 보고 싶었다.

그래서 피파브를 불러 상의하였다.

"왕자가 직접 범람한 괴물들을 토벌하러 간다고 하면 모양새가
좋을 것 같은데. 어떻게 생각하나?"

"너무 위험하여 안 됩니다."

"멀리서만 지켜보면 되지. 멀리서만."

"간혹 막고 있던 병력도 뚫려 큰 곤욕을 치른다고 합니다. 몇몇 영지는 성을 버리고 모두 대피하는 일로도 이어진다고 하고요. 그런 곳에 갔다가 자칫 목숨이라도 잃으시면 저희 지지하는 귀족들은 어찌하란 것입니까? 절대로 안 될 말씀이십니다."

"에잇! 알았으니까 그만 가 봐."

카르만이 피파브를 보내고 한숨을 푹 내쉴 때였다.

창가를 보고, 의자에 앉고 잠이나 잘까 해서 낮잠도 잤다.

그런데 깜빡 졸았다 싶을 때, 한쪽으로 로브를 깊숙이 쓴 누군가 가 서 있었다.

"엇! 누구냐?!"

화들짝 놀라 쳐다보는데 아무런 말이 없다.

"누구냐고! 여봐라, 거기 아무도 없느냐?!"

안에서의 음성을 듣고 기사들이 얼른 문을 열고 들어왔다.

"저하, 무슨 일이십니까?"

"저기 웬 고얀 놈이……!"

그런데 이게 어찌 된 일일까?

보니 이제는 없다.

"뭐야……."

기사들은 방 내부를 살피며 되물었다.

"뭐가 있다는 것인지요?"

"아, 아냐……. 아무래도 내가 꿈을 꿨던 모양이다."

꿈을 꾸었다는 건, 집무실에서 졸거나 잠을 잤다는 것이다. 기사들은 쓴웃음을 머금으며 말했다.

"그럼 별일 없는 걸로 알고 저희는 이만 나가 보겠습니다."

"어, 그래. 나가봐라."

카르만은 고개를 갸웃했다.

"내가 정말 꿈을 꾼 건가……. 분명 너무도 선명했는데……."

그런데 어느 순간, 졸음이 마구 쏟아졌다.

왜 이렇게 졸음이 쏟아지는지 참을 수 없었던 그는 그대로 다시 잠에 빠져들었다.

잠시 후, 카르만의 방에서 또다시 부름이 있었다.

"여봐라!"

시종이 들어와 고개를 조아렸다.

"찾으셨습니까?"

"가서 술과 여자를 데려오너라! 더는 답답해서 참을 수가 없구나!"

"하오나 귀족들께서 그 명령만은 결코 들어서는 안 된다고 신신당부를……!"

"이놈이 미쳤구나! 감히 내 명령을 무시하겠다는 것이냐? 왕족모욕죄로 그 목을 잘라 줄까!"

"히익! 잘못했습니다!"

겁을 집어먹고 넙죽 엎드리는 시종에게 카르만이 소리쳤다.

"당장 술과 여자를 데려와!"

"네! 저하!"

그런데 시키는 대로 술과 여자를 데려왔더니, 카르만의 태도가 변했다.

"이런 미친놈을 봤나! 지지 귀족들이 이것만은 안 된다고 그리 말해왔거늘! 이 무슨 해괴한 짓이더냐?!"

"하오나 저하께서 분명 술과 여자를 데려오라고 하셨습니다."

"내가? 네놈이 정신이 나갔구나! 내가 언제 그런 걸 지시했다는 거야? 닥치고 썩 물리거라!"

밖으로 나온 시종은 억울해 미칠 지경이다.

그는 동료 시종과 기사들에게 물었다.

"저하께서 분명 술과 여자를 준비하라고 하셨습니다! 혹시 저만 들은 겁니까?"

기사가 그를 가엽게 쳐다봤다.

"바로 문 사이를 두고서 그걸 왜 못 들었겠느냐? 왕자 저하께서 지루함에 너를 놀리시는 모양이구나."

"하휴, 대체 저더러 어쩌라는 것인지……."

그런 일은 몇 번이나 반복되었다.

"사냥을 나갈 것이다!"

"연회를 열 것이니, 모든 귀족과 그 자녀들을 불러들이라!"

"이 범람과 왕위가 위태로운 시국에 연회라니! 네가 미친 것이 냐?!"

"자꾸 하지 않은 명령을 내렸다고 반복하면, 내 아무리 너라도 목을 칠 것이다!"

"내가 술과 여자를 준비하라고 말했던 게 언제인데 아직도 오질 않는 것이야!"

"저 제정신 아닌 시종을 끌고 가 당장 목을 쳐라!"

평생을 모시던 시종의 목까지 치자, 왕성 내부에서 흉흉한 소문이 돌기 시작했다.

"카르만 왕자 저하가 정신이 미쳤다고 하던데, 다들 그 소문 들었는가?"

"왜 못 들었겠나? 어려서부터 함께였던 시종의 목까지 쳤다고 하는데."

"술과 여자를 찾아 놓고, 막상 오면 언제 그랬냐며 바락바락 우긴다지?"

"처음엔 변덕인가 싶었으나, 그게 아니라 정신이 이상하게 되었다는 소리가 있어. 심지어 자해까지 해 놓고는, 자기도 모르는 일이라고 했다는군. 그 일로 경호하던 기사들이 중징계를 받았다는 모양이야."

"큰일이구먼. 왕권을 두고 다투는 이 중요한 시점에 어찌 저리 되셨단 말인가."

루완다 공주도 그 소문을 듣고 진위를 알아보라 시켰다.

"카르만 오라버니가 미쳤다는 게 정말인지 알아보고 와라."

그리고 얼마 후, 충격적인 소식을 전해 들었다.

"소문이 사실이라고 확인하고 왔습니다."

"정말로 스스로 자해까지 해 놓고서 그게 기억나지 않는다고 했다고?"

"네, 그렇습니다."

"갑자기 왜 그런 일이…… 자기 자신만큼은 그렇게 소중히 했던 사람이 자해 같은 걸 할 리가 없는데…… 대체 무슨 일이 벌어지고 있는 거지?"

여기저기서 카르만 왕자에 대한 이상한 소문이 번져가자 피파브는 물론이고, 그를 지지하던 귀족들이 서둘러 카르만 왕자를 찾았다.

"저하! 뭐든 자중하셔야 합니다! 이 중요한 시국에 대체 왜 이러시는 것입니까?"

카르만은 억울해 미칠 지경이다.

"아냐! 내가 그런 게 정말 아니라고! 이봐들, 뭔가 이상하다. 내가 한 짓이 아닌데도, 다들 내가 했다고 하니 나도 돌아버릴 지경이라고! 뭐야, 그 표정들은? 설마, 당신들도 내 말을 안 믿는 거야?"

"믿습니다. 하오나 다시 한번 간청드립니다. 제발 자중하십시오. 이렇게 부탁드립니다."

귀족들이 물러나고 난 뒤, 카르만은 눈에 보이는 모든 걸 집어던지고 부수기 시작했다.

"으아아아악-! 대체 뭐야…… 왜 내 말을 안 믿어. 나한테 일어나고 있는 일을 나도 모르겠다고 하는데. 그럼 조사를 해야 할 거 아냐! 왜 안 믿냐고?!"

그는 그러면서도 살짝 불안감을 느꼈다.

"정말로 내 정신이 이상해지기라도 한 건가? 하지만 왜? 내가 그럴 이유가 뭐가 있다고?"

그렇지만 모두가 자신을 미쳤다고 말한다.

그렇다 보니 스스로도 정말로 그런 건 아닐까 하루하루가 불안의 연속이었다.

카르만을 지지하던 귀족들도 혼란스럽기는 마찬가지다.

"카르만 왕자 저하가 정신이 제정신이 아니면 이제 어찌한단 말인가?"

"지금처럼 저런 변덕으로 일관한다면, 국가적 사업도 언제든 뒤집을 수 있다는 게 되네. 우리에게 이로운 정책을 반영했다가도, 손바닥 뒤집듯이 뒤집으면 곤란해져. 사업이 망할지도 모른다고!"

"이거 이대로 계속 지지를 하는 게 맞는 건지 고민이 되는구먼."

"막상 왕위에 올랐다가도 반란이나 안 일어나면 다행이겠지."

"행여 어둠의 재해가 나타나기라도 하면, 저런 왕을 믿고 어찌 따를까……."

"악마가 왕 노릇을 해도, 전혀 알아차릴 방법이 없지 않겠나?"

지나가며 그 얘기를 듣던 파피브가 불편한 심기를 내비쳤다.

그러자 곧장 흩어지는 귀족들이었지만, 파피브는 이 일을 심각하게 받아들였다.

"미치겠구나. 정치도 모르고 욕심만 가득한 왕자를 왕위에 올리려는 것도 답답할 지경인데, 이번엔 미쳐버리다니. 이제 이 일을 어찌한단 말인가……."

너무도 갑작스럽게 일어나는 일에 그는 그 원인을 찾으려 했다.

"확실히 이상한 일이 연이어 일어나고 있다. 저항석이 부서지고 얼마 후, 카르만 왕자에게 이런 일이 일어났어. 그리고 그 일은 이곳에 마법사가 나타난 이후에 일어나기 시작했지……. 설마, 우리 모두가 그 마법사의 마법에 당하고 있던 건 아니었을까……."

꼬리를 무는 의심에 그는 수하에게 명령을 내렸다.

"너는 오늘부터 마법사를 좇아다니며 그 일거수일투족을 모두 감시하라! 혹시라도 그가 카르만 왕자 저하께 접근한다면 즉시 내게 알려야 할 것이야!"

"네!"

수하가 사라지자, 그는 눈매를 가늘게 떴다.

"너로 인해 내가 아끼던 녀석들을 둘이나 잃었다. 어디 조금이라도 틈을 보여 보아라. 내 즉시 너를 찢어 죽일 것이야……."

* * *

나는 배정받은 방에서 차를 마시고 있었다.

카르만 왕자를 미친놈으로 만드는 일은 무척 쉬웠다.

그리고 그 일은 이쯤이면 충분하지 싶었다.

똑똑똑.

"필요한 게 없는지 여쭈러 왔습니다."

"들어와라."

한데, 며칠간 곁에 있던 이가 아니다.

"사람이 바뀌었군."

"모시던 시종이 몸이 좋지 않아 저로 대체되었습니다."

움츠리고 있으나, 어깨가 잘 벌어져 있다.

거기다가 손등의 투박한 굳은살들이 평소 상당한 단련을 해 왔음을 증명하고 있었다.

목 뒤로 보이는 칼자국은 아마도 많은 사선을 넘나든 경험 중에 하나일 것이다.

암살자, 그게 아니면 감시자.

적들이 수를 썼음이었다.

"나를 꽤나 어리숙하게 본 모양이군."

"네?"

"아냐, 아무것도. 아무튼 필요한 건 없으니까 나가 봐도 돼."

"네, 알겠습니다."

그는 내가 방에 있는지 자주 확인을 하며 물어왔다.

근데 이거, 목적을 너무 드러내는 거 아냐?

어쩌면 그게 목적인지도.

함부로 왕성을 나다니지 말라는 경고의 의미로.

심지어 조용히 문을 열어 안을 들여다보는 것도 같았다.

그래서 난 방 안으로 환상 마법을 씌워 두었다.

나는 그곳에 없을 것이나, 방을 살피는 그에겐 창문을 열고서 밖을 바라보는 모습으로 비칠 것이다.

그렇게 난, 은밀히 마법을 이용해 헤르메인 왕자를 찾았다.

"엇!"

그가 살짝 놀라는 걸 보며 나는 얼른 손가락을 입술로 가져다 대었다.

"쉬잇."

"음, 그래……."

아무리 문 앞을 지키는 시종이나 기사가 헤르메인 왕자의 사람이라고 하지만, 위협과 달콤한 유혹에 언제든 돌변할 수 있는 것이다.

하여 우린 조심스럽게 대화를 나누었다.

"어쩐 일인가? 요즘 카르만의 일로 바쁜 듯 보이더니."

"이제 일을 시작할 때가 된 것 같습니다."

"이렇게 빨리 말인가?"

"일을 뒤집고 기억 못 하는 걸 여러 번 보여 왔으니 그 누구도 의심하지 못할 것입니다."

"음……. 알았네."

"제가 먼저 움직일 것이니 잘 따라오시면 됩니다."

"그래."

* * *

　루완다 공주는 곁에서 모든 걸 지켜보고 있었다.

　"마법사는 방에만 틀어박혀 있고, 시종은 피파브의 사람으로 바뀌었단 말이지?"

　"네, 그렇습니다."

　"하지만 상대는 마법사야. 어떤 마법으로 무슨 짓을 할지 알 수가 없어."

　"하오나 왕성 내부엔 마법을 무효화시키는 마법진이 있지 않습니까?"

　"그게 정상적으로 작동하고 있다고 누가 알아볼 수 있지?"

　"그거야…… 마력을 느끼는 것 정도는 기사들도 가능한 일이니까요."

　"하지만 마법사가 손대어 놨을 수도 있는 일이야. 혹시라도 그런 일이 일어났다면, 카르만 오라버니의 광기에도 그 마법사가 관여되었을지 몰라."

　루완다 공주가 자리에서 일어났다.

　시종은 놀라며 물었다.

　"어딜 가시렵니까?"

　"헤르메인 오라버니를 만나러. 만약 이 모든 일의 원인이 마법사라면, 분명 이 일의 뒤에는 헤르메인 오라버니가 있을 거야."

　루완다 공주는 막 방을 나서서 움직이다가 소란스러운 왕성을 보았다.

귀족들이 우르르 몰려들고 있었다.

이상하여 잘 아는 귀족을 하나 붙잡고 물었다.

"도르모사 영주."

"루완다 공주님, 오랜만에 뵙습니다."

"이게 다 무슨 일입니까? 귀족들이 왜 갑자기 왕성으로 모여들죠?"

"카르만 왕자께서 귀족들의 긴급 회의를 공표하셨습니다. 중요한 결단을 내렸다고 하시면서, 그 자리엔 헤르메인 왕자께서도 참석하신다고 하는군요. 그럼 전 이만 회의에 참석해야 해서."

도르모사 영주는 카르만의 사람이었다.

좋은 결과를 짐작하는지, 그는 싱글벙글하여 대전으로 향하고 있었다.

대전으로 들어가는 수많은 귀족들을 보며 루완다 공주는 낯빛이 어두워졌다.

"설마, 헤르메인 오라버니께서 최악의 결단을 내리신 건 아니겠지……."

자신은 형제끼리의 피바람은 절대로 안 된다고 했다.

["저는 누구보다도 헤르메인 오라버니를 좋아합니다. 하지만 형제끼리의 피바람은 결코 용서치 않을 거예요. 그것만은 절대로 안 돼요."]

그녀는 혹여 그런 말 때문에 헤르메인이 카르만에게 왕위를 넘겨주는 게 아닐까 염려되었다.

어떻게든 나라를 하나로 뭉치게 하기 위해서 말이다.

"그러라고 한 말이 아니었는데……! 안 돼, 헤르메인 오라버니께
서 나쁜 선택을 하기 전에 서둘러 막아야 해!"

* * *

파파브는 상의 한번 없이 이루어진 귀족회의 개최에 무척 당황하
여 대전으로 달려왔다.

그리고 대전으로 들기 전, 최강에게 붙여 둔 수하가 다가와서
그에게 물었다.

"그래, 마법사의 동태는 어떠하더냐?"

"계속 방에만 처박혀 있었습니다."

"확실하냐?"

"몰래 몇 번이나 확인해 보았지만, 차를 마시거나 책을 보는
게 그의 일과의 전부였습니다."

"그렇다고……. 알았다."

그는 어떻게든 회의 전에 카르만 왕자와 대화를 나누었으면
했다.

한데 이미 많은 귀족들이 모인 것은 물론, 카르만 왕자가 왕좌
아래로 헤르메인 왕자와 함께 서 있었다.

"카르만 왕자 저하, 잠시……."

하지만 주변이 시끄러웠다.

못 들은 듯하여 그는 조금 더 큰 목소리로 다시 말했다.

"카르만 왕자 저하, 회의 전에 잠시 소신과 대화를 나누심이 어떠십니까?"

그러자 카르만이 그를 빤히 보며 말했다.

"귀족들이 모두 모인 자리다. 게다가 중요한 사안을 공표하는 자리이니 대화는 이후에 청하도록 하라."

정신이 무척 말끔해 보이는 것은 물론, 목소리에는 은근한 위엄까지 있었다.

민망해진 그는 뒤로 물러나 기어들어 가는 목소리로 중얼거렸다.

"대체 또 무슨 짓을 저지르려고 이런단 말인가. 골치가 아프구나. 저리 통제가 안 되어서야 앞으로 어찌 써먹을는지⋯⋯."

그렇게 난감해하고 있는데, 헤르메인 왕자가 모두에게 큰소리로 외쳤다.

"정숙하라! 지금부터 중요한 결정을 공표하겠다."

귀족들의 목소리가 잦아들자, 다시 헤르메인 왕자가 말했다.

"오늘 우리 두 왕자는⋯⋯! 혼란스러운 나라를 위해 중요한 결단을 내렸다! 범람의 띠가 나타난 이 위급한 재난에 왕위의 다툼으로 언제까지 혼란을 이어 갈 수는 없는 바, 오늘 이 자리에서 그 결단을 공표하기로 한다!"

누군가는 미소를, 누군가는 상심의 표정을 머금었다.

헤르메인 왕자가 저리 말하고 있어, 그가 왕위를 포기할 거라는 게 모두의 짐작이었다.

그런데 바로 그때였다.

갑자기 카르만 왕자가 나서서 크게 외쳤다.

"모든 귀족들도 알다시피, 선왕께서는 장자인 헤르메인 형님을 후대의 왕으로 결정하셨다. 하여 나 카르만은 선왕의 유지를 받들어 헤르메인 형님을 신하로서 왕으로 모시고자 한다! 하니 모든 귀족들은 오늘 이후로 왕좌에 관해 논하지 말라!"

"끄억!"

모든 귀족들이 충격에 빠졌다.

특히 피파브는 경악하여 목덜미를 잡고 쓰러지고 있었다.

지금까지 카르만 왕자를 위해 해온 모든 것들이 물거품이 되어 버렸기 때문이다.

"카, 카르만 왕자 저하! 어찌……!"

카르만 왕자가 다시 외쳤다.

"이미 결정된 사안이다! 이후 이에 대해 말을 꺼내는 자가 있거든, 반역으로 다스릴 것이니 그리 알라! 그리고 대관식도 지금 이 자리에서 즉시 치를 것이다. 본래는 성대하게 치러져야 정상이나, 범람의 띠가 나타난 특별한 경우이니 약소하게 치를 것을 형님께서 결정하셨다. 드디어 오늘 새로운 왕이 세워졌으니, 모든 귀족들은 기뻐하며 새로운 왕을 찬양하라!"

누군가는 주저앉았고, 누군가는 기쁨에 눈물을 흘렸다.

막 대전의 문을 열고 들어오며 카르만의 말을 듣던 루완다 공주 역시 매우 충격을 받은 얼굴이었다.

"말도 안 돼……. 왕위를 양보한 것이, 헤르메인 오라버니가 아니라 카르만 오라버니라고?"

대관식은 간소하며 빠르게 치러졌다.

그리고 수많은 귀족들 앞에서 헤르메인 왕의 머리에 왕관이 씌워졌다.

"오늘 데르미스 제국에 새로운 왕이 등극하였도다! 모든 신하들은 무릎을 꿇어 새로운 왕을 받들라!"

모든 귀족들이 그의 앞에 무릎을 꿇어 크게 외쳤다.

"신하로서 전하를 모심에 노력을 아끼지 않겠사옵니다!"

헤르메인 왕이 감격하여 말하였다.

"경들의 충심에 본 왕도 고마움을 전한다. 하나 현 제국은 매우 큰 어려움에 빠져있다. 본 왕은 그 어려움을 타개하기 위해 모든 힘을 집중하려 하니, 경들도 나의 뜻에 따라주어 이 험난한 재난을 함께 이겨 내어 주길 바란다."

"충성으로 따르겠나이다!"

* * *

카르만은 미친놈처럼 날뛰었다.

"그게 무슨 말이야! 내가 왕위를 넘겼다니, 무슨 미친 소리냐고! 아냐, 난 아니라고! 내가 왜, 이건 뭔가 잘못되었어……! 으아아아아아~!"

그러나 모두가 고개를 저을 뿐, 더는 그를 찾는 이가 없었다.

"저 변덕이 또 시작되었군."

"저리 광기에 들려서야……. 왕위를 넘겨 준 것이 기억이 나지 않을 수밖에……."

"에잉, 쯧쯧쯧."

왕성 가장 높은 곳에서는 또 다른 카르만이 웃고 있었다.

"후후후."

그리고 그의 모습은 점차 변하여 최강의 모습으로 바뀌어 가고 있었다.

"당연히 기억이 나질 않겠지. 그 모든 일들이…… 네가 잠든 사이에 내가 한 일들이니까."

이따금씩 카르만을 재우며 그를 대신해 변덕을 만들었던 최강.

저항석의 손상부터 지금에 이르기까지, 그 모든 건 그의 계획에서 일어난 일들이었다.

* * *

왕의 집무실을 둘러보는 헤르메인 왕은 감회가 새롭다는 표정이었다.

늘 아버지의 자리로 여겨 왔던 곳을 자신이 주인이 되어 앉아서일 것이다.

나는 그런 그에게 물었다.

"선왕께서는 좋은 분이셨습니까?"

"귀족들의 반발에 늘 화가 많은 분이셨지. 그렇지만 자식인 우리들에게는 언제나 따듯한 분이셨네. 형제들 모두와 여기 이곳에 앉아 가끔씩 차도 함께했었는데. 그 화목했던 때가 그립군."

"카르만 왕자는 어찌하실 겁니까?"

"녀석을 따르던 귀족들도 모조리 떠나간 마당에 무얼 더 하겠는가? 내버려 둬야지."

"왕위를 빼앗긴 원한으로 최악의 상황이 일어날까 염려됩니다."

"최악의 상황이라면 어떤 걸 두고 하는 말인가?"

뭐겠냐, 너를 죽이는 거겠지.

"독살이겠죠. 그게 가장 쉬울 테니까. 문제는 조심해야 할 게 전하만이 아니란 겁니다."

"내 여동생도 함께 노릴 거란 것이군."

"자신 이외에는 그 어떤 차선책도 있어선 안 될 테니까요."

"음……."

뭘 고민을 하냐.

왕성에서 내보내면 쉬워질 일을.

멀리 귀향을 보내는 거다.

가서 농사나 짓고 살라고 해라.

다시는 왕위는 꿈도 꿀 수 없도록.

"역시 왕성에서 내보내야 할 일인가……."

"이왕이면 멀수록 좋고, 살기 위해 바쁜 생활을 한다면 더욱 좋겠죠."

"시종도, 돈도 없이 내보내라는 것이군."

"살 집 정도는 줘도 될 거라고 봅니다. 이따금씩 살필 사람을 두고서 말이죠."

"거기에 감시자까지……. 괴로운 삶이 되겠군."

나를 죽이라고 두 번이나 암살자를 보낸 놈이다.

몰래 가서 죽이지 않는 것만도 놈에겐 행운일 것이다.

하지만 왕 앞에서 대놓고 그런 마음을 드러낼 순 없다.

"그러다가 누군가와 정도 붙이고 살고 자식도 낳는다면, 그도 변하지 않을까요? 그때가 되면 도움을 주시는 것도 좋겠지요. 피를 나눈 형제로서의 도움은 그 정도면 되지 않을까 싶습니다."

카르만의 삶이 상상으로 그려졌을까, 그가 희미한 미소를 머금었다.

"자네의 생각이 현명하다 판단되노라. 내 그리하겠다."

"잘 생각하셨습니다."

그가 나를 빤히 쳐다봤다.

"자네가 나의 편에 선 건 정말 행운이었던 것 같군. 정말 고맙네, 내 형제를 해치지 않게 해 주어서."

고맙다는 인사가 왕으로 만들어 주어서가 아닌, 형제를 해치지 않게 해 주어서였다.

이 사람, 좋은 왕이 될 것 같다.

나 나름의 뿌듯함은 덤으로 얻는 기분일까.

"저는 전하께서 저의 부탁만 들어주시면 그걸로 충분합니다."

"그렇군. 자네는 다른 세상에서 왔다고 했지."

드디어 내가 원하는 방향의 주제가 나왔다.

"제가 하는 모든 건, 그걸 위해서였으니까요."

"저쪽에 소중한 사람이 많은 겐가?"

마치, 꼭 돌아가야 하냐고 묻는 것 같았다.

그래, 왕을 뒷배로 둔다면 여기서의 생활도 나쁘진 않겠지.

그렇지만 나에겐 가족이 있고, 사랑하는 사람도 있다.

그리고 무엇보다 저쪽에서의 삶도 왕 부럽지 않은 삶이다.

돈, 여자, 행복.

그 모든 것이 다 있는데, 굳이 낙후된 이곳에서 살고 싶을까.

무엇보다 핸드폰의 쇼핑과 웹 서핑, 그런 것에서 멀어지는 게 가장 불편했다.

"가족도 있고, 사랑하는 이도 있습니다. 지금도 너무 보고 싶고요. 이런 곳까지 넘어와 떠돌게 될 줄은 꿈에도 몰랐거든요."

"그렇군. 자네 같은 사람이 내 곁에 있으면 무엇보다 힘이 될 것 같은데. 아쉽군그래."

나는 가만히 생각을 하며 머리를 긁적였다.

"혹시라도 두 차원을 오가는 것에 있어 어떠한 고통도 없다면……. 가끔 오가는 것도 나쁘진 않을지도……."

그래, 고통이 없어야 한다.

이곳으로 떨어질 땐 나조차도 죽을 뻔했으니까.

"그러한가. 그것도 조금은 바라고 싶은 이야기로군."

"그럼 언제쯤 보내 주실 수 있겠습니까?"

"내 당장 그곳을 지키는 이에게 물어봄세."

"그럼 저는 돌아가 좋은 결과를 기다리고 있겠습니다."

"알겠네. 곧바로 알려 주도록 사람을 보내겠네."

나는 왕의 집무실로 나오며 주먹을 불끈 쥐었다.

"아싸~! 이제 돌아갈 수 있다!"

-잘되었구나.

"진짜 저항석을 부순 게 가장 좋은 생각이었습니다. 그 힘을 상실시키지 않았으면 도저히 생각할 수 없었던 계획이었을 겁니다."

제라로바가 말해왔다.

-한데 저 왕은 네가 이곳에 남길 바라는 것 같더구나.

"저도 그렇게 느끼긴 했지만, 저는 별로 남고 싶은 생각이 없네요. 혹시라도 소현 씨와 함께 여행으로 오갈 수 있다면 나쁘지 않다고 살짝 생각되지만 말이죠."

-너는 항상 그 아이 생각뿐이구나.

"사랑하는 사람이 생기면 다 그렇게 되는 것 같습니다. 좋은 거 신기한 거 함께 보고 싶고, 같이 다니고 싶고. 사람이 다 그런 거 아닐까요?"

그렇게 얘기를 나누며 복도를 걷는데, 저만치에서 누군가가 사람을 거느리고 다가오고 있었다.

"저 사람은 혹시…… 루완다 공주?"

몇 번 멀리서 보고 그녀가 누구인지도 들은 적이 있었다.

이제 막 스무 살이 된 여인으로 상당한 미인이었다.

그런데 생각해 보면 공주들이 예쁜 건 당연한 거 아닌가?

그 어떤 왕이 추녀와 결혼하겠어, 당연히 당대 최고의 미인을
마누라로 얻겠지.

모계만 타고났어도 왕족이 잘난 건 당연한 순리였다.

어쨌거나 나는 길을 비켜 멈춰 서고 고개를 조아렸다.

그리고 지나가려고 하는데, 그녀가 멈춰 섰다.

"거기 서세요."

서라는데 그냥 갈 수도 없고.

나는 왜 나를 불러 세웠을까 싶어 그녀를 돌아봤다.

"제게 무슨 용건이라도 있으십니까, 공주님?"

"당신 맞죠? 그 마법사."

"아마도 여기서 마법사라고 한다면 제가 맞지 싶군요."

대뜸 그녀가 나에게 다가와 빤히 쳐다봤다.

어이, 이봐.

너무 가깝다고.

좀 떨어지지? 누가 보면 오해할라.

"많이 젊네요. 생긴 것도 상당히 준수하고."

"아……. 그리 봐주시니 감사하군요."

이래 보여도 시간의 틈에서 고생한 것까지 치면 나이가 40은 되어 간단다.

카우라 덕분에 나이가 별로 안 먹어 보이고, 동양인 특성상 젊어 보이는 게 있긴 할 테지만.

"그건 그렇고, 전부 당신이 한 짓이죠?"

"뜬금없이 그리 물어 오시면 제가 알아들을 수가……."

"정말 몰라요? 알아도 모른 척해야 하는 사정이 있는 게 아니고?"

얘가 왜 가는 사람을 붙잡고 트집을 잡고 이러냐.

얘야, 오빠 좀 가자.

너랑 있는 게 심히 불편하다.

자칫 함부로 했다가 왕의 심기라도 건드릴까 걱정이 크다.

공주하고는 안 부딪치는 게 내 신상에 이롭다.

"무슨 말씀을 하시는지 잘 모르겠군요."

나는 끝까지 딱 잡아뗐다.

그런데 루완다 공주가 입꼬리를 들어 올리더니 대뜸 말했다.

"몰라도 이건 들어요. 나는 당신이 많이 고맙습니다. 당신이 아니었다면 이 나라는 무척 어려운 국면을 맞이했을 거예요. 덕분에 최악의 결과는 면할 수 있었어요."

이 공주, 전부 알고 있다.

짐작으로 이만큼 알고 있다면 상당히 똑똑한 거다.

–이 나라의 공주는 상당한 정보력이 있는 것 같구나. 그게 아니면 일의 흐름을 잘 파악하는 사람이거나.

나는 제라로바의 말을 들으며 미소로 말했다.

"만약 이 나라를 위해 최선의 결과를 바란 누군가가 있다면, 그 말씀을 고마워할 거라 생각합니다."

"훗, 그렇군요. 알겠어요. 그럼 또 보도록 하죠."

공주는 또 보자는 말을 남기며 헤르메인 왕의 집무실로 향했다.

근데 또 보자고?

난 싫은데.

그때가 되면 아마도 난 이곳에 없지 않을까.

"그럼 시간도 남겠다, 그동안 카르만 왕자의 손과 발이 되어 준 놈을 만나러 가 볼까요?"

-직접 네게 암살자를 보낸 그놈 말이구나.

그동안 카르만 왕자를 재워 두고 변덕만 부린 게 아니다.

간간이 그를 심문하여 여러 가지를 물었다.

그리고 알아낸 것이 바로, 그를 뒤에서 조종하고 있던 비선 실세가 있다는 거였다.

그를 잔뜩 괴롭혀 줄 생각에 즐거운 것일까.

나는 절로 웃음이 흘러나왔다.

"후후후……."

＊ ＊ ＊

피파브는 자신의 저택에서 화를 삭이느라 부단히 애를 썼다.

"모든 것이 다 망가졌어. 내가 그동안 카르만 그 하찮은 왕자 놈한테 가져다 바친 것이 얼마인데. 그놈 때문에 천금을 줘도 얻지 못할 녀석들까지 잃었단 말이다! 근데 감히 내게 의견도 구하지 않고 그딴 짓을 해?"

그는 마시던 술잔을 확 집어 던졌다.

챙그랑!

"기다려라, 이놈. 내 언제고 이 모욕감은 필히 갚아줄 것이다. 나를 무시한 대가는 그 목숨으로 치러야 할 것이야."

그는 새로운 잔에 술을 따르고자 술병으로 손을 뻗었다.

그런데 잡히는 게 허공뿐이다.

"음? 뭐야. 술이 어디에 갔어?"

방금 전까지만 해도 탁자 위로 놔둔 술병이 감쪽같이 사라진 것이다.

한데 갑자기 머리 위로 무언가가 흐르고 있었다.

"으억!"

놀라 벌떡 일어난 그는 술병이 저절로 떠올라 머리 위로 떨어지고 있는 걸 보았다.

"뭐야…… 이게 무슨……!"

곧 빈 술병이 탁자에 놓이고, 그 뒤로 사람의 형체가 나타났다.

"마법? 네놈은 설마……!"

최강은 미소를 띠며 말했다.

"우리가 이렇게 보는 건 처음이지? 당신은 나를 처음 보는 걸 테지만, 나는 아니니까."

그 말은 사실이다.

서로 만난 적은 없지만 최강은 그를 본 적이 있다.

바로 대전에서 카르만의 모습을 했을 때였다.

"네놈이 왜 이곳에 있는 것이냐?"

"그걸 모르진 않을 것 같은데. 우린 서로 풀어야 할 게 있지
않나?"

"풀다니 무슨?"

"선수끼리 잡아떼고 그런 짓은 하지 말자고. 나한테 암살자를
보낸 게 당신이잖아. 이미 제정신으로 돌아온 엘리우스에게 모든
걸 들었어."

"엘리우스가 제정신으로 돌아왔다고? 그럴 리가……."

물론, 직접 들은 건 아니다.

패트릭 영주에게서 서신을 받아 알게 되었다.

그의 치료가 성공했고, 엘리우스를 보낸 장본인이 바로 피파브
이놈이란 것을.

"번개를 이용하는 귀물 능력자도 그렇고, 광전사도 그렇고.
그렇게나 나를 죽이려고 한 당신인데. 나라고 가만히 있을 줄
알았어?"

"이놈……. 감히 여기가 어디라고……. 지금 이곳에 얼마나 뛰어
난 전사들이 있는지 네놈이 아느냐? 내 부름 한 번이면, 아무리
네놈이라도 이곳에서 살아서 나가진 못해!"

최강은 피식 웃더니 말했다.

"사실 여기까지 오면서 많은 생각을 했어. 어떻게 너를 죽일까, 어떤 공포에 몰아넣으면 될까, 그냥 죽이기엔 나의 이 열 받은 마음이 쉽게 가실 것 같지가 않은데 하고."

"여봐라! 거기 누구 없느냐?! 침입자가 있다! 어서 와서 이놈을 죽여라!"

최강은 상관치 않고 계속 말을 이었다.

"입구부터 너의 수하들을 하나하나 죽이며 여기까지 올까, 그 전에 도주로에 함정 마법을 걸어두는 것도 재미있을 것 같은데 하고, 정말 여러 경우를 다 떠올렸지."

피파브는 목에 핏줄을 세웠다.

"뭣들 하고 있는 것이야! 어서 오질 않고! 아무도 없는 것이냐?!"

"근데 생각해 보니까, 앞으로 괴물들도 처리해야 하고 악마들과도 싸워야 할 텐데, 그 무슨 인력 낭비일까 싶더라고. 비록 나쁜 놈 밑이라고 해도, 인간들 입장에서는 그들 하나하나가 뛰어난 인재인 거잖아. 그래서 좋은 일도 할 겸, 그냥 바로 너를 찾아온 거야."

"뭐야……. 어째서 아무도 오질 않는 것이야……."

최강이 씩 웃었다.

"아, 내가 말을 안 해 주었군. 아무리 소리쳐도 그 누구도 듣지 못할 거야. 내가 들어오면서 방 안의 소리를 전부 차단시켜 버렸거든."

"뭣이……!"

"딱히 소리 차단 마법은 아니고, 바람의 원소 마법을 이용해 울림을 없애 버린 거지. 예전에 차를 타고 날아갈 때 밖에서 들려오는 소음이 심해서 해 봤던 건데, 이런 식으로 이용하니까 이것도 괜찮더라고."

"크윽! 이놈이……."

파피브는 당장 방을 빠져나가고자 문을 향해 내달렸다.

그러나 최강이 손을 뻗는 순간, 문과 파피브 사이로 바람이 강하게 뭉쳤다가 터졌다.

파방-!

"크억!"

그 충격에 파피브는 최강의 발아래까지 날아와야 했다.

그는 최강을 올려다보며 두려움에 휩싸였다.

"사, 살려 줘……. 나도 당신이 싫어서 그런 건 아니었어! 전부 카르만 그놈이 시켜서 한 거였다고!"

"그런데 어쩌나. 난 나를 죽이라고 사람을 보낸 네가 너무 싫은데."

최강은 그를 향해 손을 뻗었다.

그리고 한순간, 둘은 그 자리에서 감쪽같이 사라져야 했다.

사락!

그리고 그들 두 사람이 나타난 것은 깊은 숲속이었다.

파파브는 깜짝 놀라 벌떡 일어나서는 식은땀을 흘렸다.

"뭐야⋯⋯. 여긴 또 어디야⋯⋯."

최강이 그를 향해 말했다.

"나도 몰랐는데, 공간이동 능력이 나와 적합성이 무척 좋은 모양이야. 이렇게 왕성에서 상당히 떨어진 곳까지도 이동이 가능하더라고."

"나를 어쩔 생각이냐?"

"내가 듣자 하니, 여기가 너의 농장이라고 하던데."

"뭐⋯⋯? 서, 설마⋯⋯!"

"그래, 맞았어. 숲속 주변으로 울타리를 치고 괴물들을 몰아넣은 그곳. 바로 거기야."

"안 돼⋯⋯. 여기 있으면 위험해⋯⋯!"

"그건 너에 한해서겠지. 아무튼 나는 이걸로 충분한 벌이 되지 않을까 해. 주변에서 소리가 들려오는 거로 봐서는 뭔가 접근하고 있는 것 같기는 한데⋯⋯. 내가 또 흉측한 걸 직접 보는 취미는 없어서. 그만 가 볼게. 그럼 즐거운 시간 되라고."

파피브는 잔뜩 질려서는 손을 뻗어 최강에게로 달려들었다.

"안 돼, 가지 마! 나를 이대로 두고 가면 안⋯⋯!"

사락!

그러나 이미 최강은 사라진 뒤였다.

"끄으으으으⋯⋯."

홀로 남겨진 그는 두려움에 몸을 부들부들 떨었다.

사사삭. 사사사삭.

숲으로는 풀 스치는 소리가 들려오고 있었다.

무언가가 다가오고 있음이었다.

"허흐흐흑, 내가 어쩌다가 이리되었단 말인가……. 이건 아니
야……. 이건 분명 악몽일 거야……."

그러나 숲에서 무언가가 그를 덮쳤을 그때, 고요하던 숲에서
그의 비명 소리가 울려 퍼졌다.

"끄아아악! 아아아악! 아아아아악-!"

빙의로
최강요원

5. 일이 이상하게 돌아가네

빙의로
최강요원

헤르메인 왕과 나는 대사제라는 사람을 따라 지하로 내려갔다.

쾌나 넓고 긴 계단을 내려갔고, 계단이 끝나는 지점에서는 무척 넓은 공간을 볼 수 있었다.

"와……."

"대단하군."

당신은 왜 나랑 같은 반응이야?

"전하께서도 처음 오시는 거였습니까?"

"어릴 적 선왕께 이야기는 많이 들었지만, 직접 오는 건 처음이야."

대사제가 당연하다는 듯 말했다.

"이곳은 오로지 가디언들과 왕만이 출입이 가능한 곳이니까요."

벽들과 천장에는 수많은 그림들이 그려져 있었다.

간간이 반짝이는 무언가가 보였는데, 딱 봐도 보석 같았다.

그리고 그러한 그림들에도 여러 내용이 있는 것 같았다.

"그림들이 많군요."

"과거의 역사를 그림으로 표현해 둔 것이지요. 호아스 신께서
눈물을 흘리시고, 인간과 악마가 내통하여 차원의 문을 연다는
내용입니다."

"근데 신이 흘린 눈물이 붉은색이네요. 피눈물은 좀 그렇지
않나……."

"그 눈물이 붉은색의 보석이기에 저런 표현이 되었을 것입니다."

"아, 그래요……."

대사제를 딸 한참 더 나아갔을 때, 그곳을 지키는 하얀 갑옷의
기사들을 볼 수 있었다.

"이들이 바로 차원의 문을 지키는 빛의 기사들입니다. 대를
이어 모든 걸 계승해 온 자들이지요."

신기하게도 한 치의 흔들림도 없이 반듯하게 서 있다.

모르고서 온 사람이면 석상으로 혼동할 정도다.

여기서 나는 한 가지 의문이 들었다.

이러고서 대체 얼마나 지키고 있는 거지?

힘들지도 않나?

근데 이걸 대를 이어서까지 한다고?

나 같으면 자식한테 이런 건 안 물려주고 싶을 것 같은데.

그런데 몇 걸음 더 나아가지 않아 대사제가 걸음을 멈추었다.

"여기서부터는 갈 수가 없습니다."

나는 이유를 물었다.

"왜죠?"

"벽과 바닥, 그리고 천장까지 마법진이 보이십니까?"

"네."

"여길 밟게 되면 저것들이 발동되어 그 대상을 죽이게 되어 있기 때문입니다."

"해제하면 될 게 아닙니까?"

"대대로 전해오는 방법에 따라 오늘부터 해제를 진행할 것입니다. 하지만 시간이 걸리는 일인지라 바로는 어렵습니다. 저희도 이것을 해제하는 건 처음 있는 일이어서 말이죠."

헤르메인 왕이 말했다.

"아마도 이것이 해제되는 건, 설치된 이후로 딱 한 번이었을 것이네."

"천 년 전에 여길 통했던 귀물 능력자들이겠군요."

시간 능력자인 제블런과 그를 따른 귀물 능력자들일 것이다.

"그 전에는 탐사를 목적으로 몇몇이 넘어가긴 했으나, 악마가 이곳을 통해 들어온 이후부터는 봉인 마법을 설치하게 되었다고 하는군."

마법진을 보자 살짝 답답했다.

나는 이런 걸 보러 온 게 아니다.

원래 세상으로 돌아가기 위해 온 건데, 갑자기 시간이 걸린다고 하니 짜증이 났다.

"잠깐만요. 만약 저 마법진을 통과하지 않고, 벽을 통해 통과해서 저 안쪽까지 간다면 어떻게 됩니까?"

대사제가 난처한 듯이 말했다.

"아마 어렵지 않을까 싶습니다. 이곳을 들어오는 그 순간부터 마법은 사용할 수 없었을 것이니까요."

정말 그런가 싶어서 원소 마법을 살짝 사용해 봤다.

근데 진짜로 손 위로 아무 현상이 일어나지 않는다.

마법 무효화가 이곳 공간 전체에 영향을 준다는 거였다.

"젠장, 어쩔 수 없이 기다려야 하는 건가. 후우."

헤르메인 왕이 내게 위로를 건넸다.

"너무 조급해하지 말게나. 이제 이것만 해제하면 돌아갈 수 있는 것이지 않나?"

그렇기는 한데.

당장 돌아갈 줄 알았던 나로서는 실망스럽지 않겠나?

그리고 당신들도 처음 하는 거라면서 이게 얼마나 걸릴 줄 알고?

"어쩔 수 없네요."

근데 제라로바가 말해 왔다.

-해제하는 기록물이 존재할 것이다! 네가 함께 참여하여 해제해

보겠다고 하면 어떻겠느냐?

그래, 어쩌면 제라로바의 지식이 마법진 해제에 도움이 될지도 모른다.

"저기 혹시 말입니다. 마법진 해제에 저도 참여하면 안 되겠습니까?"

대사제가 곤란한 듯이 말했다.

"죄송하지만 그건 불가합니다. 다른 이에게 이 방법을 알려 줄 수는 없는 게 저희들의 원칙입니다."

"하지만 저는 돌아가면 다신 올 일이 없을 텐데요?"

"만약 당신이 다른 세상에서 무리를 데려와 이 땅을 침범한다면 어찌 될까요? 악마가 당신을 협박하여 마법진의 해제 방법을 알아 낼 수도 있습니다. 저희는 그런 여러 가지 위험을 감수할 수 없습니다."

그렇다고 하는데 더 고집을 부릴 수가 없었다.

그냥 마법을 사용할 수 있는 범위까지 벗어나 이곳 전체를 확 날려 버리면 쉬울 것 같기도 한데.

하지만 그렇게 되면 이 나라 전체를 적으로 돌리게 된다.

왕성이 와르르 무너져 내릴 테니까.

결국 나로서는 손 쓸 도리가 없는 거였다.

"그렇군요. 알겠습니다. 그럼 기다리도록 하죠."

힘없는 내 표정을 본 걸까, 헤르메인 왕이 말을 걸어 왔다.

"실망한 표정이군."

"솔직히 조금요."

"그렇게 오래 걸리진 않을 게야."

"과거에는 얼마나 걸렸다는 그런 기록은 없었습니까?"

"그런 건 들어 보지 못했던 것 같군."

"그렇군요."

그래, 여기까지 온 것만도 어디냐.

이제 마법진만 해제하면 되는데 너무 초조해하지 말자.

그런데 막 신전을 나와 왕의 집무실로 함께 오를 찰나였다.

갑자기 기사 하나가 다급히 달려와 서신을 전했다.

"전하! 큰일 났습니다. 이것 좀 어서 보시지요?"

"무슨 일인데 그러느냐?"

헤르메인 왕이 서신을 건네받자 기사가 그 내용을 말했다.

"마도나스에서 범람이 일어나, 괴물들이 외성의 성벽을 무너뜨
리려 한다는 내용입니다!"

나는 깜짝 놀랐다.

"뭐……! 그게 정말이야?!"

"그렇습니다."

나는 헤르메인 왕을 보면서도 물었다.

"정말로 그런 내용인 겁니까?"

그가 새하얗게 질린 얼굴로 말했다.

"패트릭이 위험하네. 마도나스는 지금 병력이 온전치 못해서
힘이 많지 않을 터인데. 이일을 어찌한단 말인가. 마도나스 주변

영지로 지원 병력을 보내라는 명령서를 보낸다고 해도, 족히 며칠
은 걸릴 것인데."

패트릭 영주는 이곳 세상에 와서 암담했던 나에게 많은 도움을
주었던 사람이다.

그가 없었다면 지금 이렇게 돌아갈 기회조차 없었을 것이다.

정도 들었는데 이대로 죽게 내버려 둘 순 없었다.

"제가 먼저 가 보겠습니다. 저라면 하루! 아니, 어쩌면 더 빨리
도착할 수 있을 겁니다!"

"그래 주겠는가? 부탁함세! 제발 패트릭을 구해 주게!"

* * *

우락부락하게 생긴 거대한 괴물이 육중한 몸을 이끌고서 성벽으
로 다가오고 있었다.

쿠궁-! 쿠궁-!

"저 괴물을 향해 공성 무기를 조준하라!"

패트릭 영주가 직접 지휘를 하고 있지만, 여기저기 상처 입은
성벽은 무척 위태로웠다.

콰광-!

급기야 거대한 괴물이 커다란 나무를 뿌리째 뽑아와 그것으로
성벽을 후려쳤다.

우르르르르르르!

성벽 전체가 금이 가고 강하게 뒤흔들렸다.

"영주님! 여기 계시면 위험합니다! 어서 안쪽으로 대피하셔야 합니다!"

"여기가 무너지면 영민들이 죽음을 면치 못한다! 영민들이 내성으로 대피하기 전까지는 어떻게든 버텨야 해!"

바로 그때였다.

콰광-!

서쪽에서 강한 충돌 소리가 들려오더니 성벽이 와르르 무너지고 있는 게 보였다.

"서쪽 성벽이 무너졌다-!"

그러한 음성을 들은 패트릭 영주는 낯빛이 새하얗게 질리고 말았다.

"안 돼……. 벌써 무너지면 아직 대피하지 못한 영민들이 죽게 될 거야!"

그는 결단을 내려야 했다.

"모두 서쪽의 무너진 성벽으로 이동한다! 어떻게든 병사들과 기사들이 밀려 들어오는 괴물들을 막아라! 우리라도 시간을 끌어야 한다!"

"네! 영주님!"

하지만 서쪽 성벽이 무너지자 다른 괴물들까지 어찌 알고 그곳으로 몰려들었다.

"끄아아아악!"

기사 하나는 거대한 괴물에게 붙잡혀 몸이 양쪽으로 찢겨졌다.

촤아아악-!

괴물은 갑옷으로 인해 먹기 힘든지, 흘러내리는 피와 살을 쪽쪽 빨아먹었다.

곳곳에서 같은 일이 일어나고 있어, 모두는 절망과 두려움에 휩싸여 갔다.

한데 바로 그때였다.

번개같이 날아 그 거대한 괴물의 목을 베는 이가 있었다.

스핫!

괴물의 목을 베고 내려선 이는 다름 아닌, 광전사 엘리우스였다.

"큰놈은 내가 처리할 터이니, 기사들은 작은놈들을 처리해라!"

"광전사다!"

"광전사를 믿고 괴물들을 밀어내자-!"

엘리우스가 쓴웃음을 머금었다.

"끄음, 나는 치료가 되어도 여전히 광전사인가 보군."

하지만 지금은 사람들 입에 오르내리는 이름 따위가 중요한 게 아니었다.

어떻게든 괴물들을 막아 내어 영민들이 대피하도록 시간을 끌어야 했다.

엘리우스는 온 힘을 다해 앞으로 쏘아지며 괴물들을 휩쓸어 갔다.

"엘리우스!"

괴물들과 정신없이 싸우던 엘리우스는 패트릭 영주가 기사들을
몰고 와 합세하는 걸 보았다.

"패트릭, 동쪽 성벽은 어찌하고 여길 오는가?"

"어차피 곳곳이 언제 무너질지 모르는 상황이야. 지금은 뚫린
곳부터 막는 게 중요해!"

"그렇군."

그때였다.

패트릭과 함께 온 가오스가 손가락을 가리켰다.

"영주님, 저길 보십시오!"

무너진 성벽들이 양쪽으로 무너지더니 그 뚫린 곳이 두 배는
더 넓어졌다.

그리고 그 뒤로 거대한 괴물들이 작은 괴물들을 짓밟으며 몰려들
고 있었다.

"저렇게나 많은 괴물들이라니……!"

"더는 안 됩니다, 영주님! 이대로 있다간 이곳에 있는 병력은
물론, 모두가 포위되고 말 것입니다! 서둘러 내성으로 피신하셔야
합니다!"

"크윽!"

엘리우스 역시 가오스와 같은 말을 했다.

"단장의 말이 옳아. 남은 병력으로 내성에서 괴물들을 막아
내야 해. 안 그러면 내성도 곧 무너지고 말 것이야!"

"어찌 이리도 무력하단 말인가. 헤르메인 전하께서 왕좌를 차지

하여 이제 기쁨만 누리면 될 줄 알았거늘. 모든 것이 이리 허망하게 끝나는구나."

"어서 피하세, 패트릭! 어서……!"

"최강 그자만 있었어도 이렇지는 않을 것을."

"없는 자를 찾아 봐야 무슨 소용인가? 그자는 헤르메인 전하께서 왕위에 오르면 곧바로 다른 차원으로 돌아간다고 했다면서? 어쩌면 이미 가 버렸을지도 모르네. 하니 헛된 희망 말고 눈앞에 위기부터 이겨 내자고!"

억지로 잡아끄는 엘리우스의 손길에 패트릭 영주는 못 이기는 척 끌려가야 했다.

그리고 활짝 열린 내성의 문은 그들이 들어가자마자 굳게 닫혀 버렸다.

쿠궁-!

한편, 최강은 하늘을 날며 시야에 닿는 곳까지 공간이동으로 빠르게 나아가고 있었다.

빛으로 글라이더를 만들어 나는 것보다, 팔찌와 발찌로 앞으로 날며 공간이동을 연이어 펼치는 것이 훨씬 빨랐다.

거기다가 마력의 소모도 적어 왔을 때보다 두 배는 더 빠른 속도로 나아가고 있었다.

"뭔가 공간이동하는 거리가 조금씩 늘어가는 것 같기는 한데……. 한 번에 거기까지 이동할 수 있는 방법은 정말 없는 건가?"

혹시나 싶어 마도나스의 풍경을 떠올리며 공간이동을 해 보려고
도 했다.

하지만 마력만 뭉치다가 흩어질 뿐, 아무 일도 일어나지 않았다.

-아무래도 귀물의 능력은 거기까지가 한계인 듯싶구나.

"그러니까요. 그나마 가까운 거리라도 연상으로 이동할 수 있는
걸 다행으로 여겨야겠네요."

-그래도 이렇게 이동하면 저녁까지는 마도나스에 도착할 수
있을 거다. 그러니 조금만 힘을 내라! 최강!

"네, 그래야죠. 그 사람을 그렇게 죽게 둘 수는 없으니까요."

전서구의 서신이 왕성까지 날아오는 시간을 생각하면, 이미
하루 전부터 공격을 받고 있었다는 게 된다.

거기다가 패트릭 영주는 라프 영지의 모든 병력을 이끌고 마도나
스를 점령한 것도 아니었다.

최강은 마도나스가 버티지 못할 것을 걱정하며 더욱 빠르게
그곳을 향해 날아갔다.

* * *

콰광-! 콰광-!

"성문이 무너진다! 모두 뒤로 물러나 공격에 대비하라!"

"목숨을 다하여 지켜야 한다! 우리가 무너지면 영민들의 목숨은
없다!"

"기사답게 명예롭게 싸워라!"

기사들은 성문이 부서질 것을 대비하여 뒤로 물러났다.

그러나 성문이 부서져서 날아올 거라고는 예상치 못했다.

퍼서서석-!

산산이 부서진 성문의 거대한 조각이 기사들을 덮쳤다.

"끄아아아악-!"

그리고 전열이 무너진 그들을 괴물들이 덮쳤다.

패트릭과 엘리우스는 무기를 들고 앞으로 나아가며 고함을 내질렀다.

"단 한 명이 남더라도 끝까지 싸워라-! 우리의 명예는 역사가 기억해 줄 것이다-!"

"으아아아아아아-!"

* * *

사라락!

사라라락!

몇 번의 공간이동이 이어지며 저 멀리 마도나스 영지가 보이기 시작했다.

-드디어 도착했구나!

"네. 제발 늦지 않았어야 하는데."

나는 카우라를 끌어올려 그곳을 쳐다봤다.

영지의 서쪽 외벽이 크게 부서져 있었다.

영지 내부로는 커다란 괴물들이 몇이 돌아다니고 있었는데, 그 밑으로 깨알같이 괴물들이 가득했다.

"이미 뚫렸어요. 패트릭 영주가 무사해야 하는데, 걱정이군요."

공간이동 세 번 만에 마도나스 영지의 허공 위로 도달했다.

내성을 보니 성문이 뚫려 있고, 일부 병력들이 사력을 다해 싸우는 게 보였다.

나는 관찰할 때가 아니란 생각에 다시 공간이동을 했다.

사라락!

내성 위로 도착한 나는 패트릭 영주부터 찾았다.

막 거대한 괴물이 집채만 한 나무를 쥐고서 기사들을 옆으로 쓸어 버리고 있었다.

크아아아아!

"끄아아악!"

"아아아악-!"

그리고 그 날아가는 기사들 속에서 나는 패트릭 영주를 발견할 수 있었다.

"안 돼……!"

나는 공간이동을 이용해 날아가는 패트릭 영주를 낚아 잡았다.

그리고 얼른 다시 공간이동을 하여 안전한 곳으로 자리를 옮겼다.

내성 높은 곳의 테라스로 온 나는 그를 살폈다.

목이 반쯤 찢어져 상태가 심각했다.

"숨을 안 쉬어……. 이봐, 패트릭 영주! 정신 차려!"

나는 서둘러 회복 마법을 펼쳤다.

밝은 빛이 그를 감쌌지만 안타깝게도 그의 호흡은 돌아오지 않았다.

"빌어먹을……!"

정말 찰나였는데.

죽고 만 것이다.

"내가 조금만 빨리 발견했어도 살릴 수 있었는데……. 젠장-!"

그런데 갑자기 밑으로 비명이 마구 들려오기 시작했다.

기사들과 병사들이 괴물들에 의해 밀리자 곳곳에 숨어있던 영민들을 괴물들이 덮친 것이다.

그걸 본 나는 그 참혹한 광경에 상당한 충격을 받았다.

"안 돼……. 멈춰, 이것들아……! 당장 멈추라고오오오오-!"

격한 감정으로 당장에 공간이동을 펼쳐 아래에 있는 괴물 하나의 목을 베어 버렸다.

사락!

그런데 뭔가 이상했다.

갑자기 주변이 고요했다.

"무슨……."

이상하여 주변을 쳐다보는데, 모든 것이 멈춰 있었다.

"시간이…… 멈췄다고?"

-최강아! 너의 왼손에서 강한 마력이 흘러나오고 있다!

손을 들어 보니 시간의 반지에서 미세한 빛이 흘러나오고 있었다.

"그럼 이게 지금 내가 그런 거라고?"

잠시 기이한 기억이 뇌리로 흘러들었다.

귀물을 사용할 때 느껴지던 그것이다.

나는 그 기억에 따라 반지를 낀 손으로 허공을 밀어내어 보았다.

달려들던 괴물들이 걸음을 뒤로 하며 되돌아가고 있었다.

"시간이 되돌아가고 있어……. 그럼 어쩌면……!"

조금 더, 조금 더 돌려보았다.

잠시 뒤 튕겨진 기사들이 다시 떠올랐다.

그리고 나로 인해 사라졌던 패트릭 영주도 허공에 다시 나타났다.

그들 모두는 막 괴물이 커다란 나무를 휘두르기 직전의 자리로 되돌아가 질린 표정을 짓고 있었다.

"됐어……! 이러면 패트릭 영주를 살릴 수 있어!"

하지만 거기서부터 문제가 생겼다.

갑자기 시간이 더 되돌려지지 않더니 주변의 소음이 다시 들려오기 시작했다.

크아아아아아-!

더는 시간의 힘을 쓸 수 없다는 걸 깨달은 나는 즉시 공간이동을 펼쳤다.

사라락!

그리고 괴물의 앞으로 나타나 공섬을 펼쳤다.

"차앗-!"

거대한 빛줄기가 사선으로 날아갔고, 괴물은 그 자리에서 옆으로 미끄러지며 몸이 두 동강이 나고 있었다.

그와 동시에 뒤로부터 놀란 패트릭 영주의 음성이 들려왔다.

"아니, 자네는……! 최강……! 자네가 어찌 여기에 있는가?!"

"전부 뒤로 물러서!"

모두에게 경고를 한 나는 괴물들과 사람들 사이로 불의 벽을 만들었다.

화르르르르르륵-!

거대한 불길에 괴물들이 당황하여 뒤로 물러나는 게 보였다.

괴물들이 더 다가오지 못하는 걸 본 사람들은 점차 희망에 물들어갔다.

"괴물들이 물러난다!"

"괴물들이 더 다가오지 못하고 있어!"

"우리 이제 살 수 있는 거야?"

"저 마법사가 우릴 구했어!"

나는 그들의 희망찬 음성을 들으며 괴물들을 노려봤다.

"너희들은 내가 상대해 주마."

불길의 벽이 괴물들에게로 다가들자 괴물들이 괴로워하며

뒤로 물러났다.

나는 괴물들을 성벽 밖으로 밀어 냈을 때쯤, 거대한 바람을 뭉쳐 터뜨렸다.

파방-!

그 여파에 커다란 괴물들은 뒤로 넘어지고, 작은 괴물들은 죄다 날아가 버렸다.

꾸에에엑-!

쿠궁! 쿠궁!

밖으로 홀로 나간 나는 땅의 원소 마법으로 벽을 끌어올려 성벽을 막아 버리고는 괴물들과 마주 봤다.

"불이나 빛은 도시를 망가뜨릴 것이고, 너희에겐 어둠이 어울리겠다."

어둠의 원소를 끌어올리자 나의 양옆으로 사람 형체의 어둠들이 생겨났다.

하나둘 생겨나던 것들은 급기야 백을 넘더니, 수백으로 늘어났다.

"크윽!"

그렇지만 너무 많은 어둠의 힘은 급속한 마력의 상실로 이어졌다.

"더 필요해……. 더……!"

그런데 힘의 부족을 느낄 바로 그때였다.

제라로바가 소리쳤다.

-지팡이의 마력을 이용해라! 그거라면 너의 힘을 몇 배는 늘릴 수 있어!

그래, 지팡이가 있었지!

나는 제라로바의 조언에 따라 팔에 감겨 있는 지팡이를 원래의 모습으로 되돌렸다.

그리고 지팡이의 마력을 흡수하여 더욱 많은 어둠을 만들어 내었다.

스륵! 스륵!

"그래, 이 정도면 충분해. 자, 가라. 가서 저 괴물들을 모조리 삼켜 버려라."

키아아아악-!

캬아아아악-!

어둠은 지옥에서 올라온 악귀들 같은 모습으로 괴물들을 덮치기 시작했다.

어둠에 덮쳐진 괴물들은 괴로워하다가 검게 변하며 가루로 화했다.

그러한 피해는 거대한 괴물일지라도 피해 가질 못했다.

크오오오오-!

거의 천에 달하는 어둠의 형체들이 괴물들을 덮쳐 가는 광경은, 마치 거대한 어둠이 파도가 되어 괴물들을 쓸어버리는 것만 같은 장관을 이루었다.

* * *

성벽에 오른 엘리우스가 성벽 너머에서 일어나는 일들을 보며 막 따라 올라온 패트릭 영주에게 물었다.

"이보게, 패트릭. 지금 저게 다 무슨 일인 건가. 까만 유령 같은 게 괴물들을 공격하고 있어. 괴물들이 빠르게 사라지고 있다고."

패트릭은 씩 웃었다.

"방금 전에 성벽 높이까지 솟아오르던 불꽃을 보지 않았는가?"

"그럼 저것도 다 마법이라고?"

"그래, 최강, 저자의 능력이지."

"믿을 수가 없군. 저자는 왕성에 있지 않았는가? 거기서 여기까지 오려면 아무리 빨라도⋯⋯!"

"그래, 맞아. 족히 열흘은 내내 달려야 도착할 수 있지. 하지만 마법이지 않은가? 나는 저자가 새처럼 하늘을 나는 것도 봤어. 저자는 뭐든 할 수 있다고. 그러니까 믿게. 최강이라면 저 어마어마한 범람도 거뜬히 막아 낼 수 있을 것이니⋯⋯."

더는 어떠한 소리도 들려오지 않았다.

멀리서 들려오던 괴물들의 비명 소리도 멈춘 지 오래다.

주변은 온통 뿌연 연기만 가득 흩날릴 뿐이었다.

마법의 힘으로 성문을 막은 벽은 저항석을 가져다 대자 와르르 무너져 내렸다.

그리고 기사들과 패트릭 영주가 그곳을 통해 밖으로 나왔다.

"모두 끝난 것인가……."

패트릭 영주는 성벽 위에서 최강이 하늘을 날며 어둠의 존재들을 제어하는 것을 보았다.

그리고 그의 모습은 외성의 성벽으로 향하며 사라졌었다.

하지만 안심하기는 이르다.

혹시 모른다.

주변에 괴물이 숨어 있을지.

패트릭 영주는 따라 나오려는 영민들에게 소리쳤다.

"기사들과 병사들은 주변을 경계하고, 영민들은 아직 내성에서 나오지 말라! 어디에 괴물들이 숨어있을지 모른다!"

그는 수신호를 주어 사방을 수색시켰다.

"주변을 살펴라. 안전한지 확인해야겠다."

"네, 영주님."

그런데 때마침 그때, 하늘을 가리는 그림자가 있었다.

그가 하늘을 올려다봤다.

그리고 다른 이들도 그를 따라 하늘을 바라보기 시작했다.

그곳에는 최강이 허공에 뜬 채로 모두를 내려다보고 있었다.

"괴물들은 모조리 사라졌어. 이제 안심해도 돼."

"최강……. 자네……."

"왜, 나를 기다렸나 보지?"

"하핫!"

"후훗."

되돌아온 마법사의 모습에 내성 안에 숨어있던 영민들이 우르르 몰려나와 환호성을 내질렀다.

"마법사가 괴물들을 물리쳤다-!"

"와아아아아아아-!"

"마법사 만세-!"

최강은 그들을 보았다.

방금 전까지만 해도 죽음을 떠올렸을 그들.

그들의 함성에는 살았다는 안도감과 희망 어린 감정이 가득 시려 있었다.

"후훗. 영웅이 되는 것도 나쁘진 않군요."

-그래, 저들에게 너의 존재는 희망이며, 영웅인 거겠지.

그런데 허공에 떠 있던 최강의 표정이 갑자기 돌처럼 굳어졌다.

"으읍!"

갑자기 가슴이 마구 뜨거워지더니 온몸이 화끈거리기 시작해서다.

"이거 왜 이러죠? 가슴이 뜨겁습니다. 몸이 아파요……. 갑자기 왜……!"

바로 그때, 최강의 몸이 뒤로 확 젖혀졌다.

"끄어어어억-!"

그의 눈과 입에서는 강렬한 빛이 뿜어져 나왔다.

그 괴이한 현상에 패트릭은 당혹스러운 음성을 내뱉었다.

"최강-!"

"대체 무슨 일이……! 다 끝난 것이 아니었던가!"

우우우웅-! 우우우웅-!

기이한 파동은 사방으로 퍼져나갔다.

그리고 커다란 소리와 거대한 파동이 열 번을 퍼져나갔을 때, 최강은 정신을 잃고 지면으로 떨어졌다.

"최강!"

"내가 가지!"

엘리우스가 놀라운 움직임으로 앞으로 치고 나가떨어지는 최강을 받아냈다.

그러나 엘리우스는 여전히 정신을 잃은 최강을 보아야 했다.

"대체 네게 무슨 일이 생긴 거냐, 마법사. 죽지 마라. 이 많은 사람들을 살려놓고 이대로 죽는 건 말이 안 되잖아. 우린 너에게 갚아야 빚이 너무 많단 말이다."

그러나 최강은 정신을 잃어 깨어나질 않았다.

* * *

눈앞의 밝은 빛을 느낀 나는 천천히 눈을 떠갔다.

"음……."

그런데 뭔가 기분이 이상했다.

몸이 솜털처럼 가볍고 정신은 푹 잔 것처럼 더없이 맑았다. 이런 기분, 나쁘진 않았다.

"근데 내가 왜 이러고 있는 거지?"

-잠은 푹 잤느냐?

"네, 근데 제가 왜 이러고 누워 있는지 누가 설명 좀 해 주실래요?"

케라가 말해 왔다.

-아무것도 생각나지 않는 것이냐?

생각.

떠오르는 기억은 있었다.

"분명 괴물들을 모조리 없앤 후에 하늘에서 패트릭 영주를 내려다봤던 것 같았는데……. 그때 이후로는 기억이 나질 않네요."

제라로바가 신이 나서 말했다.

-축하한다, 최강아! 네가 드디어 최고의 단계인 4단계에 들어섰다!

"네? 제가요? 그렇게 갑자기요?"

-너는 지팡이에 박힌 보석의 힘을 극한까지 끌어모았다. 그 모든 힘을 너의 몸으로 통과시켜 수많은 어둠의 원소를 자유자재로 부렸지.

"그랬죠, 분명."

-그 무리한 운용이 너의 몸에 흐르는 모든 마력의 통로를 일깨웠고, 너의 몸 내부의 마력 또한, 주변에서 마력을 끌어와 무한으로 사용할 수 있는 형태가 되었다. 마법을 사용함에 있어 가장 적합한 신체로 탈바꿈된 것이지! 네가 기절했던 것은 바로, 그 과정을 거쳤기 때문이야!

과도한 마력의 흡수로 몸 내부의 저장고를 부풀린다는 계획은
무리가 많은 일이었다.

잘못하면 몸이 터져 죽을 수도 있었다.

그래서 나는 늘 그 방법에 신중하라고 해 왔었다.

그렇지만 이번 일은 경우가 다르지 않았나?

보석의 힘을 끌어다가 즉시 소모를 시켰으니까.

근데 그 일로 마법의 4단계에 접어들었다고 하니 눈뜨자마자
이게 다 무슨 소리인가 싶었다.

"이렇게 황당하게 4단계에 들어선다고?"

-좋아해야지, 뭘 그리 황당해하느냐? 내가 보기엔 아마도 그
직전에 사용한 시간의 마법도 네게 영향을 주었던 것 같다. 아무튼
이번 일은 복합적으로 일어난 수많은 일로 얻은 행운이었던 게야!

"어쨌거나 결과가 좋다고 하니까 좋긴 하네요. 아직은 실감이
안 나지만."

그래도 더 강해졌다고 하는데, 기분이 이상하긴 해도 좋은 일인
것만은 분명했다.

정석이 아니면 어때?

별 탈 없이 강해졌으면 그만인 거지.

지금은 그냥 좋아하도록 하자.

밖으로 나와 도시를 바라보는데, 뒤에서 패트릭 영주의 목소리
가 들려왔다.

"최강!"

뒤를 돌아보니 표정에 그의 감정이 가득 드러났다.

이 사람, 나를 많이 걱정했나 보네.

하긴, 그 정도는 해야지.

나도 당신 걱정으로 여기까지 날아와 준 거였으니까.

"자네 몸은 괜찮은 겐가?"

"어우, 그렇다고 더듬는 건 아니지. 이러지 말라고."

"이 사람, 농담도 할 줄 알고. 정말로 괜찮아진 모양이군."

"내가 3일이나 누워 있었다고?"

"맞아. 사네한테 일어난 이상한 현상 때문에 우린 자네가 죽는 줄 알았지. 뭔가 너무 많은 힘을 썼다거나 그런 이유로. 알지 않나? 우리는 마법에 관해 아는 바가 없다는 걸. 그래서 자네 상태를 알 수가 없었어."

"말이 많은 걸 보니 내 걱정을 많이 하긴 했군."

"자네도 그래서 여기까지 한걸음에 온 것이지 않나? 내 말이 틀렸는가?"

하여간 여전히 눈치는 빠르다.

"남자끼리는 표현 같은 거 하고 그러는 거 아냐. 그냥 서로 알고만 있자고."

"훗, 그러지."

하지만 그는 여전히 의문이 가득한 표정으로 물어왔다.

"한데 말이네. 도대체 자네는 왜 아팠던 겐가? 나중에도 그런 현상이 생기면 나는 무엇을 해야 하지?"

"그건 아픈 게 아냐. 하나의 과정이지."

"과정? 어떤?"

"훗, 더 강해지기 위한 과정."

"그 말은 설마······!"

"맞아. 내 마법이 더 강해진 거야. 이제 어느 정도의 힘을 사용하게 될지 나도 잘 몰라."

"그런가······. 후훗, 잘되었군. 자네 입장에서는 잘된 일이지 않나?"

"그렇기는 해. 좋은 일 하러 왔다가 뜻하지 않은 행운을 얻은 거지."

"그럼 내가 왕성으로 전서구를 보낸 건 정말 잘한 일이었군."

"그런 셈이지."

우린 함께 걸었다.

"사실 난 자네가 이미 떠났을 거라고 생각했어. 헤르메인 국왕 전하께서 왕위에 올랐으니 자네 할 일은 끝났겠구나 싶었지."

"사실 그러려고 했어. 왕의 허락을 얻어 함께 차원의 문이 있는 곳까지도 갔었거든."

"근데 왜 가질 않은 겐가?"

나는 한숨을 푹 내쉬었다.

"막상 갔더니 거기 걸려 있는 마법들을 해제하는 데 시일이 걸린다지 뭐야. 와, 그 말을 듣는데 얼마나 허탈하던지."

"하핫! 그래서 못 간 거라고?"

"맞아."

"황당했겠군."

"나에겐 불행이었어도, 당신한테는 운이 좋았지. 그 덕에 목숨을 구했으니까."

"자네에겐 미안한 말이지만, 그런 불행이라면 조금쯤은 더 있었으면 싶군."

나는 그를 빤히 쳐다봤다.

"살려 줬더니 그런 악담을 한다고?"

"하핫, 혹시 또 아는가? 내가 죽을 처지에 놓일 때 자네의 그 불행이 다시 나의 목숨을 구할지."

"하아, 그 인연 더는 깊어지지 않았으면 싶군."

패트릭 영주가 장난스러운 미소를 머금더니 물어 왔다.

"그래서 앞으로는 어찌 할 텐가?"

"다시 왕성으로 가 봐야지. 차원의 문으로 향하는 마법이 해제되면 넘어가야 하니까."

패트릭 영주가 살짝 머뭇거렸다.

"잠시만…… 이곳에 더 머물러 주면 안 되겠는가? 무리한 부탁인 건 아네만, 우린 자네가 필요해서 말이네."

나는 단칼에 거절했다.

"그건 안 돼. 천 년 전에 저쪽 세계로 넘어갔던 이들이 드디어 악마의 문을 찾아냈어. 그들은 언제 두 개의 문 모두를 닫아 버릴지 몰라. 그 전에, 어떻게든 서둘러 넘어가야 해. 그 문이 닫히면,

다시 넘어갈 방법은 영영 사라질 테니까."

"그런 사정이 있는 줄은 몰랐군."

"그리고 무엇보다 저쪽 세상에는 나를 기다리고 있는 사람들이 있어. 그들을 놔두고 여기서 살아갈 순 없는 거야."

"내가 미안한 말을 했군."

"해 볼 법한 얘기였다는 건 이해해. 하지만 안 돼."

"그래, 알았네. 내 그 얘기는 더는 안 하도록 하지."

패트릭 영주는 대화를 돌렸다.

"그보다 그 얘기 좀 해 주지 않겠나?"

"무슨 얘기?"

"도대체 어떻게 헤르메인 전하를 왕위에 올릴 수 있었는지 하는 그 얘기 말이네. 카르만 왕자가 왕위를 양보했다고 듣기는 했네만, 역시 자네가 한 짓이었을 게 아닌가?"

"훗, 얘기가 길어질 텐데. 들을 수 있겠어?"

"즐거운 얘기라면 날을 새워서라도 들어야지."

* * *

헤르메인 왕은 대사제를 찾았다.

"마법진의 해제는 어찌 되어 가는가?"

"옛 문헌을 샅샅이 찾아 푸는 방법을 알아내었습니다."

"다행이로군. 그에게 아무것도 주지 못하면 어쩌나 걱정했는데."

살며시 미소를 머금던 그가 다시 대사제에게 물었다.

"한데 그 마법진은 마법사 없이도 풀 수 있는 거였는가?"

"처음 만들 때도 그러하듯, 마법진의 설치에는 처음부터 마법사가 없었습니다. 마법사들이 기록해 둔 마법진 그대로의 방법이면 설치가 가능했던 것이지요."

"그래서 해제도 할 수 있다는 거로군."

"그렇습니다."

"만약 억지로 마법진을 훼손시키면 어떤 일이 벌어지겠는가?"

"응축된 힘이 과도하게 뒤틀려 큰 폭발이 일어날 것입니다."

"흠, 그럼 왕성에도 큰 피해가 오겠군."

"피해를 넘어, 아마도 지하에 매몰되지 않을지⋯⋯."

그런 이야기를 들었음에도 헤르메인 왕은 미소를 머금었다.

"그럼 그런 일이 일어나기 전에 서둘러서 마법진을 반드시 해제해야만 하겠군."

헤르메인 왕이 최강과의 약속을 지키려고 노력할 때, 최강은 패트릭 영주는 물론, 엘리우스와도 함께 식사를 하게 되었다.

"멀쩡한 모습을 보니 보기 좋군."

엘리우스가 최강의 말에 미소를 머금었다.

"기억은 나지 않지만, 들어 알고 있네. 자네가 나를 막았고, 이렇게 치료까지 해 주었다고."

"맞아. 내가 그랬지."

"평생 그런 광인으로 살아갈 것이 저주스러웠는데. 정말 고맙네. 자네는 내 평생의 은인이야."

최강은 패트릭 영주를 보았다.

"그런 인사라면 당신 친구에게 해. 끝까지 당신을 살려야 한다며 고집을 부렸거든."

"후훗, 패트릭이라면 그럴 만도 하지. 고집스러움이 말도 못 하거든."

"그렇지? 나도 그건 느꼈어."

패트릭 영주가 기가 차 하며 둘을 번갈아 쳐다봤다.

"이 사람들이 사람을 면전에 대고 말이야. 해도 너무하는군! 그리고 내가 무슨 고집이 있다고 그러나? 당장 그 말 정정하게!"

"하하! 그래, 정정하지. 안 그러면 또 몇 날 며칠을 따지고 들 테니."

"이보게, 엘리우스! 최강 이자에게 이상한 인식을 심어주면 곤란해! 그러면 진짜인 줄 안다니까?"

세 사람은 한참을 웃었다.

그리고 함께 술도 나누게 되었다.

"가족들이 있다고 들었는데. 만나는 봤고?"

최강의 물음에 엘리우스의 표정에 미소가 떠올랐다.

"지금 이곳으로 오고 있다고 하는군. 이제 며칠이면 도착하게 될 것 같아."

"꽤나 기쁜 재회가 되겠군."

"딸이 겨우 두 살 때 헤어졌지. 한데 그로부터 몇 년이 흘렀으니 거기서 얼마나 컸을지 솔직히 상상이 안 돼. 어색할까 봐 걱정도 되고."

"그래도 가족이라는 게 서로를 알아보는 법이야. 처음은 어색해도 곧 아빠를 많이 따르게 될 거야."

이번엔 엘리우스가 물었다.

"최강 자네는 자식이 있는가?"

"아직."

"하긴, 젊으니 언제든 가능하겠지."

"내가 말이야. 보기엔 이래도 그렇게 젊진 않아."

"그래? 나이가 어찌 되는데?"

"시간의 틈에 갇혔던 것까지 하면…… 한 사십 정도?"

엘리우스와 패트릭 영주 둘 다 크게 놀랐다.

"푸억!"

"컥! 그게 정말인가?"

"자네가 그렇게나 나이가 많았다고?"

최강은 살짝 민망했다.

"그러니까 연장자 대우 좀 해. 그러고 보니까 둘 다 서른 초반이라며?"

그러나 패트릭 영주는 최강을 연장자로 대할 생각이 전혀 없는 듯 보였다.

"그렇다고는 해도 이 나라는 엄연히 귀족의 서열이 있다네.

아무리 그래도 내가 자네를 높여 줄 순 없지. 우리 입장에선 자넨 평민이니까."

"쩝, 그래. 맞먹어라. 애초에 바라지도 않았다."

둘은 서로를 쳐다보더니 크게 웃었다.

그러더니 엘리우스가 한술 더 뜬다.

"그렇다면 백번 양보해서 친구는 되어 줄 수 있겠는데."

최강이 눈을 부릅뜨며 거부했다.

"됐거든! 친구는 무슨……! 그냥 이렇게 지내자. 어차피 떠날 사람한테 그게 무슨 부담이냐?"

하지만 술을 함께하다 보니 최강은 은근히 말도 통하고 즐거운 시간을 보내게 되었다.

여느 남자들처럼 술로서 친해지고 있는 거였다.

* * *

이른 아침에 눈을 뜬 나는 무언가가 배 위에 있는 걸 느끼며 깨어났다.

"뭐야, 이건. 뭐가 이렇게 무거워."

근데 자세히 보니 발이다.

"에엥? 허억! 뭐야, 이 그림은?"

그제야 알았다. 전날 잔뜩 취해서는 커다란 침대에서 서로 뒤엉켜 잠을 자게 됐다는 것을.

"내가 미쳤었네. 진짜 이자들이랑 이러고 잤다고?"

-기억 안 나느냐? 기어이 친구로 관계를 확정하던데.

"헉! 제가요?"

나는 앓는 표정을 지었다.

하여간 술만 마시면 실수가 생긴다.

다행히 숙취는 없었지만, 앞으로의 관계가 난감하긴 했다.

그래도 뭐, 돌아가면 다신 안 볼 사이잖아?

오늘 왕성으로 떠나면 상관없는 일이니까 그런 일쯤이야 그러느

니 하자.

"애들하고 친구라니. 아휴, 내가 단단히 미쳤었네. 그래도 한국

나이로는 같으니까 그걸로 위안을 삼자……."

그렇게 내 방으로 돌아갈 생각으로 일어나는데, 뭔가 바깥에서

이상한 빛깔이 보였다.

피처럼 붉은빛이 들어오고 있는 거였다.

"근데 빛이 왜 이래……. 내가 아직 술이 덜 깬 건가……?"

때마침, 엘리우스가 눈을 뜨더니 말을 걸어왔다.

"어이, 최강. 벌써 깬 건가? 자네는 아침부터 참 부지런하기도

하군."

"어. 아, 근데 말이야. 혹시 이 빛, 나만 붉게 보이는 건가?"

"음? 아니. 나한테도 붉게 보이네만."

"뭐야……. 왜 하늘빛이 이래?"

바로 그때였다.

패트릭 영주가 눈을 번쩍 뜨더니 벌떡 일어났다.

"뭐……! 하늘이 붉다고? 그게 정말이야?"

그제야 엘리우스도 표정이 굳어져 갔다.

"잠깐만. 이거 설마……!"

"자네도 같은 생각을 하는가?"

"정말 그거라고? 옛 역사의 그거?"

"확인해 보면 알겠지."

둘은 침대에서 다급히 내려오더니 테라스로 나갔다.

그리고 하늘을 본 순간 경악하여 입을 다물지 못했다.

"이럴 수가……!"

"말도 안 돼……."

나는 두 사람이 대체 무엇 때문에 이러는가 싶어 그 둘을 따라 테라스로 나가 보았다.

"대체 뭔데 그래?"

그리고 볼 수 있었다.

붉게 빛나는 하늘 위로 거대하고 검은 회오리바람이 길게 내려와 지면과 닿아 가고 있는 것을.

"검은 회오리? 저거 혹시…… 당신들이 말하던 그 어둠의 재해인 가 뭔가 하는 그거 아니야?"

패트릭 영주가 몸을 떨며 답했다.

"맞아. 저건 분명 어둠의 재해가 틀림없어. 역사에도 천 년 전 저 일이 있을 때, 하늘이 붉게 변했다고 했거든……."

"하지만 이해할 수 없네. 그것은 범람의 띠가 있고서 1년 후에 있었던 일이지 않은가?"

"뭔가 달라진 게지. 그리고 저리 일어나는 현상을 어찌 부정하겠나?"

"빌어먹을……. 곳곳에서 범람이 일어나는 시국에 어둠의 재해라니. 나라에 한바탕 피바람이 불게 생겼군."

역사와는 전혀 다른 시점에 나타난 어둠의 재해.

저걸 보고 있자니 나는 살짝 걱정이 들었다.

어쩐지 내가 돌아갈 시기가 자꾸만 늦춰질 것만 같은 불안감 때문이다.

"이거 어째 일이 이상하게 돌아가네……."

* * *

밖에선 경고를 알리는 종소리가 쉬지 않고 울렸다.

두우우웅-! 두우우웅-!

쨍쨍쨍쨍! 쨍쨍쨍쨍!

작은 종, 큰 종 할 거 없이 습격에 대한 대비와 치안에 대한 경고 등 모든 것들이 울려 댔다.

"어둠의 재해다!"

"하늘에 어둠의 재해가 나타났다!"

병력도 부산하게 움직였지만, 겨우 범람의 위기에서 벗어난 영민들도 두려움에 떨며 집으로 돌아가기 바빴다.

"꺄아아아악-!"

"범람에 이어 어둠의 재해라니……! 큰일이야. 이 세상은 이제 망할 거라고!"

"어서 몸을 피해야 해! 다들 서둘러!"

치안병들도 다급히 말을 타고 달리며 소리치고 있었다.

"모두 집으로 돌아가 안전에 대비하시오! 모두 귀가하여 위기에 대비하시오!"

아직 무너진 성벽을 수리하기도 전이었다.

전혀 보호받을 수 없는 상황이기에 영민들이나 병사들이 느끼는 두려움은 더욱 클 수밖에 없었다.

* * *

"하필이면 저게 지금 나타난다고."

패트릭 영주가 다급히 옷을 챙겨 입었다.

"어서 나가서 병력을 꾸려야 하네."

"갑자기?"

"우리는 지금까지 늘 교육받아 왔네. 저 회오리가 내려오는 곳으로 가 악마를 발견하고 무찔러야 한다고. 그렇지 않으면 그 악마가 우리 세상을 망가뜨릴 것이라고 했어!"

세상을 망가뜨린다.

아마도 그건 악마가 영향력 있는 인간으로 변하여 세상을 혼란스럽게 만드는 것을 뜻하는 것일 거다.

내가 카르만 왕자에게 했던 그와 같은 일들이 곳곳에서 일어난다는 얘기다.

"이봐, 영주! 그렇지만 당신 영지는 지금 치안 유지만도 벅차잖아! 괴물들의 범람으로 죄다 잃어 놓고는 무슨 병력을 모은다는 거야?"

"하지만 어쩌겠나? 있는 병력이라도 모아서 대비를 해야지!"

패트릭 영주는 그렇게 가 버렸다.

영주로서의 의무가 있으니 당연한 행동일 것이다.

귀족의 권위는 저러한 책임감도 뒤따르는 것일 테니까.

나는 머리를 긁적였다.

"아우…… 저걸 저렇게 가도록 내버려 둘 수도 없고, 미치겠네."

저렇게 가서 죽어 버리면 살려 둔 의미가 사라진다.

혹시나 싶은 생각으로는 저 머리 좋은 여우가 일부러 저러는 게 아닐까도 싶었다.

내가 도와줄 것을 예상하고서 말이다.

근데 옆에서 엘리우스가 웃고 있었다.

"이봐, 친구. 고민할 게 뭐가 있나? 친구끼리는 돕는 게 당연한 거라고. 나 먼저 가서 준비할 테니 얼른 따라 나오라고."

나는 기가 막혔다.

"그지? 그럼 그렇지. 저것들이 친구 어쩌고 할 때부터 알아봤다.

결국 이런 일에 대비해서 이용해 먹을 생각이었던 거야."

-그래서 그냥 놔둘 생각이냐?

케라의 물음에 한숨부터 흘러나온다.

"어떻게 그럽니까. 뻔히 있는 병력도 얼마 안 되는 걸 아는데. 아우, 진짜 내가 제대로 엮였어, 아주."

그런데 갑자기 밖에서 소란이 일어났다.

"회오리가 이쪽으로 내려온다!"

으잉? 회오리가 여기로 내려온다고?

그래서 다시 테라스로 가서 쳐다봤다.

근데 진짜로 영지대로의 한가운데로 떨어지고 있었다.

"최소한 쫓아갈 수고는 던 건가……."

그런데 점차 모습을 보이기 시작한 악마의 크기가 생각보다 크다. 아니, 큰 정도가 아니다. 크기가 3층 건물보다도 두 배는 더 컸다.

붉은 피부에 약간 뚱뚱하고 두꺼운 두 개의 뿔을 지닌 악마였다.

근데 이 악마, 나타나자마자 커다란 도끼를 들고서는 비릿하게 웃고 있었다.

"와…… 저게 정말 제가 봤던 그 악마가 맞나요?"

-몇 배는 큰 것 같구나.

"그렇다는 건, 그만큼 강할 거라는 건데……."

이대로 놔두면 인명피해만 속출하겠지.

"어쩔 수가 없네. 어차피 나설 거, 피해가 생기기 전에 나서야겠습니다."

-그래, 가 보자! 얼마나 강한 녀석인지 궁금하구나!

여기서 저 정도 거리면 공간이동 한 번이면 충분하다.

그래서 나는 즉시 공간이동을 펼쳤다.

사라락!

근처에서 나타나 악마를 쳐다보는데, 악마가 실실거리며 웃었다.

"벌레 같은 것들이 다 어딜 간 거야. 어서 나와라, 이 몸이 져 죽여 줄 테니. 안 나오면 내가 잡으러 간다?"

그러더니 건물 하나를 손으로 뚫어 버렸다.

그리고는 몇 번 휘젓더니 사람 하나를 잡아 끄집어내고 있었다.

"잡았다, 요놈!"

"히익! 살려 줘-!"

"흐히히, 어떻게 죽여 줄까? 찢어 죽여 줄까, 짜서 죽여 줄까?"

나는 악마가 노는 꼴을 두고 볼 수가 없었다.

그래서 즉시 공간이동하여 악마의 팔로 가서 그 팔을 잘라 버렸다.

스핫!

"으음? 이건 또 뭐야?"

악마는 처음 뭔가가 나타났다가 사라지자 의아해했다.

그렇지만 뚝 떨어지는 자신의 팔을 보고 나서야 표정이 고통에 물들어 갔다.

"어억! 내 팔-!"

나는 잘린 손에서 사내를 빼내어 안전한 곳으로 데려다주었다.

"어서 도망치세요."

"고맙습니다, 마법사님! 정말 고맙습니다."

"인사는 됐고. 얼른 가요!"

악마는 그제야 벌렁 누워서 대굴대굴 구르고 난리가 났다.

"아아아아악! 내 팔……! 내 팔이 잘렸어……!"

다섯 살 어린아이를 보는 것 같은 이 황당한 광경은 뭘까.

때마침 그때, 패트릭 영주가 말을 타고 이곳으로 당도했다.

"최강!"

"됐으니까 저리 가 있어."

"자네가 상대할 텐가?"

"그럼 당신이 하려고?"

"그건……."

그가 악마의 크기를 보더니 마른침을 삼켰다.

그러더니 어려운 결정이라는 듯이 말한다.

"아무래도 저런 건 자네가 맡아 줌이 좋겠군."

"이럴 땐 당신 참 상황파악 빨라."

"칭찬으로 듣겠네."

그런데 그사이 악마가 고통스러워하던 걸 그만두고 잘린 팔을
집어 들었다.

뭘 하나 싶어 봤더니 그 팔을 잘린 부분에 붙이고 있다.

"저거 굉장히 멍청한 놈이네. 저게 붙을 거라고 저러고 있는 거야?"

어라?

근데 붙었다.

심지어 붙어서는 손가락까지 움직여 보이고 있었다.

"허어? 저게 붙는다고?"

패트릭 영주가 그런 내게 중요한 정보를 전달해 왔다.

"역사에서도 악마를 크기로 분별하는 것 같았네. 그리고 저 정도 크기면 필시 악마들 중에서도 장군급은 될 것이야!"

"장군. 저 뚱뚱하고 멍청해 보이는 악마가?"

"겉모습만 보고 방심해선 안 돼! 조심하게, 최강!"

점점 멀어지는 그의 모습에 뭔가 뒷덜미에서 올라오는 짜증이 있긴 했다.

그렇지만 어차피 상대하려고 했던 거, 달라질 건 없었다.

"어쨌거나 좀 샌 놈이다, 이거잖아."

시간의 틈에 갇히기 전이었다면, 아무리 나라도 살짝 두려워했을 것이다.

그러나 그때와 지금의 나는 다르다.

시간조차 가를 검술에, 이제는 4단계에 달하는 마법마저 얻었다.

"내 힘이 얼마나 좋아졌는지 너로 시험해 보면 되겠군."

악마가 무서운 눈초리로 주변을 둘러봤다.

나를 찾은 것인지 잔뜩 표정을 찌푸렸다.

"너! 너지! 방금 내 팔을 자른 게!"

"그렇다면?"

"이이이이! 나약한 인간 놈 주제에 감히……!"

인간은 나약하다?

"내가 진짜 나약했으면 네 팔이 잘렸겠나?"

"그런가? 그러고 보니 그것도 그러네."

"이해가 좀 느린 거 아닌가……."

"아무튼 너는 내가 얼른 죽여 주마."

나도 동감하는 바이다.

"그래, 신속과 정확. 중요하지. 그럼 나도 전력을 다해서 최대한 빨리 죽여 주마."

뚱뚱한 악마가 갑자기 웃었다.

"흐힉! 그냥 녹아 버려라."

그러더니 숨을 깊게 들이마시고는 강하게 내뱉었다.

화르르르륵!

그 기이한 불길에 주변 건물들은 물론이고, 잘 닦인 도로가 모조리 녹아내렸다.

언젠가 한 번 봤던 거다.

처음 만난 악마와 마트에서 싸울 때, 그 악마도 이런 짓을 했었다.

물론, 그때보다는 차원이 다를 만큼 그 영향력이 크다는 게 다르긴 했다.

그러나 나는 바람과 얼음을 생성시켜 녹는 걸 막고 더 퍼지는 것을 막아 냈다.

"길게 끌 필요가 없지."

나는 거대한 회오리를 만들어 순식간에 악마를 말려 올라가게 했다.

"어엇! 뭐야! 이거 왜 이래?!"

악마는 균형을 잡지 못하고 위로 빨려 올라갔다.

"이놈, 마법사였구나!"

"알아보는 게 늦어."

팔을 잘랐더니, 다시 가져다가 붙이는 놈이다.

그런 재생 능력이 있다면 순식간에 아주 가루로 만들어 버려야 한다.

그래서 나는 거대한 빛을 만들고, 그 힘을 키워 악마를 관통시켰다.

파앗-!

"끄어어억!"

물론, 거기서 끝낼 생각은 없다.

곳곳에 반사경을 띄워 수백 번의 빛줄기가 오가게 만들었다. 그에 따라 순식간에 빛이 여러 각도로 오가며 악마를 꿰뚫었다. 그리고 악마의 몸은 순식간에 벌집이 되어버렸다.

"끄어어어억······! 너 이놈, 죽일 거야······."

"이래도 안 죽는다고?"

"조, 조금만 기다려. 나는 죽지 않아. 금방이면 다시 원래대로 돌아올 거니까⋯⋯. 기다려⋯⋯."

"흠, 확실히 저런 걸 보통의 인간이 상대한다는 게 많이 위험하긴
하겠군. 저런 게 얼마나 내려왔는지는 몰라도, 하나는 처리하고
시작해야겠어."

그렇다면 좀 더 화려하게 가볼까?

게임을 하다가도 한 번쯤 상상해 봤을 기술.

그래서 만들어 봤다.

크ㅇㅇㅇㅇㅇㅇ-!

어둠의 원소로 만들어낸 거대한 용을.

하늘을 가득 메울 것 같은 엄청난 크기의 용은 한눈에 봐도
그 우월한 자태가 대단했다.

"가서 삼켜 버려라."

그리고 나의 말이 떨어지기 무섭게 검은 용이 하늘을 쩌렁쩌렁
울릴 괴성을 토해 내며 악마에게로 날아들었다.

크ㅇㅇㅇㅇㅇㅇㅇ-!

악마도 처음 보는 것인지 무척 당혹스러워했다.

"뭐야, 저건! 오지 마! 히익!"

그렇지만 막 몸이 벌집이 된 상태여서 아무것도 할 수 없었다.

그런 악마를 어둠의 용이 그대로 집어삼켜 버렸다.

그리고는 그대로 하늘로 승천해 오르는데, 어둠의 용이 사라짐
에 따라 악마도 형체도 없이 사라지고 없었다.

뿌연 연기가 하늘을 통해 흩어지는 거로 봐서는 어둠의 원소에

의해 그 몸이 재로 화해 버린 것 같았다.

"카~! 등장 화려하고, 마무리 깔끔하고 이거 나중에 각 원소마다 용을 만들어서 써 볼까? 그거 괜찮겠네."

-그만한 크기의 원소 마법을 쓰는 게 상당히 무식해 보이긴 했다만, 위력만은 대단했구나. 너의 상상력만큼이나 그 위력이 배가되었던 것 같다.

제라로바의 말은 가만히 듣다 보면 생각이란 걸 하게 된다.

가끔 저런 말이 칭찬인지 욕인지 분간하기가 어려워서였다.

에이, 뭐.

그냥 내 좋을 대로 좋게 듣도록 하자.

* * *

막 갑옷까지 차려입고서 나타난 엘리우스가 패트릭 영주의 뒤로 다가왔다.

"패트릭!"

"엘리우스, 왔는가?"

"악마는 어찌 되었나? 내 분명 저 위에서 봤을 때는 매우 큰 악마를 보았었는데. 근데 길모퉁이를 도는 사이에 사라지고 없군."

패트릭 영주는 어색한 표정을 머금었다.

"그게 말이지. 그사이 하늘로 올라가더니, 순식간에 괴이한 생명체가 나타나 집어삼키고 사라져 버렸다네."

"뭐라? 그 무슨 해괴한 소리인가?"

"하아, 그냥 최강이 마법으로 없애 버렸다고 해 두세. 그럼 알아듣겠지?"

"그 큰 악마를 최강이 벌써 해치웠다고?"

패트릭 영주가 하늘을 보며 웃음 지었다.

"정말 엄청나게 강한 악마였을 터인데……. 하지만 그것도 다른 차원의 마법사를 만나게 되면 아무것도 아니게 되는 모양이군."

그러더니 엘리우스를 보며 말했다.

"엘리우스, 내가 지금 무슨 생각을 하는 줄 아는가? 난 말이네. 차라리 지금 어둠의 재해가 나타난 것이 다행이란 생각이 들어."

"뭐? 자네, 제정신인가?"

"그렇지 않나? 최강이 가 버리고 나타났다면 우리가 무슨 수로 저런 악마를 막았겠어?"

"그거야……."

엘리우스가 저만치에서 다가오는 최강을 보자, 패트릭 영주도 함께 눈길을 주었다.

"우린 저 행운을 쉽게 놓아서는 안 되는 것이야."

* * *

왕성 내부에선 귀족들의 긴급 회의가 열렸다.

각 영지의 대표들은 대전에 모여 피해와 업적을 소상히

알려 왔다.

"마도나스, 바라잔, 오프알란은 나타난 악마를 찾아내어 제거하였다고 하옵니다."

"카라파시아는 악마를 찾아내어 처리했다고 하나, 알도마리드와 이파크에선 악마를 잡지 못하고 도리어 큰 피해를 입었다고 합니다."

"각각의 악마는 추적 중에 있으나 대부분 전멸하거나, 추적에 실패한 것으로 전해져 오고 있습니다."

헤르메인 왕은 심각하게 받아들이며 물었다.

"몇몇 영지에서는 장군급의 악마도 출현했다고 들었다! 이전 재해에는 단 둘뿐이었다고 기록되던 거대 악마가 이번엔 다섯이나 내려왔다고 하던데. 그 피해는 어떠하냐?"

"마도나스에 나타난 장군급 악마는 그곳에 있던 마법사가 손쉽게 제거했다는 놀라운 업적을 알려 왔습니다. 하오나 디아논 영지는 거대 악마의 습격으로 생존자가 하나도 없다는 끔찍한 소식이 전달되었습니다."

"거대 악마의 힘이 그 정도인가."

귀족 중에서 긍정적인 의견이 나왔다.

"하오나 그 크기가 큰 만큼 찾는 것이 쉬운 거로 보입니다. 우선 병력을 모아 거대 악마의 퇴치부터 우선하심이 어떠하신지요?"

"그리 할 것이다. 하나 작은 악마들에 대비 또한 함께 되어야 한다. 각 영지의 영주들은 악마의 마법에 당하지 않도록 늘 보호석을 착용하도록 하라. 또한, 말도 안 되는 억지스러운 명령을 내리는 이는 항상 의심하고, 의심스러울 시 저항석을 이용해 확인토록 하는 걸 왕법으로 시행하라! 이러한 확인절차에는 상하고하가 없을 것이니, 누구라도 요청할 시에는 반드시 그 자리에서 증명해야 할 것이다!"

"네, 전하!"

헤르메인 왕이 왕좌에서 일어나 큰 소리로 말했다.

"비록 우리의 힘은 천 년 전에 비해 약해졌으나, 우린 그동안 여러 방비를 해 왔다. 오랫동안 준비해 온 만큼, 함께 힘을 합하면 이 위기를 이겨 낼 수 있을 터! 모두가 노력하여 악마를 무찌르도록 하라!"

"네, 전하!"

회의를 마친 헤르메인 왕은 곧장 수행 기사에게 명령을 내렸다.

"지금 즉시 마도나스에 있는 마법사에게 도움을 요청할 것이다. 내가 직접 서신을 써 줄 터이니, 즉시 보낼 수 있도록 준비하라."

"서둘러 준비토록 하겠습니다."

그리고 하루 뒤, 왕성에서 보낸 커다란 독수리가 마도나스로 날아들었다.

최강은 패트릭 영주의 요청으로 그의 집무실로 들어왔다.

"불렀다고 하던데. 왜?"

"이걸 읽어 보게나."

"이게 뭔데?"

"전하께서 자네에게 보내는 서신이네."

"그분께서 내게 왜……. 혹시 봉인을 풀기라도 했나?"

최강이 서신을 읽는 사이 패트릭 영주가 그 내용을 말로써 전했다.

"왕성에 자네의 업적을 알린 바 있네. 그 활약을 들은 전하께서 자네에게 장군급 악마의 처리를 맡기고 싶으신 모양이야."

"어려운 일을 나한테 맡기겠단 거로군."

"거기에 보태어 며칠 후면 약속이 지켜질 거라는 말씀도 하셨네."

"약속. 직접적으로 마법진 얘기를 꺼내지 않은 건, 이미 인간들 사이로 파고들었을 악마를 걱정한 것인가."

이제는 전서구를 보낸다고 해서 그것이 정상적으로 전달된다는 보장이 없었다.

하여 중요한 정보에 관해서는 인간들 스스로가 조심할 필요가 있었다.

패트릭 영주는 최강의 눈치를 살폈다.

"그래서 자네 결정은 어떠한가? 거대 악마는 그 크기 때문에 찾아다니는 것이 그리 어렵지 않을 거라고 하는데……."

최강이 한숨을 푹 내쉬었다.

"왕께서 정말 내가 돌아가기 전에 수고비 한 번 제대로 챙기려고 하는군. 나한테 결정권이 있긴 해? 제대로 도와야 돌려보내 주겠다고 하는데, 따라야지 어쩌겠어."

패트릭 영주가 미소를 그렸다.

"고맙네! 자네가 나서 준다면 정말 많은 이들이 목숨을 구하게
될 게야."

* * *

왕으로부터 막중한 임무를 받게 된 나는 온 세상을 날아다니며
살피게 되었다.

그렇지만 이곳의 연락망의 느린 점을 보완하기 위해 패트릭
영주에게 이 말을 전해 두었다.

"내가 이 일을 맡는 대신에, 전하께 정보 공유를 확실히 해
달라고 전해 줘. 장군급 악마를 발견하게 되면 즉시 모든 영지로
그 위치 정보를 전달하라고 해야 해. 그래야 내가 어디로 내려서든
그 위치를 정확하게 파악할 수 있을 테니까."

아무리 공간이동을 함께 사용하며 그 속도가 배가되었다고 하지
만, 하늘을 날면서 찾는 것도 한계가 있었다.

악마가 위치를 바꾼다면 이곳 행성을 몇 바퀴를 돌아도 찾기
어려울 수 있었다.

그래서 각 영지에서 악마를 발견할 경우 그 정보를 온 세상에
공유해 줄 필요가 있었다.

"휴, 남은 것들이 넷이라고 했는데. 이것들을 어떻게 찾아야
하나."

-일단은 높이 나는 게 좋다고 본다.

"높을수록 보다 멀리 볼 수 있으니까 좋은 방법이라고 생각합니다. 어차피 워낙 큰 놈들이어서 쉽게 찾을 수도 있을 테고요."

-무엇보다 놈들은 자신들의 힘에 강한 자신감을 가지고 있는 듯했다. 인간에 대한 두려움이 전혀 없을 테니 결코 피하거나 하지도 않을 게야.

"그런 이유로 빨리 모습을 드러내 주면 저야 고맙죠."

그런데 그렇게 하늘을 한참을 날아다닐 때였다.

갑자기 밑으로 깨알 같은 무언가가 길게 늘어져 있는 게 보였다. 그 형태가 살짝 씩 변하는 거로 봐서는 사람들의 무리 같았다. 그래서 나는 아래로 몇 번의 공간이동을 하여 밑으로 내려섰다. 그리고 높은 언덕에서 확인하고서야 알 수 있었다.

"피난 행렬이네요."

-어딘가에 범람이나 악마가 나타났음이 틀림없다. 가서 알아보아라.

"네."

하여 나는 숲을 통해 길을 지나는 사람들에게 다가갔다.

숲에서 갑자기 사람이 나와서일까, 몇몇 아이들과 아낙들이 깜짝 놀라는 것 같았다.

"거 참! 사람! 괴물인 줄 알고 깜짝 놀랐지 않소!"

"갑자기 거기서 왜 튀어나오는 거야?"

하도 많은 사람들이 뭐라고 하니 괜히 민망했다.

"미안합니다. 그냥 사람이 보여서 와 본다는 게. 한데 말입니다. 피난을 가시는 것 같은데, 대체 무슨 일로 이러는 겁니까?"

"지금 우리 영지로 거대한 악마가 나타나 온 영지가 쑥대밭이라네. 영주와 영지의 군대가 사력을 다해 길을 열어 주어서 영민들인 우리는 겨우 도망칠 수 있었지만, 아마도 영주와 군대는 살아남지 못했을 게야."

"거기가 어디입니까?"

"저 뒤로 보이는 산맥의 뒤에 자리한 비로탄 영지라네. 한데 그건 왜 묻나? 혹시 가 보려고?"

나는 그들에게 말했다.

"너무 멀리 가지는 마십시오. 그 악마, 제가 처리할 테니."

"뭐!? 자네 미친 겐가!? 그 무서운 악마를 자네 혼자서 무슨 수로?"

"마도나스에서 이미 한 마리 잡은 경험이 있습니다."

"마도나스? 잠깐만! 그럼 설마 자네가 그……! 마법사?!"

"네. 그게 바로 접니다. 하니 너무 멀리 가지 마십시오. 돌아오는 데 힘만 들 테니까요."

사람들이 크게 기뻐했다.

"오오! 마도나스의 영웅인 마법사가 이곳에 올 줄이야!"

"됐어, 이제! 더는 피난을 가지 않아도 되겠어!"

"마법사님! 제발 저희 영지를 도와주십시오! 부탁드립니다!"

사람들의 사정을 들은 나는 서서히 허공으로 떠올랐다.

"저는 국왕 전하의 왕명을 받고 악마를 제거해가는 중이었습니다. 하니 믿고 기다려 주십시오! 제가 여러분들의 터전을 되찾아드리겠습니다!"

그러고서 슝 하고 날아가는데, 뒤에서 수많은 사람들의 함성이 들려왔다.

이러고 났더니, 왠지 영화 속의 영웅이 된 기분이다.

그렇지만 방금 했던 말의 마음만은 진심이었다.

"저 가여운 사람들의 터전이 더 망가지기 전에 서둘러 악마를 처리해야겠습니다."

-어떤 놈이 나타날지 기대가 되는구나!

사람들의 피난이야 반나절이라 하지만, 내가 산맥을 넘는 건 순식간이었다.

그리고 잠시 뒤, 산맥 뒤로 있는 영지와 성을 발견했다.

높은 곳에서도 보이지 않았던 건, 저 높은 산맥 때문이었던 모양이다.

그런데 영지 중앙으로 마른 체격의 기이한 촉수를 십여 개나 가지고 있는 악마가 눈에 보였다.

"저놈은 생김새가 조금 다르네요."

악마는 커다랗고 굵은 촉수를 놀라운 속도로 휘두르고 있었다.

그에 따라 건물들의 잔해가 산산조각이 나서 떠오르는데, 대충 보기에도 그 피해가 엄청나 보였다.

거기다가 악마가 지나간 자리는 이미 폐허나 다름없었다.

"아무튼 서둘러 막아야겠습니다."

나는 공간이동을 펼치다가 악마와 근접해서는 빠르게 날아 목 뒤쪽을 베었다.

청!

그런데 뭔가 소리가 달랐다.

거기다가 벤 느낌도 아니었다.

"뭐지?"

뭔가 해서 봤더니 악마의 목 뒤쪽으로 촉수가 하나 자리해 있었다.

"허! 설마, 그걸 막았다고?"

곧 거대한 악마가 스윽 뒤를 돌더니 음산한 눈빛으로 허공에 떠 있는 나를 쏘아봤다.

"너는 뭐지? 날벌레 같은 게 제법 날카로운 공격을 하는구나."

"전부는 아니지만, 그래도 카우라를 꽤 담은 건데. 설마 그게 막힐 줄은 몰랐네."

처음 만난 악마를 너무 쉽게 처리해서 내가 너무 만만하게 본 모양이다.

정말이지 틈을 노리고 한 공격을 이렇게 간파당할 줄은 전혀 몰랐다.

"안 그래도 죽이는 것에 막 질리던 차였는데. 잘되었구나. 지금부터 너를 데리고 놀면 되겠어."

"이게 크기만 크다고 사람을 장난감 취급을 하고 말이야. 너 그러다가 피똥 싼다?"

어쨌거나 검으로 막히고 났더니 왠지 오기가 생긴다.

이놈은 어디 검으로만 상대해 볼까?

하지만 그 싸움에 밑에 있던 사람들이 휘말릴 건 불 보듯 당연했다.

해서 나는 있는 힘껏 소리를 질렀다.

"밑에 있는 분들은 어서 피신하세요! 이놈은 제가 맡겠습니다!"

알아들었나?

전부 쏜살같이 도망을 친다.

악마도 그들에겐 너는 흥미가 없는지 보고도 전혀 상관 안 하는 모습이었다.

아무래도 나라는 좋은 장난감에 집중하겠다는 뜻으로 보였다.

"자, 그럼 어디 제대로 놀아 볼까?"

"크흐흐, 원하던 바이다. 이곳 세상에 내려와 너 같은 걸 보게 되다니. 내가 운이 좋았어."

"그게 행운인지, 불행인지는 좀 더 두고 봐야 할 건데."

나는 일단 빠르게 날아 뒤로 빠졌다.

지금 나와 악마가 있는 곳은 영지의 중심부다.

이곳에서 작정하고 싸우게 되면 이곳 영지에는 더는 남는 게 없게 된다.

그렇게 되어서는 아까 피난하던 사람들에게 너무 미안해진다.

악마만 없애면 뭐하겠어.

살아갈 집이 없는데.

이미 많은 이들이 집을 잃긴 했겠으나, 서로 돕고 재건에 힘쓴다면 최소한 바깥에서 자는 일은 없을 것이다.

"좀 더 넓은 곳에서 놀아 보자고!"

"그러는 척 도망치려는 건 아니고?"

"내가 도망치면 네가 잡을 순 있을 것 같아?"

"크흐흐, 아주 건방진 벌레 놈이구나. 얼른 너를 망가뜨리고 싶어서 몸이 근질거릴 정도야."

"변태냐?"

목소리부터 느끼한 것이 영 상대할 맛이 안 나는 놈이다.

그렇지만 칼로 시작한 싸움, 칼로 끝내 보려 한다.

"자, 시작하자!"

"좋지!"

곧 사방에서 거의 동시라고 할 만큼 촉수들이 마구 날아들었다.

위력도 얼마나 대단한지 주변으로 흩어지는 풍압이 보일 정도였다.

후웅! 후웅-! 후루룽-!

그러나 나는 날아서만 피할 이유가 없다.

공간이동을 펼치며 곳곳에서 나타날 수 있었고, 어떻게든 악마의 본채를 노리고자 혼신의 힘을 다했다.

쩡-! 쩌정-! 쩡-!

그리고 우리 둘 사이에서 일어나는 그 충격은 산 전체를 울릴 만큼 강렬하게 사방으로 울려 퍼지고 있었다.

악마는 즐거운 듯이 웃고 있었다.

"캬흐흐흐! 인간 중에 너와 같은 게 있다고는 듣지 못했는데. 이렇게 나의 공격을 다 받아내는 놈이 있을 줄은 전혀 몰랐어! 캬흐흐흐!"

"이 변태 악마, 좀 하는데?"

"나도 너를 벌레에서 강한 인간으로 승격시켜 주마."

"이씨, 하나도 안 고맙거든?!"

나는 악마에 근접해서 나타나 검을 휘두르기를 반복했다.

그런데 어떻게 아는 건지, 나타나서 벨 때면 어김없이 촉수가 그 앞에 와 있었다.

후웅-! 후웅-!

그리고 서너 군데에서 동시에 총수가 날아드는데, 조금만 늦게 사라졌다가는 때려 맞을 기세다.

-최강아! 검술로만은 어려운 상대다! 마법을 사용해라!

제라로바의 말에 케라가 발끈했다.

-어림없는 소리! 최강 너는 검사다! 검으로 시작했으면 끝까지 검으로 승부를 봐야 하는 것이야!

아까 전에 내가 생각했던 걸 케라가 고스란히 말했다.

역시 남자끼리는 통하는 게 있다.

하는 생각이 비슷한 걸 보면.

그렇다고 제라로바가 남자가 아니란 건 아니고.

케라가 좀 더 나와 생각이 비슷하다는 뜻인 거다.

"케라 형님의 자존심도 있는데! 이대로 검으로 가 보겠습니다! 차앗!"

공섬의 연속기.

촉수에 막히고도 나아가는 기운이 있었다.

핏! 핏!

그리고 그러한 기세에 악마는 상처를 입어 갔다.

"어째서지? 분명 막았는데?"

"날카로움이 공기를 가르고 끝없이 이어 나가는 것! 이것이 바로 공섬이다!"

악마가 점차 뒷걸음질을 쳤다.

촉수로 막음에도 자꾸만 몸 곳곳에 상처가 나기 시작해서다.

"말도 안 돼……. 이 내가 인간 따위에게 밀린다고?"

하지만 악마의 충격은 거기서 끝이 아니었다.

서걱!

나의 검에 의해 촉수가 하나둘 잘려나가고 있는 거였다.

"아니!"

나는 공간이동과 싸움에 익숙해져서는 그 속도가 더욱 올라갔다. 반면, 악마는 촉수가 줄어들어 더욱 방어에 힘겨워했다.

"으으으으! 이럴 수는 없어!"

더는 상대할 자신이 없었는지 갑자기 커다란 날개를 활짝 펴서 바람을 날려 왔다.

그러나 공간이동에 바람은 소용없다.

나는 틈을 발견하는 즉시 사라졌고, 악마의 목 주변으로 다섯 번 자리를 바꾼 후에 악마의 뒤쪽에서 나타났다.

스륵.

"살짝 어려웠지만, 거기까지……."

악마는 믿을 수 없다는 듯 표정을 구기며 뒤로 고개를 돌리려고 했으나, 온 사방이 베인 그 머리는 점차 기울어져 땅으로 떨어져 내리고 있었다.

쿠구- 우우웅-!

몸집이 큰 만큼이나 몸이 쓰러지는 충격도 어찌나 큰지.

"악마들 중에도 상대하기 어려운 놈이 있다는 걸 처음 알았네요. 그래도 둘을 처리했으니 이제 셋만 남았습니다."

-다른 놈은 또 어떤 실력을 지니고 있을지 무척 궁금하구나.

"그렇다고 너무 즐기진 말자고요. 위험한 놈들이니까."

그렇게 나는 또다시 높은 하늘을 날았다.

서둘러 악마를 찾기 위함이었다.

커다란 악마를 사냥하는 것에 재미가 들린 것일까.

처음엔 귀찮기만 했지만, 어느덧 나도 모르게 이 일을 즐기고 있는 것 같았다.

절로 웃음까지 지어지는 걸 보면 제대로 즐기고 있는 게 확실했다.

〈9권에서 계속〉

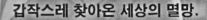

갑작스레 찾아온 세상의 멸망.

사람을 죽이면 죽일수록 강해지는 약탈자들과 갑자기 나타난 괴물들.
사람이든 사물이든 만져서 고칠 수 있는 능력을 얻은 고물상 주인 이성필.
위험해진 세상을 성필은 주변 사람들과 함께 헤쳐 나간다.

황폐해진 세상을 고쳐 나가는 아포칼립스 판타지!

해우 현대판타지 장편 소설
DONG-A MODERN FANTASY STORY